Catalina

LA GRANDE

El poder de la lujuria

Catalina

LA GRANDE

El poder de la lujuria

SILVIA MIGUENS

nowtilus
ficción

Colección: Novela Histórica
www.novelanowtilus.com

Título: Catalina La Grande.
Subtítulo: El poder de la lujuria
Autor: © Silvia Miguens

Copyright de la presente edición © 2006 Ediciones Nowtilus S. L.
Doña Juana I de Castilla 44, 3º C, 28027 - Madrid
www.nowtilus.com

Editor: Santos Rodríguez
Coordinador editorial: José Luis Torres Vitolas
Proyecto editorial: Contenidos editoriales s.r.l.

Director artístico: Carlos Peydró
Diseño y realización de cubiertas: Florencia Gutman
Diseño y realización de interiores: JLTV

ISBN: 84-9763-339-3
ISBN 13: 978-849763339-0
Fecha de publicación: Noviembre 2006

Printed in Spain
Imprime: Gráficas Marte, S.A.
Depósito Legal: M-37633-2006

Dedico estas insuficientes memorias de sus antepasados
al señor Alejandro K.,
porque sólo los fantasmas esenciales nos habitan y
porque a ellos nos debemos,
y a nosotros,
él y yo.

ÍNDICE

A modo de prólogo

Dicen que hay hombres en cuyas vidas puede verse el espíritu de su tiempo. Lo mismo debe decirse de las mujeres. Mi ticmpo es el siglo XVIII, e igual que el siglo es mi vida. Claro que no es fácil ser mujer en un mundo pensado por hombres. No obstante, en mi caso, el ser mujer no ha sido un problema.

Sí la soledad. Aunque la soledad no es producto del espíritu del tiempo, o del ser hombre ni del ser mujer. La soledad es un sino, una marca, un rasgo hereditario o algo así como una malformación congénita. Más adelante, el entorno complementa el cuadro y hace de las suyas con el ser hombre, con el ser mujer y con la soledad.

Aunque no está de más considerar que en ciertas épocas, como en este siglo que me ha tocado ser y habitar, el espíritu del tiempo fue producto de un hombre: Voltaire, según dicen. Y de unos pocos más. Tuve la suerte de alternar muy de cerca con los que considero han sido hacedores del siglo XVIII: Voltaire, Federico de Prusia, Pedro el Grande; además, quiso la fortuna que —nacida en un principado de Alemania venido a menos—

una mujer como yo, por entonces esmirriada, enjuta y contrahecha, pudiese suceder en el trono de Rusia a Pedro el Grande.

Más temprano que tarde heredé su cetro y el amor de su pueblo. También el odio. Pero con el odio supe siempre a qué atenerme; cómo no comprender al enemigo, sus debilidades, sus miserias, su inteligencia precisamente atenta y al servicio del odio. Porque si se pretende ser un buen gobernante, es imprescindible conocer los movimientos que impulsan el odio y la mezquindad del poder.

No es sencillo ser mujer, vivir rodeada de desprecio y maledicencia e intrigas, y decidir aprender del enemigo, el más eficaz de los maestros. Con respecto a los que me amaron, o dijeron amarme, he de reconocer que igual que ellos, he sido siempre un poco necia en el amor.

Por aquellos primeros días de mi infancia, pude reconocer no sólo el odio y algo de amor, sino la genealogía de los reyes y los príncipes, a los que mi madre era adepta. No me fue difícil —al comienzo en su compañía y luego yo sola— internarme en esta cofradía cuyos lazos de sangre atraviesan y trazan las fronteras. Por lo tanto, fue sencillo vislumbrar de cerca y tomar parte de los infinitos cambios del eventual contorno de los mapas. No sólo del mapa de este viejo mundo sino de ese otro que han dado en llamar "mundo nuevo", porque el general Francisco Miranda, con quien tanto compartí y he debatido, completa la cuadratura perfecta con esos hombres que han cambiado la Historia del Mundo durante el siglo XVIII.

La suerte no es tan ciega como se cree. A menudo es el resultado de medidas fuertes y precisas, —no percibidas por el común de la gente—, que han precedido el hecho. Es también, más especialmente, un resultado de las cualidades de carácter y de la conducta personal; consideré y defendí siempre estas circunstancias.

Nací el 21 de abril de 1729 en Stettin, Pomerania, y por aquellos tiempos me decían Figchen. Así me llamaba mi nana Babet Cardel, y mi tío Jorge Luis. Sólo ellos dos. Mi padre, a quien veía con menos frecuencia, me creía un ángel y decía que era su ángel de la guarda. Y puede que efectivamente fuese de ese modo porque —según les escuché discutir a mis padres, portazo de por medio— fui engendrada por Johanna-Elizabeth Holstein-Gottorp, de quince años, y por Federico II, entonces de dieciséis, y como aquel matrimonio no era conveniente para el futuro rey de Prusia, casaron a mi madre con Cristian Augusto de Anhalt-Zerbst, que la triplicaba en edad y era un oscuro príncipe de un no menos oscuro principado de Alemania.

De modo que para el príncipe de Anhalt-Zerbst resulté un ángel de la guarda, pues esta adopción, bastante común por esos días y aún hoy, le valió su ascenso a mayor general del ejército prusiano y el beneplácito de Federico, todo a cambio nada menos que de una familia. Cristian Augusto nos rodeó de amor, ternura, seguridad, aunque nunca logró complacer a su esposa. La joven madre consideraba que por su belleza y por pertenecer a la casa ducal de los Holstein-Gottorp, la menuda e inesperada presencia de la recién nacida había truncado su derecho a aspirar a la corona de Suecia, por tanto no se ocupaba de mí. Para mi madre Johanna, yo, su hija, además de inoportuna era una niña fea y endemoniada que le impediría ya ambicionar algún reinado, y ni siquiera ser la madre regente de una hermosa princesa casadera. Sin embargo, como suele sucedernos a casi todas las madres, Johanna-Elizabeth nunca supo mucho de sí misma y equivocó sus percepciones acerca de su propia hija Figchen, o Sofía Federica Augusta o Catalina la Grande. Nunca me conoció del todo.

Capítulo 1

Creo que a lo sumo me toleraban.
A menudo me reprendían con pasión y con vigor,
y no siempre con justicia.
Figchen

En cuanto a mí, nunca he dejado de observarme a mí misma como Figchen. Aún en mis momentos de gloria como la zarina de todas las Rusias, y rodeada de los aduladores de turno, siempre me sentí Figchen. Es que gracias a mi nana Babet Cardel y a mi tío Jorge Luis, hermano menor de mi madre, aprendí a llevarme a mí misma de la mano, brindándome mi propia ternura. Durante mucho tiempo, me esforcé por ser el principal objeto de mi amor y de todas mis licencias. Un día me di cuenta de que, pese a todo lo padecido, nací demasiado orgullosa, y la sensación de llegar a ser desgraciada me resultaba insoportable.

En eso, lamentablemente, padecía del mismo miedo que mi madre, aunque con muy distintos atributos. Nada me fue sencillo porque, insisto, no es fácil ser mujer, ni siquiera para alguien que desde mucho antes del primer berrido ostentaba en la palma de la mano las líneas del poder y su condición de emperatriz. Así dijo a mi madre el viejo canónigo con quien solía encerrarse a polemizar acerca del futuro y que cierto día, leyendo las líneas de mi mano, comentó que veía en ellas las tres coronas.

Mi madre rió entonces. Viéndome ahí, en mi silla, un poco ladeada, porque así era yo, con un hombro más elevado que el otro. Imperfecta, contrahecha y necesitada de ternura. Las caricias fueron, y son, mi mayor carencia y la sed. Una sed que suele quemarme la garganta y todo mi ser, con una pasión para la que nunca encontré sosiego, salvo y tal vez en el ejercicio del poder. Pero cómo contarme a mí misma y desde tan atrás.

—¿Qué dice usted? ¿Sofía una zarina?... —había interrogado al canónigo mi madre.

—Las líneas de la mano nunca mienten, Johanna, pero si no cree en las palabras de su confesor, debería confiar en la mirada de su hija. ¿Acaso nunca reparó en su mirada?

—Es tan distinta a las otras niñas. No creo que eso nos sea favorable. A menos que en sus manos pueda descifrar alguna otra línea que muestre sumisión o por lo menos cortesía.

—No hablo de quiromancia, Johanna, digo si alguna vez ha visto en el fondo de sus ojos... Es ahí donde la niña muestra su poder...

Recuerdo que tampoco en esa ocasión Johanna me miró a los ojos. Rehuía mi mirada, y no contestó, porque después de golpear a la puerta, Babet entró. La acompañaba un hombre de contextura pequeña en el que apenas los pómulos eran firmes; el resto era de aspecto frágil, las manos huesudas, flacos los dedos y un poco curvos. Las uñas bien recortadas, seguramente por habérselas mordido y no tanto por pulcritud. Sin embargo, mantenía erguida su espalda y la cabeza. Llevaba el pelo atado con un cordelito. La mancha marrón que le rodeaba uno de los ojos, de azul desleído, se extendía por el cuello y bajo la camisa.

Saludó apenas con un mohín. Babet tomó una de mis manos, y puso la suya sobre mi hombro. Como si de ese modo quisiese ocultar mis imperfecciones, o desorientar al hombre para que se fuese rápido y sin tocarme.

—La señora dirá qué necesitan de mí... —habló el hombre.

—Es por mi hija. El boticario me aconsejó que sea usted quien intente enderezar a mi hija...

—Lo intentaré sólo en cuanto a sus huesos. Ponte de pie, niña.

—Vamos, Figchen... —me insistió por lo bajo Babet.

—Necesito verla sin ropa. ¿Hay un espejo cerca?

—Será mejor que me vaya —dijo el canónigo saliendo rápidamente de la sala.

Babet me quitó el vestido y las enaguas. Cada una de mis protuberancias sobresalía más aún en aquel escuálido cuerpo de nena. El hombre se puso detrás de mí, enfrentándonos ambos al espejo. Observándome por detrás y por delante al mismo tiempo, sopesaba mi falsa simetría. Mi hombro derecho se veía más alto que el izquierdo, la columna vertebral zigzagueaba y el flanco derecho parecía ahuecado, y los pezones asimétricos como toda yo.

El hombre intentó que me estuviese quieta y derecha. Cómo estarlo así, desnuda frente al espejo y ante un desconocido. Alzó uno de mis brazos y lo dejó caer. Alzó el otro y lo soltó. Aferró luego los dos contra mis flancos. Pareció fastidiarse cuando sonreí, o tal vez se molestó por mi estremecimiento con el contacto de sus manos frías. Mi aspecto en el espejo era desastroso.

El disgusto en la mirada de mi madre era cotidiano; aunque, a veces, espiándola desde un rincón a oscuras de su cuarto, podía ver cómo se observaba a sí misma en el espejo, y el resentimiento en sus ojos parecía atenuarse; especialmente cuando se soltaba el cabello. Entonces —creo que más por la sensación de libertad que por saberse tan bella—, por un instante sus ojos adquirían brillo.

El hombre alzó mis dos brazos al mismo tiempo; grité, y en ese preciso instante mi madre se puso de pie.

—Ocúpate tú, Babet.

Babet asintió con un gesto impreciso.

Cuando mi madre cerró la puerta tras de sí, y aún cuando sus pasos se alejaban por el corredor y por la escalera, estallaron una a una cuatro campanadas de reloj. En el patio, un jolgorio de niños alborotó a las palomas. Aquel bullicio atrajo mi atención; cuánto mejor era el runrún del juego de los niños, los cascos de los caballos y las ruedas de un carro chapoteando en los charcos, que el piano de mi madre con sus monótonos acordes.

Pero en ese momento, viéndome aún con los brazos en alto y la rosada aureola de mis pezones expuesta en el espejo a los ojos del hombre, sólo me tranquilizaba la presencia cercana de Babet. Ella extendió una sábana sobre la mesa y me ayudó a acostarme, como el hombre le había pedido. Añoré aún más el griterío de los niños en el patio y en la calle. Allí estarían Alexander y la pequeña Gigí, Gabrielle, su hermana Betsy y todos los demás esperando por mí.

El hombre, mientras tanto, hacía unos retoques en el corsé que había colgado sobre el respaldo de una silla pequeña. Ajustando broches, encintados de raso y sobre todo el cuerpo entretejido semejante al coto de malla de las armaduras que aún se conservaban en el desván. Tendida sobre la mesa, me aferraba a la mano que Babet dejó abierta sobre mi pecho para que no temblara; con esa habitual ternura de su mirada me sugería paciencia. Cuando estuvo terminado el adefesio, Engelhardt –tal su nombre– me enfrentó a él y pasó mis brazos como por un

Corsé realizado en metal y cuero. El grabado de época se encuentra en la obra "Chirurgica" e ilustra con claridad cuál era el nivel de la tecnología médica con que se contaba en la Europa a principios de 1700.

abrigo sin mangas, ató algunas de las tiras a mis muslos y la entrepierna; pidió a Babet que lo ayudase a darme vuelta sobre la mesa. Fueron cerrando los últimos precintos. No recuerdo cuántos eran, pero eran tantos como para que el momento se volviese lento, doloroso, inolvidable.

Pero entonces, cuando me aprisionó con el corsé que equilibraba la altura de mi hombro izquierdo a la del derecho, el dolor me hizo desfallecer. Sufrí un desmayo, y por mucho tiempo todo perdió sentido y noción de libertad.

Como en sueños, cuando el hombre ciñó las últimas tiras, escuché que Babet le preguntaba qué había sentido al decapitar a Volker Vogel.

El hombre rió estrepitosamente mientras yo recuperaba los sentidos.

—Nada importa decapitar al condenado —dijo—; tampoco el dolor de esta niña cuando intentaba ponerle en orden los huesos. Ambas cosas, y tantas otras peores como la vida misma, son inevitables. No soy quién para juzgar ni decidir. Cuando se acusa, condena y decapita a alguien, ese crimen lo juzga quien aplica la ley. Y si escucho en torno a mí que gritan "verdugo" o "asesino", sé que eso es parte de las reglas del juego; sólo cumplo con el trabajo que se me paga, igual ahora con esto de enderezar lo torcido de la niña. Y ella es muy fuerte... Mire sus ojos.

—No dudo de la fuerza de Figchen, sólo que no puedo imaginarme cómo puede usted decapitar o ahorcar a alguien con la misma naturalidad con que coloca este corsé.

—Debo dar de comer a mis hijos.

—No es razón suficiente.

—Con mi trabajo de verdugo evito que los ciudadanos comunes se vean en la necesidad de hacer justicia por su cuenta. No es bueno para nadie cargar su conciencia con un linchamiento o un asesinato, que finalmente no sería justicia sino venganza.

—¿Y cómo sabe usted que con dar muerte a un humano... se ejerce la justicia? ¿Cómo saber si ese "acto de justicia" no es un simple acto de injusticia...?

—Babet... —terció el tío Jorge Luis, que acababa de entrar.

—Dice bien —aceptó el hombre—. Nada sé. Es imposible saber, y tampoco es mi función. Veamos si la niña puede ponerse de pie.

—Tal vez debería dedicarse a acicalar los caballos de los que gobiernan, y conformarse con ser un peón más de sus caballerizas, limpiarles las botas, lavar y peinar las pelucas.

—Lo intentaré también cuando se me pida algo así. Si fuese suficiente para dar de comer a mis hijos, haría una cosa y no la otra... —aseguró, y eso fue lo último que pude escuchar.

No supe que otra cosa dijo Babet. O no recuerdo. O quise olvidar. Probablemente volví a desmayarme cuando comprendí que aquel hombre de aspecto endeble, Boris Engelhardt, era el verdugo de Stettin y sus alrededores, y regresaría a mi lado durante varios años, una vez cada doce días, para que pudiesen higienizarme mientras él, colocando el corsé en un maniquí de costura, hiciese los ajustes del caso de los dieciséis pasadores de metal: alargaba las correas y variaba la posición de los cerrojos, según el corsé fuese quedando pequeño en este cuerpo que, aunque un poco contrahecho, como él mismo predijo crecería fuerte y erguido hasta convertirme en una interesante mujer. Mujer casadera de diez años. Y todo gracias a la paciencia de aquel hombre tan atento conmigo y tan injustamente brutal con tantos otros; que para ejercer esa otra profesión de brazo de la ley, sólo exigía usar una capucha para protegerse a sí mismo —y a los ajusticiados— del horror de la mirada, del horror que causaba su propia mirada.

Capítulo 2

Mi papel debe ser perfecto.
Se espera de mí lo sobrenatural.

Figchen

Fue importante ser una consecuente alumna de mademoi-
selle Babet Cardel. Esa mezcla de cultura francesa, la
lectura de Montesquieu, Diderot, La Fontaine, imbuido
todo de la inmensa ternura y paciencia de mi nana, me dieron
el espíritu necesario para afrontar como una dama graciosa pero
con firmeza y arrogancia (¿por qué no habría de ser arrogante
por ser mujer, como la misma Babet sugería?) los embates que
me generaban esos tiempos de angustia y sordidez entre el
corsé, la cabeza rapada a causa del impétigo y el resquemor en
la mirada de los que me rodeaban por ser una niña poco agraciada, especialmente Johanna, mi madre, que sólo tenía ojos
tiernos para mi hermano Federico Augusto.

—¿Te sientes mejor, *ma petite*...?

—No sé, Babet...

—¿Duele?

—Sí, Babet.

—Te acostumbrarás... —murmuró—. Una se acostumbra fácilmente a todo.

—¿Así como con la cabeza?

21

—Lo del cabello es pasajero, *ma petite*. A cualquiera le pasa.

—Pero si a ninguna niña que conocemos le ha pasado...

—Verdad. Pero no te inquietes; serás más fuerte...

—Sí, eso me ha dicho Boris... que todos estos trances aumentarán mi fortaleza.

Babet rió con ganas, y me aclaró:

—No hablaba de ti, sino de tu cabello: rapado de ese modo, con tanto ungüento y masajes, le volverá a crecer a mi Figchen una mata de cabello igual de hermoso que el de una princesa.

—¿Así como el de Johanna?

—No como el de tu madre, *ma petite*: hablo del cabello de una verdadera princesa; mejor aún, el de una reina...

—¿Entonces crees que es verdad lo de las tres coronas que el canónigo leyó en mi mano?

Babet volvió a reír con más fuerza aún.

—No sé si serán tres las coronas ni de cuál casa real, pero sé que si no estudiamos un poco cada día, por muy abundante y hermoso que crezca tu cabello, no será atributo suficiente para sostener ninguna corona.

Y claro que no lo era. Por entonces ya había muerto Guillermo, mi primer hermano, y aún no había nacido Isabel Augusta Cristina, que morirá siendo pequeña. Por lo tanto, yo, Sofía Augusta, era la hija pródiga aunque Federico, débil, enfermizo y varón era el favorito de la princesa Johanna-Elizabeth Holstein-Gottorp.

Ser mujer es poseer la llave de acceso a cualquier príncipe heredero, con la complicidad de sus ambiciosos entornos. Acceder a formar parte de aquella *troupe* de princesas casaderas, era una verdadera batalla con institutrices, nanas, profesores de música, de danzas, de religión, de lenguas extranjeras y algunas otras estrategias más solapadas y de alcoba. Pese a mi aspecto físico, mi situación era favorable: pertenecía a la casa real de los Holstein-Gottorp, vivíamos en un castillo que —aunque venido a menos— era un baluarte real también por el lado de los Anhalt-Zerbst. Sabían que yo, Sofía Augusta, era una princesa con ciertas posibilidades. Pero pocos creían en mí, y nada mi madre.

Cómo confiar en esa niña poco agraciada, si la misma Johanna-Elisabeth Holstein-Gottorp nada había logrado con su belleza ni siquiera habiéndose embarazado del mismo Federico de Prusia, según nunca dejó de rumorearse.

Para colmo, su hermano mayor, casado con Isabel –la hija de Pedro el Grande–, había fallecido poco después del matrimonio sin dejar herederos; amores y muerte que confinaron a la princesa Isabel a un estado de soledad, ardores y resentimientos que no logró superar en brazos de ninguno de sus tantos amantes.

Nadie creía en mí, la pequeña Figchen, ni siquiera con el vaticinio de las tres coronas en mi mano, ni cuando me veían jugar en el patio o los alrededores, porque finalmente logré acomodarme a la circunstancia y rigidez que me imponía el corsé y la visita frecuente de Boris Engelhardt. Él solía decirme que ganaba en fortaleza.

Aún antes del corsé no me hizo falta mucha fuerza para quemar en el calienta-pies de mi cuarto, a aquella muñeca que Johanna me había traído de uno de sus viajes y con la que pretendía que jugara como juegan con muñecas todas las niñas. Siempre odié las muñecas, salvo y mucho más adelante, esas muñequitas rusas que se contienen las unas a las otras.

Sólo los libros que Babet Cardel ponía a mi alcance eran una buena compañía. Pero sobre todo, me resultaban inolvidables los momentos en que Babet servía el té con galletas de avena. Dejaba todo encima de la mesa, y con el tío Jorge Luis, a quien ambas llamábamos Georgie, hacíamos alguna pieza de teatro, que ellos pretendían fuese infantil, o recitábamos algún poema.

Una mañana golpearon a mi puerta. Pensando que traían el desayuno, fingí que dormía. Pero ante la insistencia respondí. La puerta se abrió y ahí estaba el tío Georgie. Traía entre los brazos un montoncito de pelusa marrón. Se acercó y, cuando llegó al ladito de mí, puso en mi regazo un cachorro de galgo. Una cachorra de ojos transparentes. Una verdadera princesa rusa, me dijo.

–¿Y por qué rusa…? Qué ocurrencia… –dije, acercando mi cara para que la lamiera. Tenía la lengua áspera y olorcito a cachorro.

El pelo era suave como la pana de la bata de dormir de Babet.

–Porque los galgos son rusos… y corren mucho. No son agraciados físicamente, son cálidos, nobles… y sobre todo vitales. Andariegos... Como a ti, a esta cachorra le gusta trepar y perderse por el campo... Ya verás.

—Entonces la llamaremos Zíngara...

—Zíngara. Me gusta, será una gitana como mi Figchen...

—Yo de gitana no tengo sino la voluntad...

—Y las ganas. Ella ayudará a que no olvides tus ganas...

—¿Ganas de qué?

—De correr, de trepar... Podrás ver cada uno de sus músculos en acción... Hasta podrás dibujar cada uno de los músculos, las patas de atrás con relación a las de adelante... su porte. Podrás observarla para no olvidar la armonía del cuerpo y la movilidad. Todo mientras da vueltas en torno a ti, cuando salte sobre la cama... y al sillón, y del sillón a tu falda...

Ambos sabíamos que no podría seguirle el juego, a no ser sólo con caricias.

Las intenciones del tío Georgie fueron bien claras: pese a las circunstancias yo no podía —ni debía— olvidar el placer del movimiento, la vitalidad y la conciencia de toda la agilidad posible en un ser vivo. Para nunca perder las ganas.

De este modo, entre Georgie, Zíngara y yo se estableció un juego compartido especialmente al anochecer; para evitar que Zíngara mojara el tapete del corredor o de la sala y para que pudiese dormir en mi cama, nos comprometimos ante Johanna a darle un paseo por afuera, antes de ir a dormir. Y, sin importar el estado del tiempo, aquel momento era nuestro. En el jardín, Zíngara, con su complicidad natural, corría por delante nuestro y alrededor de la fuente con el rabo entre las patas, y hasta se metía en la fuente. Si llovía o nevaba solíamos refugiarnos en la caballeriza, mientras ella cumplía su parte del ritual. Luego, Zíngara se arrebujaba a nuestro lado y permanecíamos quietos y echados, hasta que veíamos pasar la luz del candil en cada una de las ventanas del corredor y finalmente en el cuarto de mamá, cuando percibíamos su silueta con los brazos en alto corriendo el cortinado: la luz y ella desaparecían.

Entonces regresábamos. Georgie me cargaba. Imposible levantarme del suelo sin su ayuda. Nos dábamos un prolongado abrazo y a veces, sólo a veces, él me rozaba la boca con un beso. Porque decía que no podría aprender a besar —y esas otras cosas del amor— si me pasaba el día entre libros. Antes de salir de la caballeriza, Zíngara ladraba y el tío volvía a dejarme de pie en el suelo. Cuando llegábamos a la escalera me llevaba del hombro y Zíngara saltaba por delante ladrando. Ni bien atravesábamos la puerta, Babet ya nos esperaba junto a la chimenea, el fuego bien atizado y el té servido.

Pese a mi corta edad por esos días —apenas diez años—, podría decirse que aquellos no eran acontecimientos de la niñez sino de una adolescencia temprana. Pronto lo comprendí. Lo percibía cada día en el espejo, tenía el rostro del placer aunque no conocía el placer. No del todo. Antes de dormirnos leíamos a La Fontaine o las *Mil y una noches* con su promesa de príncipes bien dotados y aromas de almizcle, o la historia de Juana de Arco, que nos contaba Babet. Así pasaban las noches.

No todo era tan ameno siempre. Hubo un anochecer, por esos días, en que fui rudamente recriminada. Escuchando el alboroto de los niños en la calle, trepé como pude por una enredadera de flores rojas y espinas, que desgarró parte del vestido. Logré caer al otro lado del muro. Atardecía, era día de San Pedro y San Pablo, y los niños habían encendido fuego para quemar castañas que vendían en cartuchos de papel a los que pasaban, por unas monedas que metían en un bolsito de piel. Otros hacían música, cantaban —cosa que para mí era imposible porque la música me sonaba sólo a ruido— y pasaban la gorra. Algunos vendían pasteles tibios, que habían pedido a Fritz, el panadero, y que calentaban a un costado de las castañas. Yo, con el vestido rasgado y el corsé ensangrentado porque una rosa me arañó el cuello, con la melenita apenas asomando y un poco en desorden bajo el gorro, me trepé a una tarima que había preparado Alexander. Me ayudó a subir e hizo palmas convocando a la gente, que me rodeó de inmediato. Desde ahí y frente a todos, recité a Racine:

...mas ¿qué hago? ¿De qué modo mi razón se extravía? / ¡Yo celosa! ¡Y es Teseo a quien quiero implorar! / Mi esposo vive, y ardo de amor por otro todavía! / Cada palabra mía me eriza los cabellos. / Ahora mis crímenes colman la medida. / Todo en mí es, a la vez, incesto e impostura...

Saludé con reverencias hacia el público y, cuando me quité el gorro para que echasen ahí las monedas y no a mis pies, fui descubierta por mi madre. Avergonzada siempre de mí, sin saber qué hacer conmigo, me llevó frente al canónigo –confesor de mi madre y adicto como ella a la quiromancia– y frente a Dowe, el pastor luterano encargado de educarme religiosamente según los deseos de mi padre. Fui enfrentada una vez más al consejo de familia.

–¿Por qué lo hiciste, hija?

–Porque así lo decidimos con los otros niños, y el motivo era justo.

–Motivo justo, dices. Y tú qué sabes de la justicia... Además, una niña de tu clase en la calle y con esas gentes, nada menos que recitando al tal Racine... vergonzante.

–No sé, madre; pero si todos en el pueblo lo consideran justo y necesario, ¿por qué dudar que no lo sea?...

Pedro el Grande, zar de Rusia, durante su segundo viaje a Occidente. En la imagen, momento en el cual se encuentra con Luis XV cuando éste aún era un niño.

—¿Y qué es lo que pretenden?... —preguntó el canónigo conciliador.

—Juntar el dinero que la ley pagará a Boris Engelhardt por decapitar a la madre de Alexander... Boris ha dicho que él sólo ejerce ese trabajo por la paga... Pensamos que si le conseguimos el dinero... él no necesitará ajusticiar a esa pobre señora, y Alexander y sus hermanos no quedarán huérfanos...

—Qué disparate...

—Ningún disparate, madre. Se decidió que cada uno haría lo que pudiese ofrecer como espectáculo a la gente, a cambio de unas pocas monedas... como una kermés... o como si pagaran en el teatro... o en una fiesta patronal.

Mi madre observó al pastor Dowe, esperando algún comentario. Pero el pobre hombre sólo carraspeó, evitando las miradas de Babet y el canónigo. Finalmente, se animó a decir:

—Hemos de considerar que la idea no es del todo errada... aunque le tocará a esa mujer su inevitable juicio al fin, y sólo a la bondad de Dios corresponde hacer justicia.

—Pero —intervino mi madre— es que no estamos juzgando ahora a esa mujer ni al verdugo, sino a mi hija por haberse escapado sin permiso, por saltar el cerco en su estado, rasgarse el vestido y sangrar, quitarse la gorra ante toda esa gente de quien terminó aceptando unas monedas por recitar semejante poema. En plena calle todo, pastor Dowe... y nada menos que a Racine... Esta niña está endemoniada. Siempre lo he dicho.

—No diga eso, señora Johanna —interrumpió el canónigo.

—Es sólo una niña —agregó el pastor Dowe—. Dios habrá de ser justo con ella cuando llegue el momento.

—¿Y no tienes nada qué decir en tu defensa? —me preguntó el tío Jorge Luis, circunspecto.

—No sé si puedo...

—Puedes... —concedió el canónigo, mirando enseguida a mi madre.

—No puedo oponerme a su voluntad, canónigo... Digo, cómo puede conciliarse la inmensidad de Dios con la terrible prueba del juicio final; digo, cómo conciliar esa inmensa bondad de Dios, si el pobre Boris Engelhardt para alimentar a sus hijos debe cortar cabezas, y en este caso nada más que porque esta mujer ha robado unos panes para dar de comer al pobre Alexander y a sus hermanos.

—Y dar refugio a un extranjero... —acotó mi madre—. Quién sabe de dónde vino ese hombre, con qué intenciones, de dónde o de quién huye, y por qué... Un desertor tal vez; y alojarse justo en casa de esa mujer... ¿Y tú dices que robó panes para sus hijos? Seguro que robó para ese hombre...

—Pero ahora, madrecita, no estamos juzgando a esa mujer, ni al verdugo, ni a Racine, sólo a mí.

—¿Ven por qué digo que está endemoniada....? —demandó sacudiéndome del brazo con ira.

—Sofía Augusta, voy a terminar por dar razón a tu madre. ¡¿Cómo te atreves a dudar de la bondad de Dios...?! —sostuvo el pastor.

—Seguramente la niña no duda de Dios... —trató de conciliar Babet—, sino de la bondad de los hombres que imponen su ley invocando el nombre de Dios. ¿Verdad, Figchen?

No respondí. Sólo me detuve a gozar la sensación del cabello cayéndome suave a ambos lados de la cara, acariciándome los pómulos y devolviéndome una sensación que creía haber perdido para siempre. Sólo entonces advertí que el cabello había crecido, y que me había curado del impétigo; pero —sobre todo— que pude saltar un muro.

El tiempo transcurría lentamente en lo cotidiano, y veloz en el resto de las cosas. De a poco me fui convirtiendo en lo que mi madre quería: una niña normal, según ella.

En la sala, Boris trazó nuevos dibujos del resultado final del tratamiento, para dejar constancia de aquellos tiempos. Al final terminó con su firma y, debajo, en letras más pequeñas escribió: "Gracias".

—Gracias a usted por curar a la niña.

—Pero lo que hice no fue sino ajustar unos pocos huesos mal entrazados en el cuerpecito de una niña. Una cosa simple y placentera en la vida de un hombre como yo.

—¿Qué quiere decir con "un hombre como yo", si ya ha dejado de ser el verdugo de Stettin?... —pregunté.

—Pero lo he sido muchos años, Figchen, y eso es difícil de perdonar.

—Nosotras lo hemos perdonado desde siempre. Hay hombres y mujeres dañinos que torturan y maltratan a todos a su alrededor y ni siquiera lo hacen por dinero sino por puro placer. El puro placer de hacer daño y ejercer el poder.

—Porque están enfermos de odio y resentimiento...

Veía florecer los rosales y morir las rosas por varias temporadas, hasta que un buen día, Boris Engelhardt llegó a la casa con una rosa en la mano y me la regaló sin decir nada. Al rato me quitó el corsé. Volvimos los tres a observarme desnuda frente al espejo. Lentamente midió distancias, la altura de un hombro con relación al otro. Los huesos de la cadera que no sólo ocupaban su exacto sitio sino que parecían haberse expandido o, mejor aún, estar bien resguardados por el engrosamiento propio que provoca la pubertad.

—Por favor, que se vista rápido que ya no se la ve tan niña...—dijo Boris a Babet, y ambos rieron.

Mientras me vestía, el hombre se sentó cerca de la ventana, un poco alejado de nosotras, y terminó sus notas sobre mis dolencias.

—La *petite* Figchen ha crecido. Al fin camina erguida, derecha y firme, sabe adónde ir y cómo hacerlo...Ya no necesita de mí —dijo luego Boris Engelhardt, besando mi mano.

—Tal vez la pequeña Figchen no, pero puede que alguna vez Sofía Augusta... —bromeé.

—Dios ha de ser justo también con Sofía, no habrá de querer que volvamos a encontrarnos... —ironizó mientras besaba también la mano de Babet.

—Si Dios realmente es Dios, debe ser más justo que los hombres, y entonces hará que volvamos a vernos —repuse.

Capítulo 3

Aquel día con el tío Jorge Luis, en el afán de no hablar de aquello que nos inquietaba, hasta leímos cuentos de *Las mil y una noches*. Sin embargo, en el cuento que Scherezade contaba en la noche 423, encontré unos versos que no dudé en repetir en voz alta, y que una vez más echaron al ruedo nuestros desatinos: "¡Con este amor quiero morir yo misma, y con este amor resucitar...!"

Georgie apenas sonrió.

—Te sientes tan sola siempre, pero yo también estoy solo.

—Tú estás solo porque quieres...Yo, porque tú me dejas sola.

—Entonces también estás sola porque quieres...

—¿Acaso nunca hablarás en serio, tío Georgie?

—Tal vez mucho más de lo que crees, pero eres tan niña aún... Veamos ahora qué sorpresa nos depara la caballeriza... y deja de pelearte conmigo, que no soy quien se porta mal contigo.

La ternura de sus ojos, como tantas veces, me dio bríos. Salí corriendo y Zíngara saltaba y ladraba a mi lado. No se había acostumbrado a verme correr por los pasillos. Eso la inquietaba tanto como la alegraba. Si bien yo había crecido, la falta del corsé me permitía una agilidad que, después de cuatro años presa en él, tampoco a mí me era familiar. Las puertas de los cuartos todavía me resultaban un dilema… Sin embargo, por lo menos ya no era un inconveniente alzar los brazos; hasta mis manos parecían haber crecido como para alcanzar el picaporte sin dificultad.

Corrimos escaleras abajo, tropecé con la criada Pauline —que lustraba el barandal—; cerré los ojos al pasar cerca de ella pues el aroma de la nogalina estremecía mis sentidos. Zíngara me esperaba abajo, acostumbrada a que siempre era ella la primera en alcanzar la moqueta de la entrada principal. Tío Georgie me echó encima el capote de lino y la pamela, para protegerme del sol. Pero la quité, pues estrenaba el goce del pelo azotado por el viento.

Zíngara no dejaba de correr y saltar. Olisqueaba el aire, que era cálido y esa tarde olía a heno y a flores. Cuando llegamos a la entrada de la caballeriza, el tío Georgie se detuvo y me cubrió los ojos. Seguimos andando entre los ladridos de Zíngara, que daba vueltas con la alegría de quien ya conoce la sorpresa y no puede contarla. Una vez dentro de la caballeriza, me quitó las manos y dijo que ya podía mirar. Pero continué con los ojos cerrados. Es que cada vez que jugábamos y aunque Georgie me decía que podía mirar, para mí, la mejor manera era mirar con las manos.

Él lo sabía porque a eso jugábamos con cierta frecuencia. Ver con las manos, con la piel, aceptar lo imprescindible de conocer y amar. Para ese entonces todo comenzaba a ser diferente: yo, la pequeña, la enjuta, la fea, la contrahecha, podía poner más cosas en juego que sólo las manos y los ojos. Mucho más vital podía ser.

Sin embargo, guió mis manos. Pude tocar entonces el pecho musculoso del animal, su grupa, sus muslos bien formados y como torneados en bronce, el noble rostro, sus ojos atentos a mis manos, aunque según Georgie también el corcel cerraba los ojos al contacto de mis dedos. Escarceó un poco gozando de mis caricias.

Aquel fue el regalo más importante del tío Georgie. Una vez más, Georgie pensaba en mí. Sabía que todo aquel tiempo de estarme quieta, encarcelada en un corsé, hacía necesario recuperar lo perdido y con creces, y su intención era empezar lo antes posible.

Catalina II montada sobre un caballo blanco que no era su fiel "Azul". La emperatriz fue una eximia jinete desde muy pequeña, y su relación con los animales, en especial con los caballos, fue siempre bastante cálida.

Me tomó por la cintura y me subió al potro, que era negro, tibio y prometía interminables paseos. También él montó. Qué mejor que dar aquel primer paseo juntos. Sentir su calor, sentado detrás de mí, y entre mis muslos el calor del lomo del corcel. Nunca había sentido algo así.

—¿Cómo lo llamarás, Figchen?

—No se me ocurre ahora...

—Pero el nombre es importante. ¿Acaso es igual para ti si yo te digo Figchen o Sofía Augusta?

—O como si yo te llamo tío Jorge Luis en lugar de Georgie...

—Ya ves.

—Es verdad. ¿Y me enseñarás a montar?

—Aprenderás antes de lo que te imaginas. Pero por ahora, hasta que todos nos acostumbremos, será mejor de este modo...

—Y adónde me llevas ahora....

—¿Recuerdas aquel prado que cruzamos en el último viaje en coche, camino a Stettin?

—El de las flores azules que pintamos para el cuadro de la sala.

—Hacia allá vamos...

—Pero esas flores se habrán secado.

—Y habrán vuelto a florecer otras, pues ha pasado un año.

—Verdad —dije apoltronando más la espalda contra su pecho.

—Cuando lleguemos al campo azul, practicarás tú sola. Te guiaré después, pero ahora debes acostumbrarte a curvar tus piernas y acomodar los muslos en torno al animal. Mientras tanto, piensa un nombre y déjate llevar, así como ahora conmigo.

—Pero cuando te vayas no tendré dónde reclinar mi espalda.

Georgie rió y se pegó un poco más a mí.

—Qué te hace pensar que me iré, Figchen. Pero pronto no necesitarás en quién reclinarte: ya eres lo suficientemente fuerte y erguida para arreglarte sola. Pronto, ni te acordarás de mí.

—¡Cómo dices eso!

No contestó. Noté que, empezando por las caderas, sus muslos ejercieron un firme golpecito en los flancos del caballo, y tal vez sin quererlo un poquito en mí. El galope fue lento y cadencioso. Sostenía las riendas rodeándome la cintura con sus brazos por debajo de los míos.

Tal vez éste no es un recuerdo original ni bucólico, pero es el mío y forma parte de uno de los momentos de mayor plenitud e intensidad.

Cuando llegamos al campo azul, se apeó del caballo y me dejó sola. Me indicó cómo llevar las riendas y hacia dónde moverlas según la dirección deseada. Nos reímos, eso sí, porque mis piernas aún no tenían la fuerza ni la misma persuasión que las de Georgie.

—Pero eso llegará con el tiempo, Figchen, y todo será natural para entonces.

Di varias vueltas por el campito. El corcel obedecía o simplemente me dejaba hacer. Como corresponde.

—Si sabes guiarlo, será necesario que le des una orden. Debes aprender muy bien esa conducta en tu vida, mi adorada Figchen. ¿Aún no has pensado cómo le llamarás?

—Azul… ¿puedo llamarle Azul?

—Como quieras —dijo Georgie, y Azul relinchó suavemente.

—Parece que su nombre le ha gustado.

—Tal vez reclama su bautismo.

—¿Bautismo? ¿Acaso crees en las ceremonias de bautismo?

—No del todo, pero cómo sabemos que Azul no cree —bromeó mientras me ayudaba a bajar.

—¿Y ahora? —dije.

—Ahora, a descansar. Iremos al arroyo. Pensemos en un bautismo adecuado. Mientras tanto, Azul comerá: le gustará esa pastura fresca.

—También a mí me gusta —dije echándome de espaldas al suelo y con Azul a mi lado.

—Huele bien la hierba, y así se siente mejor aún. Me ha inspirado con el nombre del caballo.

—Azul. No dejes de nombrarlo, porque se sentirá triste si no lo llamas por su nombre, mi querida Figchen.

—¿Crees que, si dormimos un rato, Azul se irá?

—No. Pero sin dudas, con este calorcito, le gustará si lo bautizamos en el arroyo.

Sin dudar me quité las botas, él desató las tiras que por detrás sujetaban el delantal al vestido y me quité los dos. Dejé una sola de las enaguas. Georgie también se quitó las botas, el chaleco y lo ayudé con la camisa que sólo tenía tres botones. Reímos. Corrimos y nos metimos en el arroyo. Chapoteamos. Nadé según el mismo Georgie me había enseñado desde muy pequeña. Antes del maldito corsé.

Llamamos a Azul, que tardó un rato en alzar la cabeza, pero al vernos saltar en el agua y reír, no pudo menos que hacer un pequeño escarceo. Tímidamente se acercó a la orilla. Georgie salió del agua, le quitó los arneses y tomándose de las crines volvió a montarlo, en pelo. Azul, con otro escarceo, parecía agradecer la frescura. Se metieron al agua; aferrándome a su mano monté otra vez por delante de Georgie. Así montamos por un rato, en el agua. En comunión los tres.

Compenetrados en ese momento de bautismo. Azul percibía sin dudas nuestra alegría. Sentía el estremecimiento del cuerpo del hombre que, a mi espalda, endurecía sus músculos y me hacía vibrar conmocionando cada uno de los míos. Georgie me alzó en el aire y me enfrentó hacia él. Yo, como siempre, lo dejé hacer. Quién si no Georgie para enseñarme todo aquello que era bueno para mí y que debía aprender no como niña sino como mujer. Por un rato cabalgamos en lo más profundo del arroyo. Georgie encima de Azul, y yo encima de Georgie; me abracé a su cintura con las piernas y con los brazos que al fin podía alzar con libertad, sin dolor ni las ataduras del corsé. Rodeé su cuello. No hacía falta más para lograr un éxtasis ideal. Nada mejor que un hombre y un caballo. Es algo que nunca pude olvidar ni volver a intentar.

Los músculos tensos de Azul, gozoso del agua y de nosotros, de aquella especie de comunión y bautismo; tensos los músculos de Georgie acorde a la entrega de los míos, a esa firme ternura que se espera de nosotras: mostrarnos como arcilla dura pero con la nobleza necesaria para tomar la forma con que se nos modele. Esto era Figchen para Georgie. Él era mi creador. Igual de dócil sería Azul. Cualquier situación, cualquier movimiento parecía sernos posible. Empujó con suavidad mi espalda sobre las crines de Azul que, quieto ya, gozaba del agua fresca y de nuestra presencia.

Cuando sentí el reflejo instintivo de moverme, cuando el deseo me llevó a moverme, Georgie dio un suave golpe con sus piernas a los costados de Azul, que reinició la marcha. Pude sentir a Georgie más intensamente entonces, más cercano aún e intensificar mi deseo de tanto percibir el suyo a través de la ropa.

–No olvidemos que es sólo una especie de bautismo y que no sabemos si Azul estará de acuerdo... –dijo Georgie–. Nada más que un pequeño bautismo.

Nada dije. No sabía qué decir. Nada importaba. No encontraba las palabras; supe que tal vez nunca encontraría palabras para expresarme en momentos como aquél, para hacer saber a Georgie todo lo que bullía en mí. Cabalgando de ese modo por un rato, siempre recostada sobre la cabeza de Azul y abrazando a Georgie con las piernas, yendo así por el agua, sólo cuando noté que la tensión de su cuerpo había cedido, sólo entonces cedió también ese irrefrenable deseo de moverme, de cabalgar encima de él y de gritarle algunas palabras que no dejaba brotar de mí porque no las reconocía. Palabras sin sentido, o con algún sentido que aún desconocía. Sólo entonces pude entender de qué se trataba ese juego maravilloso en el que acababa de iniciarme. Por el brillo de sus ojos y ciertas lágrimas que involuntariamente caían de los míos, deduje que el tío Georgie reservaba para sí algunas de las reglas de aquel juego.

Los dos reímos al fin. Puse mis brazos, una vez más, en torno a su cuello, y pegué mi cara contra la suya.

—Volvamos a cerrar los ojos —dije.

Los cerramos y así nos quedamos, entremezclados uno con el otro, prendida a él igual que una enredadera al muro. Azul dio vueltas al arroyo hasta que —cansado de nosotros, o prudente, como no lo éramos nosotros— salió del agua y, quieto, se demoró a mordisquear algunas de las flores azules entre la gramilla.

Nos apeamos y dejamos que el caballo descansara a sus anchas. Nos echamos en la hierba y al sol: debíamos secarnos la ropa antes de regresar. Georgie tomó mi mano, la abrió encima de su pecho y cerró los ojos. Cuando comprendí la necesidad de su quietud, deseé que él comprendiese también las razones de mi agradecimiento y mi paz; tomé su mano y la abandoné sobre mi monte de Venus.

—¿Y eso? —murmuró.

—Mi monte de Venus… ¿No dijiste que así se llamaba?

Él rió, y sólo dijo:

—Cierra los ojos y calla.

Capítulo 4

La extrema fealdad que antes me aquejaba
había desaparecido.
Figchen

No mucho después se decidió un viaje a Kiel. Babet Cardel nos acompañaría. También el tío Jorge Luis, quien, según Johanna, necesitaba una novia –pues rondaba los veinte– y si fuera posible una igual que nosotros, perteneciente a una Casa Real. El tío Georgie y yo éramos sin duda la esperanza para el futuro familiar.

En algo coincidíamos con mi madre: ambas amábamos viajar y conocer gente. Las interminables y serenas horas del carruaje, el trotecito de los caballos, la somnolencia que aquel trote nos provocaba, el viento meciendo el ramaje de los árboles a nuestro paso, el aletear de los pájaros, su canto, las melódicas e interminables lecturas de Babet. Todo era verdadera música para mis oídos.

Aunque la verdad es que tampoco desoía los comentarios de mi madre acerca de la probabilidad de conocer al fin, en alguna de esas fiestas familiares, a Pedro Ulrico de Holstein, un primo lejano casi de mi edad; pues si bien era bastante niña aún, poco a poco me iba ganando la idea del título de Reina. Llevaba tiempo escuchando sobre un probable matrimonio con aquel primo, presunto heredero al trono de Suecia o de Rusia.

Para colmo de males, o de bienes, según se vean los chismes, se había puesto en marcha, en Rusia, una de esas tantas revoluciones. Isabel —segunda hija de Pedro el Grande, viuda de mi tío Carlos Augusto Holstein-Gottorp y sin hijos—, desde que su padre, el gran Pedro, muriera, soportaba a quien le sucedió: Iván de Brunswick. Por lo tanto, Isabel, que comenzaba a pergeñar todo aquello de las revueltas, logró destronar al pequeño Iván y su madre regente. Tal vez porque Isabel conocía muy de cerca los pormenores e inminentes resultados de la conspiración, es que de inmediato pensó en nosotros, sus sobrinos lejanos, como probables candidatos al reinado de Rusia. Y, de ese modo, podría hacerse cargo ella misma de la regencia, dada nuestra edad y total inexperiencia, a lo que sumaba sin duda que no éramos sino un par de niños alemanes. Pero nada sabíamos aún, Pedro y yo, de aquellas maquinaciones. Sólo alguna pequeña cosa, como la formalidad de conocernos en Kiel.

En efecto, fuimos presentados, en esa fiesta en Kiel, corriendo el año 1739, en el castillo de uno de los primos de mi madre, futuro rey de Suecia. Pude entonces vislumbrar más de cerca el resentimiento de Johanna a causa de su pobre matrimonio y el inmenso orgullo que la dominaba y ostentaba de pertenecer a una de las familias más importantes de Alemania. Fuimos recibidos con todos los honores del caso. Alojados en el castillo del primo de mi madre, Adolfo Federico, también apellidado Holstein-Gottorp.

Me movía a mis anchas en ese entorno fastuoso, a la luz de las cientos de velas encendidas especialmente para la gran velada.

A pocas horas de la reunión, se dispuso ella misma a peinarme y probar dos o tres tocados posibles en una princesa. Nunca como entonces noté su voluntario olvido acerca de mi poca edad y tal vez de la suya. Mamá me llevaba apenas dieciséis años, aunque sin duda no era la edad sino la oportunidad presentada lo que me hacía parecer mayor ante sus ojos. Esa misma noche, observando cómo me movía en sociedad, Johanna no veía en su hija sino a alguien que podría abrirle paso a sus propias expectativas.

Mi encuentro con Pedro Ulrico fue premonitorio. Muchas cosas nos unían. Habíamos llegado al mundo en épocas similares, era enfermizo y contrahecho, aunque no parecía afectarle como a mí. Pero, en realidad, fuera de esta circunstancia que de algún modo yo había superado, y la de ser primos en tercer grado ostentando el mismo apellido, no teníamos tanto en común. Sonreímos. Verlo tan feo me hizo sentir más hermosa, más segura. Noté en su mirada cierta benevolencia, aunque quizá no haya sido más que complacencia y algo de ternura en los ojos, una ternura bastante encubierta.

Pedro III despreciaba a los rusos y vivía sus responsabilidades de gobierno como un peso difícil de sobrellevar. Dichas características acabaron haciéndole perder el poder a manos de Catalina. Óleo de Fedor Rokotov.

—¿Has notado que todos los ojos están puestos en nosotros...? —dijo con desinterés o interesado solamente en el color del vino con que alguien llenaba su copa.

—Verdad... Es que tal vez también tú lo llevas en las líneas de tu mano...

—No sé de qué me hablas... —murmuró como al pasar siguiendo con su mirada a la muchacha que continuaba llenando las copas.

—Me han dicho que llevo las tres coronas en las líneas de mi mano...

Aunque sonrió, Pedro Ulrico parecía desentendido del tema. Pude percibir desde entonces la inminente verdad, o los primeros indicios de algo que, más adelante supe, no era más que su natural indolencia y apatía. Cuántas veces me sucederá, como esa primera vez frente a él, que lamentablemente desatendí mis percepciones.

—¿Y estarías dispuesta a reemplazar a la emperatriz Isabel? ¿Nada menos que a la hija de Pedro el Grande?

La pregunta me hizo reír con ganas. Pero él continuó, seriamente:

—¿Te sientes capaz de conducir un imperio? ¿Realmente lo deseas?

—¿Y tú no?

—Qué importa lo que yo deseo si no podré hacer nada para evitar lo que ya han decidido. Ni siquiera podré elegir siendo ya rey. Pero en tu caso es distinto, tú puedes no aceptar. ¿Te imaginas gobernar un imperio y nada menos que a los rusos?

—¿Cómo que no puedes elegir...? ¿Qué es lo que no puedes elegir?

—A lo único que tal vez pueda decir sí o no, es a la candidata... Podré decir, por ejemplo: "La princesa Sofía Augusta no me agrada, busquemos otra"... Pero nunca podré negarme a ser rey de Rusia.

—O de Suecia —dije bajando la voz porque no se me había ocurrido que dudara justamente de mí.

—Nada puede hacerse cuando el futuro ha sido decidido antes de darnos a luz... —dijo Pedro Ulrico con desdén, e hizo una seña a un hombre que servía vino.

Tal vez con ese mismo desdén, el tío Georgie observaba el entorno mientras se acercaba para solicitarme el primer baile. El brillo de su mirada me pareció extraordinario en medio de aquel falso esplendor que nos rodeaba. Y más deslucida aún resultaba la fatídica media sonrisa de Pedro Ulrico. Me disculpé con rapidez y me agarré al brazo de Georgie. Pero de inmediato mi madre, que caminaba hacia nosotros y unos pasos por delante de la mismísima Emperatriz, expresó sonriente:

—Querido Jorge Luis, hermano mío, la cortesía establece que debes iniciar el baile con tu cuñada, la emperatriz Isabel. Además, seguramente Pedro Ulrico querrá bailar con Sofía Augusta.

—Sin embargo —sugerí como al pasar y en voz baja—, lo correcto será que Pedro Ulrico abra el baile con su tía Isabel... Y tal vez, madre, no estaría de más que sugirieras al dueño de la casa tenga a bien concederte tu primer baile... Después de todo, Adolfo Federico nos ha invitado especialmente y debes agradecer de algún modo.

—Verdad, Johanna. Debes ser considerada con él. Lo mismo hará sin dudas Pedro con Isabel como sobrino favorito. Nadie se ocupará de nosotros por ahora —sugirió Jorge Luis tomándome del brazo y alejándome del grupo.

Isabel simuló su risa tras la copa de vino que bebía, la entregó a alguien que pasaba y concluyó diciendo:

—No hay duda de que la muchacha tiene agallas... Me gusta su estilo, Johanna... Ven, Pedro Ulrico, abramos el baile que ya habrá tiempo de conciliábulos entre tú y la princesa.

Mientras mi tío me conducía al salón, alcancé a ver en el semblante de mi madre que el disgusto causado en el primer momento por mi comentario, se había convertido en aprobación. En cambio, por la presión que Georgie ejercía sobre mi brazo caminando hacia la pista de baile, advertí que su satisfacción inicial respecto de mi comentario se había convertido en disgusto.

Capítulo 5

Todo esto me inquietaba mucho
y temía yo que estaba destinada al
Gran Duque, Pedro Ulrico.
Figchen

Tras el regreso de Kiel, las cosas cambiaron notablemente. Ciertos comentarios, cierto ir y venir por la casa, el cuchicheo de las mucamas, hasta Babet parecía secretear con ellas a ratos, para luego disimular conmigo cierta inquietud. El humor de mi madre había mejorado notablemente, también en cuanto a su relación con mi padre, pues curiosamente él había recibido un importante reconocimiento del propio Federico de Prusia, dentro de su ejército. Y mi madre había recibido un regalo de su cuñada Isabel. Raro todo. Y especialmente rara la conducta de Georgie. Por un lado estábamos cada vez más unidos, cada vez más cercanos: los abrazos robados eran más prolongados, más íntimos, ya casi nada quedaba por suponer. Lo manteníamos en secreto pero estábamos enamorados, tal vez un poco más él que yo. Verdad. Para mí los acontecimientos se precipitaban con una velocidad que no comprendía del todo.

Así, cuando creía haberme habituado a las ausencias maternas, comencé a temer la desacostumbrada presencia de Johanna cerca de mí, como si quisiese recuperar el tiempo perdido. Sólo las veces en que salíamos con el tío Georgie, Zíngara y Azul, en algún día de campo, mamá parecía mantenerse alejada. A todo esto, había pedido a Babet que le diera algunas clases para reforzar su francés, pero sobre todo que la ayudase a leer y comprender a los autores a la moda.

O sea que Babet Cardel, con un ojo un poco más alto que el otro, confundida aunque no tanto como yo, se sentaba al otro lado de la mesa a escuchar y corregir a Johanna, que se empecinaba en comprender y pensar en aquella lengua extranjera, según le habían dicho, tan amada en Rusia. Hasta nos había prometido un próximo viaje a París, las tres juntitas y solas. El fin: comprar telas para ropas nuevas, y empezar a coser un ajuar acorde a una princesa casadera, por las dudas, porque en eso me había convertido después de aquella presentación en sociedad. Todo eso ella había comentado con euforia una tarde que Georgie y yo partíamos al campo con la canasta de merienda.

—Algo se traen entre manos...—le dije a Georgie, que cada vez parecía más reservado en sus comentarios y se negaba a que montáramos juntos en Azul.

Hasta eso había cambiado. Él llevaba su propio corcel. Corríamos carreras a veces, tal vez más como pretexto para alejarnos que con propósitos competitivos. Me había enseñado a saltar obstáculos. Azul y yo éramos expertos en saltar matas y cercos. Además no era tiempo de meternos en el arroyo porque hacía frío. A cambio, habíamos descubierto un pequeño establo en el bosque donde conversar al amparo del fuego y la soledad.

—Sí... —insistí a Georgie—, algo se traen entre manos... ¿Qué piensas?

—Viniendo de tu madre... no será nada bueno.

—No eres para nada considerado con ella.

—Tú nunca lo has sido.

—Porque es mi madre...

—Porque es mi hermana...

Reímos. Sabíamos, sí, que algo amenazaba aquella paz. Tal vez por eso, no ocupábamos mucho tiempo en tratar de desentrañar el entuerto y sí en abrazarnos y besarnos cerca del fuego y al calor de Azul, y de Jamelgo, como él llamaba a su propio caballo.

En cuanto a nosotros, era otra cosa. Comenzaba mi despertar al sexo, en el que también se me exigiría cierta destreza sin dudas, como para todo en la vida. En cuanto a Georgie, alentaba la esperanza de poder convencer a mis padres de que él podría ser tan buen marido como cualquiera o mejor: después de todo también pertenecíamos a los Holstein-Gottorp. Claro que nada de eso era lo que lo acercaba a mí. En el momento del abrazo más intenso, de los besos más apasionados, ningún pensamiento acerca de algún futuro posible nos rondaba.

Sea como fuere, yo debía preservar mi virginidad. Por lo menos en lo que a la cuestión física se refiere, porque algo más había sucedido aquella tarde regresando del arroyo antes del viaje a Kiel. Es que finalmente y cabalgando, Georgie eyaculó y aquel calor, aquella sensación desconocida hizo que me estremeciera hasta el punto de darme cuenta de que jamás podría vivir sin ese calor que acaba de descubrir. Más tarde ya, cuando regresábamos al galope y en silencio, recordando aquel calor espeso, creí desfallecer. Me sentí rara. Pedí al tío Georgie detenernos porque tenía necesidad de orinar. Él sonrió, sin hacer comentarios. Nos detuvimos.

—Iré tras las matas... —dije, y él volvió sonreír.

Se sentó a esperar. Pero no pude orinar. Sólo sentía deseos de tocarme, tratando de saciar esa nueva sed que parecía haberse apropiado de mí, sin comprender qué sucedía.

—¿Te sientes mal, Figchen? —preguntó desde el otro lado del matorral, y como no contesté vino por mí.

—No sé, algo me sucede —dije encendida y avergonzada.

—Deja que vea.

Él puso su mano entre mis piernas y la movió de manera tal que el deseo se me hizo aún mayor. Toda yo era un caldero a punto de ebullición. Sentí que las rodillas se me aflojaban. Cuando Georgie creyó que yo estaba a punto de gritar, sin quitar su mano de mi entrepierna ni dejarla quieta, me besó o tal vez sólo contuvo mi grito con un beso más prolongado. Entonces sí me oriné en su mano, aunque fue un orín diferente. Asustada y avergonzada por haberme orinado en su mano, lloré.

—Está bien, querida Figchen. No llores, que ya pasa. Habrá de ocurrirte muchas veces a lo largo de tu vida, y ojalá sea mejor cada vez. Está bien que así suceda. ¿Ves esto? —preguntó mostrándome el líquido que yo había expulsado sobre su mano—: esto, mi niña, es producto del amor. ¿Ves? No, si no es orín, mi niña, es otra cosa, ¿ves? Es tibiecito y dulce como la miel con que Babet rocía las hojuelas.

Efectivamente, muchas cosas habían cambiado al regreso de Kiel. Los secretos entre el tío Georgie y yo fueron mayores y más intensos. Estas eran las mejores cosas que sucedían, las más inofensivas que podía esperar durante el resto de mi vida. Pero eso lo supe muchos años más tarde.

Capítulo 6

Cuando me siento a la mesa, las trompetas
de la casa,los tambores y las flautas,
los oboes de la guardia
que están fuera forman un carillón...
Apenas puedo creer que todo esto está destinado
a mi pobre persona.

Figchen

Pero por aquellos tiempos, poco o nada importaban cosas como mi despertar al sexo, el amor que nos profesábamos Georgie y yo, y la ambición de mi madre que no desconocía este amor. Cosas mucho más importantes estaban en juego y movían los hilos. Tal vez Pedro Ulrico, con su desdén y su ignorancia, no se había equivocado. Pese a todo, esta sensación me hizo pensar un poco más en él.

"El ministro de Rusia, cuya venalidad hubiera puesto a su amante en subasta de haber encontrado a alguien lo bastante rico como para pagarla, vendió a los sajones un contrato de matrimonio precoz", andaba diciendo Federico II de Prusia, según los chismes que corrían de reino en reino, y dando fe de su desinterés y el de Prusia por que se llevara a cabo esta alianza entre Sajonia y Rusia.

Yo, con mi aún precaria idea de las cosas, me preguntaba si él conocía en realidad los verdaderos motivos de Isabel, que después de todo no era más que mi tía y la del Gran Duque. Con su actitud acaparaba a los Holstein-Gottorp, asegurándose bien de cerca y en familia la dinastía de los Romanov.

Alimentando aquello que no era sino el sueño de la dinastía, una dinastía de ensueño. Algo que no era más que un nombre impuesto a todos nosotros y nuestros probables herederos.

Por supuesto que a mis escasos años nada de esto —o poco— percibía. Sólo sabía que la emperatriz Isabel, viuda de uno de los hermanos de mi madre, había heredado muchos de los atributos de su padre Pedro el Grande, aunque no los suficientes. Por eso andaba un poco a tontas y a locas buscando los bastones necesarios que la sostuvieran: uno de ellos era Miguel Bestujiev, su mano derecha; otro era una especie de marido puertas adentro del cuarto, Rusumovski, y estaba el infaltable Schuvalov. Por el momento todos jugaban con los hilos que movían los títeres necesarios como para, entre otros fines, destronar al pequeño Iván y la regencia de su madre, primos lejanos también de Isabel.

Emperatriz Isabel. Fue la última hija de Pedro el Grande y accedió al gobierno después de un golpe de Estado realizado contra Iván VI. Hermosa, simpática y generosa con el pueblo, la antecesora de Catalina La Grande fue muy popular.

Pese a su disconformismo, Federico II ascendió a mi padre a mariscal de campo, nombramiento nada casual por cierto. El duelo no era entre novatos. Aquel día, fue una verdadera fiesta en mi familia. Sólo el tío Georgie y yo observamos atónitos esa red que se tejía, sin comprender del todo. La sola idea de Iván, del pequeño Iván en la cárcel, comenzaba a ocupar momentos en mis recientes pesadillas nocturnas. ¿De qué otras cosas sería capaz la zarina?

Enterada ella del ascenso de mi padre a mariscal del ejército prusiano por voluntad de Federico II, no pudo quedarse quieta. Cierto día llegó uno de sus emisarios con un regalo para mi madre, y el hombre no se retiró hasta ver que la familia entera estuviese presente para descubrir el obsequio de su majestad, la emperatriz Isabel.

Todos alrededor pudimos ver cómo Johanna, con emoción y sumo cuidado, desenvolvía de entre unos paños colorados una efigie de la zarina en un marco incrustado de diamantes, con una esquela donde felicitaba a Johanna por su hija y solicitaba un retrato de la niña, Sofía Augusta, o sea yo, Figchen, recomendando para tales fines al pintor francés Antoine Pense.

Pese a ya conocerme el novio y la zarina, era necesario ponerme a consideración de sus consejeros. Pude comprobar entonces que también en esto Pedro Ulrico había tenido razón con el escueto comentario: no podía ya decir que no, salvo con respecto a mí. Yo aún podía elegir o al menos negarme —de querer y poder convencer a mi madre—, pero nadie habría enviado un retrato del Gran Duque para ser considerado por mí. No era su voluntad, sino la de la zarina y sus consejeros la que importaba.

Pasada la primera sorpresa, hubo de suspenderse el viaje a París que mi madre había programado, por el imprescindible viaje a Berlín, donde el tal Pense, que ya había recibido el recado de la zarina, esperaba por mí para pintar el retrato.

No demoramos nada en correr hasta Berlín.

Salimos de madrugada y el carruaje no realizó ni una parada, no se hizo recambio de caballos: mientras un cochero dormía el otro conducía, y viceversa. Mi madre me obligó a dormir todo el viaje para que mi rostro estuviese relajado y fresco. Así llegué, tras haber dormido en brazos del tío Georgie, ante la complacencia de mi madre. Bien sabía Johanna que sin Georgie cerca, mi expresión sería muy distinta, y ya habría tiempo para resolverlo más adelante.

Llegar a la gran ciudad fue deslumbrante. Coches, gentes por todas partes. Saltimbanquis en las esquinas, haciendo morisquetas y pasando luego la gorra. El olor a pan recién horneado y dulces que salía de las panaderías. Las tiendas con todo aquello que siempre nos parecía tan lejano. Las señoras envueltas en sus vestidos y sus chales citadinos. Con los ojos y el deseo atento al jolgorio callejero nos dirigimos directamente a casa de Pense, donde nos alojaríamos por orden de la zarina.

Una vez en nuestro cuarto, Johanna me refrescó el rostro con agua llovida que Babet había juntado en un botellón, puso un toque de color en mis pómulos y dio forma a un peinado con cintas y un cordón dorado como para compensar la fragilidad de mi cabello. Me vistió con mi mejor traje y un broche con brillantes sujetando la mantilla de encaje, traída de Bruselas por la misma Babet en uno de sus viajes.

—¿Qué piensas, Jorge Luis?

—Hermosa, hermana, demasiado hermosa para ese energúmeno...

—Estás celoso. Pero ya verás que en Rusia encontrarás una bella princesa, más acorde a tu situación y edad.

—¿Alguien tan acorde como el Gran Duque para tu pequeña hija?

—Madame Johanna —interrumpió Babet—: monsieur Pense espera por Figchen en la sala.

—Vamos, Sofía. Te ves muy bien; ahora todo depende del trabajo que sea capaz de hacer el pintor.

—Esperemos que no sea un buen pintor... —dijo Georgie, que en medio de su pena buscaba hacerme reír.

—Haré muecas para que el cuadro salga horroroso —comenté en voz baja.

Mi madre se detuvo:

—Mejor tú y yo nos quedamos, Babet: no debemos perder ni una clase de francés.

—Como Madame desee...

En la sala, el maestro Pense había ya pintado una atmósfera neutra aunque algo morada, en la tela, y un contorno más o menos aproximado de lo que se imaginó de mí. Sólo debía llenar los espacios vacíos: mis ojos, mi boca, el peinado que mi madre había realizado con dedicación, la mantilla de encaje. Puede que dedicase especial atención al broche y sus brillantes, y tal vez lograse alguna de mis expresiones más felices. Sin embargo, prometía ser un trabajo casi seriado. Como si tuviese mucha experiencia en retratos. Georgie murmuró cerca de mí:

—Seguramente, en los otros retratos que enviará a la zarina, alguna otra muchacha llevará la misma cinta al pelo o un cordón igual de dorado... Sólo cambiará los rostros... y tampoco estaría tan seguro que todos los rasgos. Pero ninguna será tan hermosa como mi Figchen. Aunque ojalá alguna lo fuera.

—Eres malo, Georgie... ¿Acaso no sabes que no depende de mí... ni de la decisión del Gran Duque?

—Siempre se puede elegir, Figchen. Si quisieras...

—*Ma petite, s'il vous plaît*... debemos trabajar...

—Disculpe, Monsieur...

—Disculpe, princesa Sofía, seguramente ha de ser la más bella... —dijo Georgie, que se sentó a espaldas del maestro Pense y, en silencio, se entretuvo mirando un libro de estampas.

Toda una tarde y otra mañana se demoró el Maestro en terminar mi cuadro, al menos en nuestra presencia. Por la noche salíamos, mamá tenía familia también en Berlín, por lo tanto no dejamos de hacer relaciones sociales. Sin embargo, yo quería algo más. Nos escapamos con Georgie del baile de los Gottorp y subimos a un coche. Deseaba ver la ciudad.

—Sólo resta esperar... —dije.

—Sí. Nada más que esperar... —añadió Georgie besando mi mano—. Tu retrato sólo confirmará la elección de la princesa Sofía Augusta... y todo será como quieres que sea.

—No soy yo la que quiero, es mi madre.

—Da igual.

—No puedo negarme.

—¿Ves? Eres tan arrogante como ella, le has creído lo de las tres coronas a ese sacerdote loco y estás segura de que el pueblo ruso no hará historia sin una Holstein-Gottorp en su futuro.

—Eres malo.

—Me parece un disparate todo esto. Innecesario para mi Figchen. Y no creo sacar partido de la situación.

—Eso nunca se sabe...

—En mi caso sí, porque no me interesa, Figchen. Justamente, lo único que me importa se lo habrán de quedar los rusos.

—Eres demasiado testarudo.

—Menos que tú, por cierto, o no debería dejarte partir...

—Creo que estás precipitando los acontecimientos...

—Verás que no, Figchen. Está todo decidido ya. La Zarina sólo cumple con parte del protocolo, pero ya ha decidido que serás tú. Con más razón si ese bruto a quien llaman el Gran Duque, tampoco puede decidir por sí mismo.

—Eres cruel, Jorge Luis...

—Soy menos cruel de lo que Sofía Augusta será con el Gran Duque, y mucho menos aún de lo que el Gran Duque será contigo.

El coche siguió dando vueltas por la ciudad. En las tabernas, la gente bebía y reía. En algunas, bailaban. Tan distinto todo a lo que yo estaba acostumbrada a ver. Tan distinto todo de lo que me tocaría ver. Georgie dio orden al cochero de detenerse. Nos miramos, volvimos a reír como hacía días. Desde Stettin que no lo hacíamos. Me quité el broche, la mantilla, el cordón dorado y las cintas del cabello. Bajamos y entramos a la taberna. Nadie nos miró. De inmediato empezamos a bailar. Ni bien nos sentimos agitados y sedientos, nos sumamos a la mesa de unas gentes que reían, demasiado alegres quizás a esa hora del atardecer. Georgie pidió dos jarras de cerveza y pan con queso.

—Nos regañarán por esto, Georgie...

—Nos regañarían por tantas otras cosas...

—¿Crees que mamá sabe de nosotros...?

—Le he dicho de mí... Le he pedido tu mano y permiso para cortejarte; prometió considerarlo pero miente. Nada hará sino seguir mintiendo. Tu madre siempre miente.

—Tu hermana, querrás decir... —intenté bromear, pero Georgie sólo bebió su cerveza hasta el fin del jarro.

—Creo que será mejor irnos... —dijo por fin.

—¿No bailaremos más?

Entonces sí, Georgie estalló en una carcajada que atrajo las miradas de los parroquianos.

—Mejor nos vamos —insistió—. Eres menor, pero no tienes el aspecto de las menores de por acá y no hace falta que nadie lea tu mano: lo de reina lo llevas en ese gesto… Imposible que pases inadvertida.

Días más tarde, ya en Stettin, Georgie y yo jugábamos ajedrez en la salita, y Johanna leía a Molière en voz alta. Babet apenas si atendía a la mala pronunciación del francés de mi madre. Mi hermano jugaba en el patio con los niños de la cocinera; mi padre, por esos días en casa debido a su mala salud, redactaba, en la cama, una nota para sus superiores. Habrían pasado unos sesenta días desde el acontecimiento de Berlín, y seguramente el cuadro habría llegado a San Petersburgo. Por lo tanto, en la familia, la calma era fingida. Al menor indicio de caballos, carruaje o voces desde fuera, sin excepción todos alterábamos nuestra aparente tranquilidad.

Finalmente, el día llegó. Alguien llamó a la puerta mientras cenábamos. Era un emisario de Isabel, con una nota urgente, y tenía orden de esperar por la respuesta. El hombre fue invitado a sentarse en el hall de entrada y se le sirvió una taza de té.

Mi padre leyó: *Por orden expresa y especial de Su Majestad Imperial la emperatriz Isabel Petrovna, debo informarle Madame, que esta Augusta Soberana desea que Vuestra Alteza, acompañada por la Princesa, su hija mayor, se presente lo antes posible y sin pérdida de tiempo en este país, acudiendo a la ciudad donde se encuentra la Corte Imperial. Vuestra Alteza tiene inteligencia sobrada para comprender el verdadero sentido del apremio que Su Majestad puede tener en verla llegar, así como a la Princesa, su hija de la cual ha oído decir tantas cosas gratas…*

Capítulo 7

No os ocultaré que, como siento particular estima por vos
y por la princesa, vuestra hija,
siempre deseé facilitarle un destino extraordinario.
Por eso mismo me he preguntado si no sería posible
casarla con su primo en tercer grado, el Gran Duque...

Federico II

Todo parecía darse igual que los juegos y cabriolas que, con Georgie, ejercitábamos en Azul y Jamelgo. O cuando los juegos de ajedrez. A cada avance de Isabel, el rey prusiano Federico realizaba otro rodeo, movía delicadamente otro peón. Pedro Ulrico era prusiano por devoción, nunca entregaría su alma a Rusia —puede que su futuro y su persona, pero nunca su alma—. Por lo tanto, Federico sabía que tenía en el Gran Duque un aliado incondicional. Por alguna extraña razón, Isabel confiaba en mí como su aliada.

Tampoco mis padres quedaban fuera de las intrigas entre Federico e Isabel. Mi padre era un prusiano muy cercano a Federico, e igual que su rey no confiaba en Isabel. ¿Por qué confiar en una mujer, loca, ligera de cascos y tirana que había derrocado al pobre zar Iván, encerrándolo junto a la madre poco menos que en un hospicio? En cuanto a mi madre, era bien conocida su inclinación hacia la zarina, y nunca dejó de ser sospechosa la extraña y leal amistad con Federico.

Al pobre emisario —que en nombre de Isabel aguardaba la respuesta— se le rogó esperara un par de días. Se lo alojó en uno de los cuartos de huéspedes. No se me participaba de nada. Eran cuestiones a resolver entre mi padre y Johanna; en alguna ocasión, también el tío Georgie fue puesto a opinar. La única que no dudaba era mi madre. Por otro lado, yo había escuchado detrás de la puerta algunas de las controversias como la resistencia de mi padre a que yo abandonase mi religión. Era luterana y debía seguir siéndolo según él. En cuanto a Georgie, prometía a mi padre −si alentaba nuestro matrimonio− no sólo seguir siendo luteranos sino prusianos. Mi madre callaba.

El problema no era sólo que mi padre y Georgie no estuviesen de acuerdo en mi matrimonio con el Gran Duque, cada uno por razones diferentes, sino que además no habían sido invitados a participar en ninguno de los eventos protocolares previos al matrimonio. Fueron ignorados por la zarina, para quien sólo su cuñada Johanna y yo contábamos. Y en esa batalla, finalmente vencieron las mujeres. Mediante una esquela que mi madre envió con Babet, fui anoticiada de la buena nueva: *Augurios, seguro que Pedro Ulrico Holstein-Gottorp será tu marido.*

¿Pero se puede acaso, si se es una princesa de Anhalt-Zerbst, además de una Holstein-Gottorp, rehusarse a un matrimonio que servirá a los intereses del país? Con esta pregunta Johanna cerró la posterior discusión en medio de mis dudas.

−Te mandaré llamar cuando me lo permitan... −prometí a Babet Cardel, que lloraba−. O cuando no se enteren...

−¿Pero dónde? ¿Por qué, *ma petite*, no puedo saber los motivos del viaje?

−Sólo iremos a una fiesta que da Federico II. Ha solicitado a papá que vayamos a Berlín. Ahí dará un gran baile y pretenden presentarme en sociedad.

−Pero eso fue lo que motivó el viaje a Kiel...

−Dicen que esto, Babet, es otra cosa. Además ha pasado tiempo ya y he crecido... Es por eso del cuadro... La zarina lo ha visto, y bueno... no sé mucho más.

−Nadie duda que ya eres una mujer. Mi duda es qué ocultas a tu nana, a mí, en quien siempre has confiado y que nunca te ha traicionado. Ni siquiera he abierto la boca con lo de tu tío...

−No estarás amenazándome...

—Cómo se te ocurre... ¿Ves? Estás rara, *ma petite*... Nunca antes se te hubiese ocurrido sospechar una cosa así; no de mí.

—Tienes razón, Babet. Algo distinto habrá de suceder para que me comporte de este modo... Debes aceptar sin preguntas. Igual que estoy haciendo yo. Debes confiar en que, apenas pueda, te haré llevar... adonde sea.

Federico II, El Grande, no sólo convirtió a Prusia en una potencia político-militar, sino que su reino formó parte de la vanguardia cultural europea, producto de las influencias de Voltaire y otros pensadores de la época en su imperio.

—Tal vez... —dijo con cierto resentimiento— cuando me mandes a buscar no estaré acá ni disponible... no sé.

—¿Tampoco esto es una amenaza? —bromeé dándole un abrazo—. Es mi deber obedecer, Babet.

—Sólo repites las palabras de tu madre... Mi Figchen nunca hablaría así.

—Ya ves que sí. Mañana nos iremos mi madre y yo. Nunca olvides esta fecha, Babet: 10 de enero de 1744. Es una fecha importante, pues cada una de nosotras emprende un camino incierto.

La abracé con todas mis fuerzas. Quise que de algún modo confiase en mí; tal vez el abrazo fue porque yo misma no confiaba en mí; puede que durante ese abrazo sólo me sobrevino el espanto, alguna visión oscura: qué haría en ese momento el pequeño Iván, cuál habrá sido el último abrazo que recibió, cuál el que pudo dar...

Todo comenzaba a quedar atrás. Cuando el coche se alejaba, lo que me rodeaba se fue haciendo pequeño a mis ojos, hasta que tras una nube de polvo o en una curva del camino el pasado pareció ser arrasado.

Zíngara se había arrollado a mis pies, pese al fastidio de Johanna. Por el ventanuco trasero podía ver los ojos fijos de Azul, que había sido amarrada al coche, según mi capricho, dijeron todos, cargando mi maleta con libros. Esto de cargar mi maleta con libros en lugar de llevar a la misma Figchen como estaba acostumbrada, la mantuvo todo el viaje con ese desconcierto en la mirada, desconcierto que no era muy distinto al de mis propios ojos.

Después de todo, yo, Figchen, me sentía como un simple peón de un tablero en el que varios, empezando por Johanna, hacían sus jugadas que creían magistrales. Hasta el mismo Federico II, que hubiese podido organizar todo aquello con su propia hermana, finalmente no pudo sino reconocer que:

—Nada hubiese más antinatural que sacrificar a una princesa de sangre real de Prusia para desplazar a una sajona...

Cuando Federico dijo aquello, estábamos en plena reunión en su palacio en Berlín. Él había organizado ese festejo, donde también podría estar mi padre. Ahí nos despediríamos. La idea del rey de Prusia, era ver nuevamente a la princesa Holstein-

Gottorp, a quien no veía desde muy pequeña, según había dicho, y mi padre le corrigió:

—Disculpe, Su Alteza: si se refiere a mi hija debería decir la princesa de Anhalt-Zerbst.

En esta ocasión, como en la anterior, se produjo un prolongado silencio. Mi madre dudó entre sonreír o toser. Y optó por lo segundo. Mi padre, que seguramente conocía pormenores que yo desconocía, se limitó a sonreír. Pero con una sonrisa entre pobre y condescendiente.

—De todos modos —agregó Federico II— los padres no son tan importantes más allá de su linaje... En este caso Brümmer, como preceptor de Pedro Ulrico, y Lestocq, como médico de la corte, han sido los que han recomendado a la Emperatriz las acertadas condiciones del acuerdo.

—Puede que nuestra Sofía sea más dócil que vuestra hermana, y esto sin dudas no habrá pasado por alto la misma Isabel, que conoce desde niña a nuestra hija... —dijo Johanna, pero nadie tuvo en cuenta sus comentarios salvo yo, claro.

Algo que no pude descifrar me hacía pensar que si bien mi padre era prusiano de vieja data y de alma, mi madre no se quedaba del todo atrás: tal vez era apenas una partidaria condicional de la zarina.

—¿Y puede saber este simple mortal —bromeó aún Federico— qué es lo que hizo sonreír a la futura zarina de Rusia?

Sin embargo, no esperó mi respuesta. Me pregunté entonces cómo podía un hombre como aquel tener tanto poder que ni siquiera necesitase ternura. Esto me puso en situación. Por el momento no se esperaba mucho de mí, menos una opinión. Después de todo nadie olvidaba que todo quedaría en familia, y a la larga eso también convenía al rey de Prusia.

La comida duró varias horas. Mis modales y comentarios, aunque recatados y a su tiempo, no dejaban de ser sagaces. Tal vez por eso algo cambió Federico en su actitud y me preguntó mil cosas. Hablamos de ópera, de comedias, de versos, de danza, y dijo las cosas que podían decirse a una niña de catorce años. Pero al mismo tiempo, tanto él como yo, tomábamos conciencia de que no podía hablar de ese modo con cualquier niña de catorce años.

Dos días después fue necesario seguir viaje. Rusia era el verdadero destino. Tuve que despedirme de mi padre. Los dos lloramos en aquel abrazo, y sólo me recomendó:

—Sé fiel a tu religión, mi ángel, y no olvides leer todas mis instrucciones...

El pobre, antes de partir de Stettin a Berlín, había pasado toda una noche tomando notas y escribiendo consejos a su hija... a mí, su ángel, que de algún modo dejaba de serlo para convertirme, en el mejor de los casos, en el ángel del pueblo ruso... "en el mejor de los casos". Era necesario que Johanna y yo viajáramos con papeles falsos: éramos la condesa de Reinbeck y su hija.

Capítulo 8

Nunca me faltaron ni libros ni penas,
pero siempre la felicidad.
Oía decir con tanta frecuencia que era inteligente
y que ya era una chica grande,
que de hecho me lo creí.

Figchen

Y la berlina se puso al fin en camino. La supuesta recta final. Difícil de guardar todo aquello en la mirada. En realidad las berlinas eran cuatro porque Isabel había ordenado a mi madre viajar con cierto número de personas, a modo de séquito personal. No mi padre, claro. Pero sí todos los demás. Incluso el canónigo de cuyos consejos y predicciones mi madre no podría mantenerse alejada.

No era la mejor temporada para el viaje. Y aunque todavía no había comenzado a nevar, se hizo imprescindible encender el brasero dentro del coche. Aunque yo me mantenía abrigada con Zíngara en la falda (a último momento, la misma Babet, pese al desconcierto y la tristeza, le había hecho un capote con uno de sus abrigos viejos).

Las extensiones que debíamos recorrer eran inmensas: ni los ojos ni el pensamiento me alcanzaban para comprender toda esa desmesura. El campo helado y a punto de cubrirse con más nieve, se extendía a los cuatro costados. Era como un mar sin orillas, como un universo blanco, y nosotros apenas una estrella de escasa luz, por lejana. Durante el trayecto no encontramos muchas postas en las que pernoctar. Y donde veíamos una, nos apurábamos a detenernos; en muchos casos resultó una pocilga maloliente. Pero era necesario dormir, en cualquier parte, con los que habitaban aquella ratonera y su macilenta respiración pegada a la nuestra, y las gallinas y los cerdos y los perros. Tampoco era fácil encontrar caballos de recambio, pues necesitábamos veinticuatro para arrastrar las berlinas. Pese a las bromas que me hicieron, el frío era tanto que fue necesario ponerle un capote a Azul.

Los campos se sucedían iguales unos a otros. Una tarde, el cielo se puso plomizo y el viento se aquietó. La caravana se detuvo; toda actividad parecía haber sido suspendida: las voces, los escarceos de los caballos. La puerta del coche se abrió desde fuera, nos dijeron que debíamos bajar. Se nos apersonaron tres hombres abrigados con pieles. Hermosos se veían con sus ojos negros asomados apenas bajo el gorro de piel.

Se presentaron como el príncipe Simón Kirilovich; Narichkin, gran mariscal de la Corte, y Dologovski, vicegobernador. Luego de los saludos y presentaciones de rigor, nos entregaron dos abrigos de cibelina de parte de la Emperatriz.

—¿Puedo ayudarla, princesa Johanna? —se ofreció Narichkin.

Igual hizo Kirilovich, quien abriendo la puerta de la berlina me condujo del hombro al reparo, me ayudó a quitarme aquel abrigo que llevaba puesto y era mi mejor capote, y me puso el tapado nuevo. Luego nos ayudaron a subir al trineo ceremonial, a fin de llegar más rápido al castillo.

—También Zíngara —pedí ante el gesto desaprobatorio de Johanna, que sin embargo justificó:

—La pequeña princesa nunca se ha separado de su mascota... Seguramente la Emperatriz comprenderá.

Los bellos emisarios sólo rieron y la pusieron en mi falda.

—Lo malo será que no hay cibelina para ella. Pero la tendrá mañana mismo.

Dejamos atrás a la caravana. El aire helado borraba toda posibilidad de duda: habíamos pasado por Riga, donde las salvas volvieron a estallar. Nos aproximábamos a San Petersburgo.

—La suerte estuvo bien echada —murmuró el canónigo a oídos de Johanna mientras observaban la tela roja con recamado en plata, con que estaba revestido el trineo. Puse a dormir a Zíngara en uno de los almohadones de damasco. También a mí, pese a la euforia, recordando a Georgie y Babet me dieron ganas de ovillarme y dormir, para volver a soñar. Pero aquello ya no era sueño. Era la pura realidad. Me arrebujé un poco más en el abrigo de cibelina. El tintineo de las campanillas y la nieve abriéndose a nuestro paso, más la tibieza del sol que acababa de salir, nos reconfortó tanto que apenas si advertimos unos pobres trineos cubiertos con telas negras que nos cruzaron en sentido contrario.

Cuando eso sucedió, sin embargo, tuve un escalofrío. Mamá me tocó la frente, pensando que tenía fiebre, y Zíngara dejó escapar un ladrido suave. Narichkin me observó y dio una confusa explicación. Ambigua. Apenas comentó, en voz baja, acerca del traslado de la familia del duque Antonio Ulrico de Brunswick.

—¿Puede explicarse más claro, por favor...? —pedí sin quitar la vista del ventanuco—, por donde los trineos eran apenas unos puntos negros en la nieve.

Él dudó, pero enseguida aclaró:

—Es el pequeño zar destronado, princesa Sofía: Iván y su madre, la regente Ana. Son conducidos a Riga y luego a la fortaleza de Oraniemburg.

—Pobre gente... —dijo Johanna sin darse vuelta y arrebujándose aún más en su cobertor—. Deja de mirar, hija.

—Por favor, señora —recomendó Narichkin—. La Emperatriz me castigará severamente de saber que les he contado. Le ruego no hacer comentarios. No vale la pena empañar este maravilloso momento con historias pasadas.

Aunque con cierto malestar estomacal, producto tal vez de la indigestión de cerveza que tuve en la última posta, llegamos a San Petersburgo. Allí estaba el Palacio de Invierno. Y tan soñado todo, con las cúpulas de la iglesia a lo largo del Neva helado. El trineo ceremonial se detuvo, y estallaron salvas de artillería que disparaban desde la fortaleza de San Pedro y San Pablo. Bajamos y de nuevo el protocolo, los cortesanos, los diplomáticos. El entorno que anunciaba la presencia en alguna parte de la Emperatriz.

Viendo aquello, y aún con las sombras de los trineos negros a mi espalda, no pude evitar que me diera un vuelco el corazón. Tanto destinado a mí, a la pequeña Figchen.

Vista general de San Petersburgo en el siglo XVI, retratada por un pintor de la
escuela de Canaleto. La ciudad fue el símbolo de la reforma de Pedro I, y
representó la apertura económica y cultural hacia el resto de Europa.

Mi madre escribió a Federico II:

*Mi hija soporta admirablemente la fatiga, como un joven soldado
que desprecia el peligro porque no lo conoce. Ella goza de la grandeza
que la rodea.*

Extraño. Muy extraño todo. Pero lo realmente curioso fue
que de las dos primeras cartas que mi madre escribió apenas
nos instalaron en el Palacio, la primera fue al rey Federico II y la
segunda a mi padre.

Sofía Augusta soporta la fatiga mejor que yo, contaba a Cristian
Augusto, pero sin dar cuenta de esos peligros de los que ella
misma iba tomando conciencia y, según creía, no su hija.

Muy pronto Johanna hizo buena amistad con el embajador
de Francia, marqués de La Chétardie, que había sido amante de
la Emperatriz. Al parecer, dirigía una facción que apoyaba mi
matrimonio con Pedro Ulrico. Lo que significaba que no existía
el mismo apoyo de otras facciones, que conspirarían en mi
contra. O en contra del Gran Duque. Por eso era imprescindible,
según sugirió el embajador a Johanna, destituir al temible
Bestujiev, que sólo bregaba por Austria. Motivo por el que acon-
sejaba no perder tiempo alguno.

Sin demora habría que asistir al cumpleaños del gran duque
Pedro Ulrico, el 15 de febrero.

Mientras los preparativos se ponían en marcha, mis pesadillas nocturnas se poblaban de fantasmas, de trineos negros, de la
sombra de Iván VI, el destronado, y de la del temerario Bestujiev.

Capítulo 9

El corazón no me predecía nada bueno;
sólo la ambición me sostenía.
Sentía en el corazón un no sé qué,
el cual jamás me permitió dudar, ni un solo instante,
que debido a mi propio esfuerzo llegaría a ser
emperatriz de Rusia.

Figchen

Los treinta trineos se detuvieron. Habíamos llegado a Moscú. Los dieciséis caballos y jinetes que escoltaban el trineo se formaron en dos columnas abriendo un callejón para que pudiésemos caminar hasta el Kremlin. Era evidente que viajaba "la prometida del Gran Duque".

Llegamos al pie de la escalera sin ser molestados por los curiosos. Pensé que todos notarían el repiquetear tembloroso de mis botas sobre la madera. Eran los mismos escalones que Isabel había subido, no mucho tiempo atrás, aunque en ese caso el temblor percibido no había sido el de sus pequeños pies, sino el de un imperio, pues la emperatriz, de un plumazo, acababa de destronar al zar Iván VI.

Ni siquiera así, entrando al Kremlin y custodiada por la Guardia Real, pude olvidar los trineos negros.

Hasta Zíngara fue aceptada de buena gana pues había sido educada como una princesa. En cuanto a Azul, no fue tan sencillo, pero en las caballerizas reales estaba rodeado de avezados y fuertes ejemplares. Respecto de mi madre, seguía haciendo amistad con el marqués de La Chétardie, que la actualizaba con todos los informes del caso; entre otros chismes, todo lo concerniente a Bestujiev.

Aquella primera noche me sentí confusa. Sin embargo, desatendí las pesadillas y las amenazas y me observé en el espejo. Llevaba un vestido angosto de muaré rosa y plata. Cuando más tarde Pedro Ulrico apareció, sin avisar ni solicitar audiencia, entró y con grandes zancadas dio vueltas por el cuarto curioseando mis petates. Todavía yo no sabía, pero comenzaba a percibir que esa circunstancia sería casi habitual e igual de molesta. Me tomó del brazo, y como si fuéramos por un parque, me indujo a dar varias vueltas por el cuarto a su ritmo. Así fue durante el tiempo que quedaba antes de la hora de la celebración. Con la escasa delicadeza que le permitían sus devaneos, mi madre le pidió nos dejase a solas para terminar de peinarnos y vestirnos.

Pedro, con sus ojos saltones, observó atentamente a mi madre, dando aún una vuelta en torno de los arcones con nuestras pertenencias. Sus ojos se detuvieron especialmente en el que había guardado los libros. De inmediato volvió su mirada hacia mí. Noté desilusión en ella. O pérdida de las ilusiones falsas que forjó con respecto a mí. Comprendí enseguida que para el gran duque Pedro Ulrico Holstein-Gottorp, yo, Sofía Augusta Holstein-Gottorp, además de una prima en tercer grado y futura esposa, tampoco era más que otra ficha de este tablero que compartían el rey Federico II de Prusia y la emperatriz Isabel de Rusia.

El reencuentro con Isabel fue deslumbrante. No en vano era hija de Pedro el Grande. Una pluma negra fue lo primero que llamó mi atención. Se elevaba recta y a un costado de su cabeza. Sobre la frente llevaba una tiara de diamantes. Ella era alta y delgada. Espigada. Extraordinaria.

Me observó con igual curiosidad. Su mirada era bastante diferente a la de Johanna, tal vez porque nunca tuvo hijos, tal vez porque mi aspecto le era más convincente que el de Pedro, con aquella desidia que ostentaba en la piel y el andar, pero sobre todo en el modo en que se expresaba, siempre en alemán y con desgana.

Después de las reverencias y otras cuestiones protocolares, nos sentamos. Acepté sólo refresco. Pedro y la zarina no tardaron en acabarse el vino del botellón. Pedro apenas comió un poco del escabeche de pichones y una patata. Isabel repitió no sólo la comida sino el trozo de budín. A pesar de mi falta de apetito, acepté cada cosa que se me ofreció, pero sin repetir. A esa altura de la comida Pedro se había sumido en una especie de sopor al que más allá de su silencio, o desinterés, se lo notaba muy acostumbrado. Isabel hablaba sola. Echaba sus discursos acerca de las necesidades del Imperio y sus apremios. Los propios, claro.

Pedro desarrolló una extensa y minuciosa explicación con detalles militares, un tema que sin duda le interesaba, y sólo alguna interrupción de Le Chétardie o de mi madre le hicieron perder el hilo de la conversación; luego volvió a su obstinado silencio. Aquel cuadro se me hizo ajeno: una vez más y como casi siempre me sentía fuera, como una simple observadora de la pieza teatral que se llevaba a cabo. Aunque carecía de la desidia natural y el embotamiento de mi futuro consorte, me mantuve callada pero prudente y con la elocuencia del caso ante las preguntas de Isabel. El esfuerzo empezaba a ser agotador. Y era sólo el comienzo.

No pude evitar cierto malestar cuando contemplé al que sería mi esposo, al tiempo que no olvidaba mi despedida del tío Georgie, ni la expresión de mi madre cuando leyó la propuesta —o invitación casi impuesta— de la emperatriz rusa, y su comentario: "¿...Y qué dirá mi hermano Jorge Luis?". Y yo, como si nada hubiese sucedido entre los dos, respondí a su reflexión: "El tío Georgie tiene que desear mi fortuna y mi felicidad".

Es que a veces sucede así, una responde aquello que los otros esperan, como haciéndose eco del pensamiento de los demás por no tener valor para afrontar los propios. Amaba al tío Georgie, amaba sus juegos, sus ideas, su vitalidad. Pero también amaba la posibilidad de reinar sobre lo que había escuchado eran veinte millones de súbditos. Sin duda que lo de Georgie era amor, y con Pedro Ulrico no había amor posible. Aquello, bien a las claras podía observarse, sería sólo un pacto.

En eso pensaba, cuanto noté que Bestujiev apantallaba a la emperatriz y que una de sus damas le abría la chaqueta con tanta violencia que los botones se desperdigaron por todas partes. Isabel respiró profundo y de inmediato exhaló un insulto.

El marqués de La Chétardie, con toda la delicadeza del caso, nos invitó a retirarnos, pues la emperatriz solía padecer ese tipo de ataques. Eran producto de la emoción y la responsabilidad, mencionó en su presencia. Sin embargo, lejos, caminando por uno de los tantos corredores del palacio nos manifestó en voz baja que, con frecuencia, Isabel solía dar aquel espectáculo porque era propensa a la bebida y que yo, como princesa consorte y futura zarina, debía aprender que ese tipo de reuniones eran beneficiosas y más o menos útiles, e impostergables, hasta la mitad del tiempo establecido.

No pude sino reír, y dije:

—Es que después vienen el queso y más vino...

La Chétardie también rió, y más aún cuando agregué:

—Menos mal que el Gran Duque no ama el francés y no beberá sino hasta los postres...

En la puerta de mi habitación el marqués tomó mi mano y murmuró:

—Será conveniente, princesa, que estos comentarios sean siempre entre nosotros y muy recatadamente —también miró a mi madre cuando agregó—: porque la emperatriz tiene oídos detrás de todas las puertas... y no sé si la señorita sabe...

—¿Saber? ¿Qué debo saber...?

—No hace mucho... hizo cortar la lengua a las condesas de Lupujin y Bestujiev...

—No puedo creerlo, entonces es verdad...

—Claro que es verdad, si lo estoy diciendo...

—No dudo de usted, dudé del Gran Duque... Él me confesó estar enamorado de una tal señorita Lupujin que abandonó la corte cuando la emperatriz le hizo cortar la lengua a la madre. La condesa, claro...

—Así es, princesa Sofía. Por eso debemos ser prudentes. Dejemos la imprudencia al Gran Duque. Es su costado más débil, ahí debemos apuntar —dijo, y aún sonriendo besó mi mano. Luego, velozmente desapareció en una de las vueltas del corredor.

Recordé que en un aparte y aún sin beber demasiado, Pedro Ulrico había comentado aquella situación, y yo, por muchos motivos, y aún sin conocer su veracidad, agradecí su confianza pese a saber de su imprudencia y falta de juicio en tantas cosas. Aunque él bien claro dejaba que no tenía ninguna intención amorosa conmigo, puesto que amaba a otra. Mucho mejor. Había confirmado entonces que yo no había llegado a Rusia para vivir un "ganamos". No con el Gran Duque al menos. Un alivio, pues él no prestaba mucha atención a nada y era muy niño, horrible además. Esos comentarios habían logrado centrar mis objetivos. Dedicarme a conquistar a la emperatriz y al pueblo ruso en general.

Cuando entré al cuarto, mamá, que no había sido invitada a la comida, me esperaba con ansiedad para que le contase mis impresiones. Hizo mil preguntas.

—No quiero gobernar Rusia, madre.

—¿Qué dices? ¿Te has vuelto loca?... No todas tienen esa oportunidad.

—No. No quiero gobernarla; quiero ser Rusia. Debo ser Rusia, la mismísima madre patria del pueblo ruso.

Capítulo 10

Mi querida tía Isabel era muy propensa
a los celos mezquinos,
no sólo con relación a mí sino también
con todas las restantes damas.
Figchen

Creo que me desempeñaba bien. Aquella del 28 de junio de 1744, fue toda una semana de ceremonias. Fui convertida a la religión ortodoxa. Logré que Simón Theodorski, como sacerdote, y Adaderov, como profesor de ruso, no se separasen de mí; las clases insumían todo el día y parte de la noche. Fueron tan intensas las jornadas que enfermé y la fiebre pareció consumirme. No podía darme cuenta de que todo se estaba yendo por la borda.

Era necesario sangrarme y mi madre se negó, porque así había muerto su hermano, pero la emperatriz —que aún padecía aquella muerte de su joven esposo— echó a Johanna de mi cuarto, y me fueron practicadas hasta quince sangrías por día. Una tarde, cuando desperté en brazos de la emperatriz y la miré a los ojos, supe que había ganado la batalla. No sólo la de mi enfermedad. De algún modo pasé a ser considerada una hija para la emperatriz, en tanto que mi madre había sido confinada a un ala del palacio. Desautorizada. Y yo, Sofía Augusta, era hija de Isabel de Rusia.

Pero durante mi convalecencia muchas cosas sucedieron de las que tuve noticias después, o que percibí entre sueños.

El mismo La Chétardie había ofrecido a Pedro Ulrico una joven bella y casadera por si yo moría. Sugería a una de encantadora figura, alejada del entorno francés, y el muy ladino hasta estuvo de acuerdo con Bestujiev. No obstante, o además, se complotaron contra mi madre acusándola de ser agente del rey Federico II.

No quise saber mucho de las causas, porque bastante tenía con esa amistad entre los dos, que ponía siempre en duda la paternidad del pobre Cristian Augusto y volvía al ruedo el posible rechazo de mi verdadero padre Federico II, de Prusia. Para colmo, mi madre, en mi agonía, hasta me reclamó cierto regalo importante para ella, del tío Georgie. Isabel, entonces, no toleró nada más. Envió a Johanna a Stettin.

No quedaban dudas. Mi futuro, el resto de mis días y noches, estaba definitivamente alejado de esa familia en la que había vivido durante mi primera infancia. Hasta fui bautizada con nombre de campesina; el de la madre de Isabel, Catalina. Esto era un reconocimiento mayor aún, o una adopción definitiva. Pues Sofía se llamaba la temible hermana y regente de Pedro el Grande, que hubo de ser encerrada en un convento por conspirar contra el zar. Como si esto fuera poco, se acostumbraba como segundo nombre el del padre, pero con el pretexto de que los nombres de mi padre convertidos al femenino —Catalina Cristianovna o Catalina Augustovna— resultaban extranjeros, fui bautizada como Catalina Alexeievna, o sea "hija de Alexis". Por lo tanto, curiosamente tampoco la emperatriz me reconocía hija de Cristian Augusto Anhalt-Zerbst. Esto, en lugar de sumar confusiones, propició un definitivo desarraigo de mi verdadera identidad.

—Al fin eres una de los nuestros... y esto ya te pertenece —ratificó Isabel poniéndome al cuello mi primer collar de brillantes perteneciente a su propia madre, Catalina I.

Al rato, el cortejo se inició con la emperatriz, y por detrás de su imponente presencia y corona, Pedro Ulrico y yo: Catalina Alexeievna.

Todo brillaba. Encima de nosotros el dosel de plata labrada era llevado por ocho generales. En los alrededores, el resto de la

Típica iglesia ortodoxa. Catalina adoptó esta religión para poder acceder al trono del imperio. Junto a un riguroso adiestramiento teológico la futura reina debió aprender a la perfección el idioma ruso.

ciudad y los concurrentes portaban sus mayores galas. Más atrás, fuera del dosel, las damas de la corte ubicadas de acuerdo con su rango y encabezadas por Johanna, quien había recibido la orden de regresar de Stettin sola, ya que mi padre tampoco había sido invitado en esta ocasión, ni el tío Georgie.

Durante cuatro horas se fueron cumpliendo cada una de las reglas del protocolo, hasta el intercambio de anillos entre los novios. Estallaron entonces los cañones. Junto a las salvas, cientos de campanas y palomas.

Mi estómago andaba alborotado y cierta debilidad se hacía notar en mis piernas. Del brazo de Pedro, pude notar lo inanimado, lo falto de emoción de su presencia. Puede que él supiera que, en realidad, en ese preciso momento, todas las campanas de Moscú ensordecían al pueblo ruso tañendo por la gran duquesa de Rusia.

Más tarde, desde mi puesto en la mesa, entre la emperatriz y Pedro Ulrico, entre los resquicios que dejaban las personas sentadas frente a mí, pude ver a mi madre. Le habían armado una mesa especial, aislada, en un gabinete cerrado con vidrios. Se negó a comer. Entre la rebeldía y la indignación, rechazó cada uno de los platos que le fueron ofrecidos. Al otro extremo de la pequeña mesa, su confesor, el canónigo, no le concedió el honor de sumarse a su rebeldía. Comió y bebió por ambos, no sin antes alzar su copa a modo de brindis. Seguramente, por aquello de las tres coronas que había augurado.

Luego de un breve descanso, pude ver, en mi cuarto, la multitud de regalos, joyas, telas preciosas, un cofre recamado en diamantes con mil rublos de oro "para gastos personales", según decía la emperatriz en la tarjeta.

En ese estado de cosas y cansancio, imposible tener presente todos los regalos, pero hubo uno que no pude dejar pasar.

Abrí la caja, de cuero repujado con el escudo de los Holstein-Gottorp: guardaba un libro de la misma piel con el escudo igualmente grabado en la tapa, además de cerradura y una llavecita pequeña con su correspondiente cadena, ambas de oro. Todas las páginas en blanco, a no ser por unas palabras en la primera de ellas, escritas por el tío Georgie. Me decía que igual de vacía que el libro era su vida sin mí y que me acostumbrase, día a día, especialmente cuando necesitara de él, a escribir anéc-dotas, sensaciones y angustias, como cuando se las contaba mientras Zíngara daba vueltas por el parque o hacíamos nues-tros paseos en Azul, y que al finalizar ese libro se lo enviase a Stettin porque me enviaría otro en blanco. Y siempre así...

Lloré. Claro que lloré. Me metí en la cama con el libro y Zíngara a mis pies. La primera página en blanco la llené con lágrimas, una verdadera lluvia de no palabras, el mejor texto para mis sensaciones de aquel día.

Georgie daba siempre en el blanco con el regalo.

Luego de ponerle llave, me colgué la cadenita al cuello y bajé la luz de la lámpara. Me dormí aferrada al libro, hasta que unos golpecitos me despertaron. No contesté; muy despacio me bajé de la cama. Llevé el libro al escritorio y lo volví a abrir. Las lágrimas se habían secado. Tomé la pluma y al pie de aquella página en blanco, escribí la fecha de mi compromiso con el Gran Duque, pero especialmente la fecha de mi compromiso con el pueblo ruso. Firmé: "Figchen" y, entre paréntesis, "Su Alteza Real Catalina Alexeievna, Gran Duquesa de Rusia".

Volvieron a golpear, aunque con rigor esta vez. Cerré con llave el libro, lo guardé en su caja y en el arcón que había traído de Stettin, aún junto a la cama. Volví al lecho.

—Entre, por favor...

—Su Alteza, estamos de vuelta. Se hará tarde. Estamos a su disposición... —dijo una de las varias muchachas.

Pese al ofrecimiento no esperaron mi respuesta. Me destaparon y ayudaron a bajar de la cama; luego abrieron una puertita lateral por donde me hicieron pasar. Me quitaron la bata y el camisón, y me ayudaron a entrar en la tina. El cuarto olía de maravillas, o más que el cuarto tal vez fuera el agua la que oliese bien. Habían echado pétalos de rosas. Imposible no recordar los días de mi infancia, en que Engelhardt venía para retocar el corsé, y entonces Babet me ayudaba a entrar en la tina donde ella misma echaba pétalos de flores sobre el agua, porque pasaría un mes hasta la próxima visita de aquel hombre.

—Su Alteza, despierte por favor. La emperatriz exige puntualidad... Es parte del protocolo... Vamos a llegar quince minutos tarde. Nunca más —dijo una de mis damas de honor, y yo simplemente abrí los ojos.

Me puse de pie, me envolvieron en toallas y, una vez seca, me pusieron justillo y enaguas de satén. Ropas que nunca había visto. Nuevas y recién planchadas, tibias aún. Luego me hicieron alzar los brazos y pasaron por ellos y la cabeza el vestido que la emperatriz había dispuesto para la ocasión. Entonces trajeron un corselete recamado en piedras con cordoncillos para atar a mi espalda...

—Coqueto, pero otra vez corsé...

—¿Decía, Su Alteza...?

—Nada. Nada. Que es muy bonito todo.

—Es que la emperatriz tiene muy buen gusto, Su Alteza.

—Quién mejor que ella sabe qué vestido será el mejor para la Gran Duquesa, siendo su primer baile en el Palacio —dijo otra.

—Verdad...

—Ahora, el cabello... las trenzas... y la tiara de perlas... —dijo Lara, que era la más cercana de mis ayudantes de cámara.

—Y el broche de la tiara tiene que caer un poco por acá... a la altura del entrecejo, pues eso corrige cualquier asimetría en el rostro... —agregó Anna, y yo viéndome al espejo no pude sino reír.

—¿Por qué ríe, Su Alteza? Si queda tan bonito...

—Es que me haces reír con eso de la asimetría... ¿acaso con el corsé no es suficiente?

—No entiendo, Su Alteza. El corsé es parte del vestido, nada tiene que ver con la asimetría... en su rostro.

—Es que Su Alteza es tan joven... No nos demoremos más con tonterías... Ya está todo y la emperatriz, el Gran Duque y todos la esperan. El baile apenas empezó.

Capítulo 11

Se me trataba como a una niña; yo temía mucho desagradar
a alguien y hacía todo lo posible por conquistar
a aquellos con quienes debería pasar toda mi vida.
Manifestaba respeto y reconocimientos a la emperatriz
y la consideraba una divinidad exenta del más mínimo defecto;
ella decía que me amaba casi más que el Gran Duque.

Figchen

Sólo con los años, y algunos acontecimientos, supe que aquello no era mucho. Además no era raro porque el Gran Duque había demostrado su poca voluntad de amarme, y yo se lo agradecía, retribuyéndoselo con creces. Ambos sabíamos que siempre sería de aquel modo.

Mientras los acontecimientos y preparativos para la boda avanzaban, yo tomaba clases de danza con Landi, un maestro francés. También esto detestaba Pedro, tal vez por eso yo elegía la danza como una de mis actividades importantes. Otro modo de mantenerme alejada del Gran Duque. Con anuencia de la emperatriz me reunía con Landi a las siete de la mañana. A las diez, daba un largo paseo con Azul y con Zíngara. Luego del almuerzo, durante el descanso obligado, escribía algunas sensaciones en mi diario, o mis memorias, como decía Georgie. Cómo saber por esos días que nunca dejaría de escribirlas, y reescribirlas según tiempo y lugar. Aferrada al diario, me quedaba en mi habitación hasta las cinco de la tarde, en que el maestro Landi regresaba para la siguiente clase.

En cuanto a la cabeza y las dudas, seguían más o menos en orden gracias a mi diario. El tío Georgie había escrito que cuando lo completara se lo enviase. Para entonces, él vivía en París. Yo ya escribía con fluidez en francés, como si danzara con las palabras, y a veces, entre frase y frase, cerraba los ojos porque era como hablar con él montando aún ambos a Azul. En eso estaba un día cuando golpearon a la puerta en un horario no acostumbrado de reuniones. Lara asomó la cabeza.

—La emperatriz quiere hablar con Su Alteza. Ha dicho que con urgencia. Vamos, que la visto. Será mejor el de cuadros... éste con el cuello bordado. El más recatado para la hora...

Corrimos luego por el pasillo y así bajamos la escalera hasta el primer descanso. Luego Lara pasó por delante de mí:

—Con serenidad, Su Alteza. Yo corro a avisar que Usted está llegando.

Isabel me esperaba, impaciente.

—He estado viendo tus cuentas, Catalina... y considero que te has excedido... —dijo exaltada la emperatriz, sin darme tiempo al saludo de protocolo.

—No sé qué pudo haber pasado... Su Majestad dijo que...

—Te di libertad... pero nunca ilimitada. El consejero Lestocq, que mira tus cuentas, ha dicho que llevas gastados 17 mil rublos.

—No puede ser, Su Majestad... esa suma. Yo pensaba...

—No debes pensar por ti sola. Debes acostumbrarte, nunca podrás. Y por ahora, todavía el Gran Duque y tú están bajo mi regencia...

—Disculpe, Su Majestad... no quise... no sé qué decir.

—No hace falta decir nada. Sólo no gastar tanto —interrumpió Pedro, que acababa de entrar.

También había sido pescado en falta con alguna cosa seguramente.

—Si hasta he recibido recriminaciones de tu madre por dar tanta libertad a una niña de quince años —dijo—. Cómo se atreven las dos... —masculló por lo bajo la emperatriz y yo, Catalina Alexeievna, no aguanté y una vez más lloré como la pequeña Figchen.

No sé si la causa del llanto fue la reprimenda o aquel aire de satisfacción en la mirada de Pedro Ulrico. No cabía duda, éramos dos niños a quienes su tía reprendía. La emperatriz nos

Catalina La Grande, ya emperatriz, ordenó ser
inmortalizada en un óleo junto a
su perra favorita, Zíngara.

puso en claro todos los límites y nos dejó entrever esa dependencia.

Días después, al partir hacia Jotilovo, el Gran Duque se sintió enfermo; cuando abandonamos el trineo él deliraba de fiebre. Por varios días y una vez que la fiebre cedió un poco, se divirtió jugando y burlando a todos los que debimos ponernos a su servicio.

Sin embargo, habíamos logrado estrechar lazos. Ocupé el lugar de su confidente, respecto de sus infantilismos. Por otro lado, tratábamos de complacerlo porque solía asumir las actitudes de un loco violento.

El día que Isabel llegó, al fin respiramos. Era ella, la emperatriz, quien mejor le dominaba.

De inmediato ella decidió que regresáramos a San Petersburgo, pero el frío y la intensa nevada provocaron una recaída en el Gran Duque. Hubo que detenerse en una posta.

Bajamos del trineo sosteniéndolo entre las dos. La emperatriz no tardó nada en diagnosticarle viruela. Hizo desocupar la posta de cualquier parroquiano, hasta de sus propios dueños, y ocupó con el Gran Duque el único cuarto decente.

En cuanto a mí, fui enviada a San Petersburgo con Lara y Anna. Isabel conocía al dedillo cada uno de los síntomas de la viruela pues su marido, el segundo hermano de mi madre, había muerto de la misma enfermedad. Fue esa una razón suficiente para enviarme de vuelta: el temor al contagio, pues podría quedar desfigurada, por un lado; y por el otro, porque muerto Pedro Ulrico mi presencia sería definitivamente innecesaria.

Cierta tranquilidad me daba el haber sido cuidada por Isabel, cuando, según dijeron, estuve a punto de morir.

Pasó un mes hasta que Pedro regresó con Isabel a San Petersburgo. Cuando lo vi, mantuve la compostura, conversé con él y fui cariñosa. Pero, según Lara, cuando entré a mi cuarto caí desvanecida. Pedro tenía los rasgos engrosados y el rostro todavía hinchado. Se me acercó y me preguntó si me había resultado difícil reconocerlo. Pude balbucear un cumplido acerca de su convalecencia, pero la verdad, mi futuro marido, mi inminente marido, el futuro zar de Rusia se había convertido en un ser aún más horrible.

Yo, Figchen, Catalina Alexeievna para el pueblo ruso y ante la emperatriz, volvía a ser la bella muchacha a quien sería necesario preservar y agasajar pues podría echarme atrás en el matrimonio, huyendo del monstruo en que se había convertido el Gran Duque. Después de todo, por qué no habrían de aparecer otros príncipes más apuestos, que se dejasen conquistar por mí. Nadie mejor que la emperatriz para pergeñar esa situación; pero lejos estaban todos de darse cuenta que a esa altura mi sueño y propósito no era contraer matrimonio con un hombre sino con un imperio.

Como siempre me sucedía, no todos creían en Sofía Augusta, o Catalina Alexeievna, así como nunca habían creído en Figchen. Justamente en mí que había desarrollado por sobre todos los talentos, el de la actuación, el de la conquista para complacer al mundo. Pero sobre todas las cosas, quería ser rusa.

Para eso debía ejercitarme más en la lengua autóctona, las reglas del protocolo, la danza, la cortesía y, además, en la benevolencia y la obediencia para con la emperatriz y con el Gran Duque, durante el tiempo que fuese necesario.

Sin embargo, a mayor displicencia, belleza y femineidad o elocuencia mía, Pedro más se esforzaba en provocarme repulsión; insistía en hablar alemán, siempre obstinado en su origen germano.

En ese tiempo escribí y envié al tío Georgie varios cuadernos. En ellos insumía las horas en que las dudas me acechaban. Era el único sitio de pertenencia real, en donde no debía esforzarme por agradar a todo el mundo, ni ser la que debía ser, aquella que se esperaba de mí, con la sensación pese a todo de quedarme siempre a un paso de lograrlo.

Escribir me salva de la locura y la soledad. Siempre fue así.

Mis energías, por entonces, sobrepasaban los límites de la actividad normal en el Palacio. Por lo tanto, decidí que era tiempo de perfeccionar mi estilo en la equitación. Sugerí a la emperatriz que la actividad era importante porque una nunca sabe si no le será necesario en esta aventurada tarea de ser una zarina. Ella no dudó de mis argumentos, por eso me puso a cargo de Vania Andreievich, en el cuartel del regimiento Ismailovski.

Rápidamente Vania Andreievich notó mi habilidad en cuanto a las cabriolas y los saltos de obstáculos. Azul y yo nada sabíamos de cabalgar en grupo, ser parte de un regimiento, de una formación, ni cómo conducirnos en esas circunstancias. Además, a muchas cosas había renunciado, y renunciaría aún, como para abandonar el placer de cabalgar a campo traviesa. Azul, Zíngara y Figchen necesitábamos más ejercicio.

Mi energía contenida crecía con la misma fuerza que la pereza del Gran Duque, aunque a las claras se veía que lo que a Pedro Ulrico lo alejaba de mí no era la pereza sino los resabios del alcohol, según decían. Hasta la misma emperatriz, tan propensa a la bebida, hubo de reconocer que por ese camino su sobrino jamás lograría acercarse a su prometida. La brecha era cada vez mayor. Cada vez mayores las distancias. Incrementando mi energía natural, bebía leche y agua de Seltz todas las mañanas. Hasta yo comenzaba a dudar de las ventajas del matrimonio. Y de esa curiosa situación de acceder a un reino sin acceder a un hombre.

A uno verdadero como Georgie, porque después de todo, aunque mi llamada virginidad física estaba intacta, conocía los placeres del éxtasis provocado por las caricias, la ternura y la vehemencia de un hombre. Hasta Isabel coincidiría conmigo, porque pese a sus interminables y apasionados amoríos todavía recordaba los amores con su esposo y hermano del tío Georgie.

Pero algo empezaba a vislumbrar la emperatriz, esa lejanía que de a poco se había dado entre sus sobrinos, Pedro y yo. El temor la perturbaba; habló con los médicos del Palacio y algunos otros de fuera, y entre todos decidieron que era momento de tomar cartas en el asunto. Pedro necesitaba una cura de alcohol y mayores incentivos. También resultaba imprescindible apurar el matrimonio.

En el momento en que se confirmó el día de la ceremonia matrimonial, pedí a Lara que cuidase de Zíngara. A pesar de la tormenta me puse capote, mitones, gorro encima del pañuelo, y fui en busca de Azul. Cabalgamos hasta que creí desfallecer; me detuve en una posada, a orillas del Neva. Cuando entré, los parroquianos se quedaron en silencio. Sólo la mesonera vino hacia mí. Le pedí té. Ella sonrió y volvió casi al momento; traía además una rodaja de pan tibio, dulce de miel y queso. Comí como si llevara años sin comer, y tal vez fuese cierto: llevaba años sin probar una comida sencilla y al calor de la gente común. Nunca más, como en Stettin, pude beber té de la calle y comer castañas al lado del fuego con los niños.

Un hombre se sentó a mi lado.

—Imagino que no me será necesario pedir permiso para sentarme si se ha animado a llegar hasta acá... —dijo Vania Andreievich.

Apenas sonreí. Dejó su vaso sobre la mesa, pidió vodka y puso un chorro en el té. Hizo un gesto ordenándome que lo bebiera de un trago y así lo hice.

—Claro que no hace falta permiso para sentarse al lado de una muchacha como yo —bromeé.

—En un mes podrá matar a quien se atreva.

—En un mes no podré salir sola.

—Pero sí conmigo; ¿acaso no soy su entrenador y el de Azul? ¿Acaso no tengo permiso de la emperatriz?

—No estaría tan segura, Vania... Las cosas habrán de cambiar.

—¿De ahí los ojos tristes? Su poder será mayor y no sólo en el Palacio, Su Alteza.

—¿Puedo pedirle un favor?

—Su Alteza puede ordenar lo que le plazca.

—Cuando estemos a solas, ¿puede llamarme Figchen?

—Pero es que ahora no estamos solos... Todos acá conocen a Su Alteza.

—Entonces no debió sentarse a mi mesa, ni con mi anuencia. ¿Acaso alardea?

Vania lanzó una carcajada. Se puso de pie y con la copa en la mano exclamó:

—¿Han visto? Es notable el parecido de esta muchacha con Su Alteza Catalina Alexeievna... aunque la futura zarina es menos bonita, claro... —bebió más vodka y agregó—: Aniuska, sírvele otro té, la pobre ha llegado hambrienta y escapando.

La mesonera volvió con más té y Vania volvió a echar otro poco de vodka en mi taza.

—Vamos, niña, termina tu pan y bebe. Yo mismo te acompañaré para que no te regañen. Debes estar loca si piensas escapar con el caballo de Su Alteza...

Todo parecía volver a la normalidad en la taberna: las voces, las botellas sobre el mostrador y las mesas, el tintinear de vasos y jarros, las conversaciones por lo bajo y en voz alta. Alguien que comenzaba a cantar, la mesonera que reía entre los parroquianos. Vania y yo bebimos en silencio. Volví a ponerme el gorro encima del pañuelo atado a la cabeza, que no me había quitado. Vania dejó unas monedas sobre la mesa y me puso el capote. Salimos. Una vez fuera me ayudó a montar.

—Tengo frío, Vania. Y miedo.

Nevaban unos copos finos, que apenas parecían rozar las ramas de los árboles quietos. Vania ató las riendas de su caballo al mío mientras miraba a su alrededor. Montó también en Azul y me abarcó con su capote, como si los dos fuésemos uno.

—Pero usted guiará, Su Alteza...

—¿Qué dices, Vania?...

—Que las riendas las lleva Figchen, y Vania la protegerá del frío.

Capítulo 12

A medida que se aproximaba el día de la boda,
más me entristecía, y muy a menudo me echaba a llorar
sin saber muy bien por qué.

Figchen

Los días previos, durante el año 1745, los heraldos envueltos en sus cotas de mallas, con un destacamento de guardias y changarines, en sus corceles ataviados ya festivamente, marchaban por las calles en medio del tañer de timbales anunciando el 21 de agosto. Vania me dejó disfrazarme como uno de ellos. Airosa me sumé al grupo, metida en una cota de mallas y sobre Azul, ataviado también con arneses festivos como los demás.

En la plaza del Almirantazgo se instalaba todo lo necesario para la ceremonia y los festejos. Recorrimos las calles para comprobar que todo estuviese exactamente en el lugar indicado a la hora precisa. Volvimos al cuartel, me quité la ropa y corrí a la cocina del Palacio. Me vestí con prendas de la cocinera, la cabeza cubierta con una pañoleta y salí con una canasta colmada de comida.

Necesitaba estar más cerca de la realidad. Me escabullí entre los obreros y les ofrecí pan caliente. Quería saber si para el pueblo sería también un día de fiesta y qué festejarían.

—¿Quieres pan para tu té? —ofrecí a un obrero que bebía de un tazón mientras descansaba sobre los tirantes que debía poner en unas gradas.

—Cómo no habría de querer si tan bellas manos me lo ofrecen.

—¿Los has horneado tú? —preguntó otro.

—No. Fueron horneados en la cocina del palacio por mi madre; sólo la ayudo en el amasado.

—Imagino esas manos tibias en la masa, y más ganas de comer me dan...

—Es usted un gran adulador.

—¿Adulador dices?

—¿Acaso no lo es?

—No es que no lo sea. Es que parece raro que una muchacha como tú se exprese de esa manera.

—Si alguien como usted se expresa de ese modo, ¿por qué no habría de hacerlo una cocinera como yo...?

—Es que intuyo que eres tan cocinera como yo un simple armador de gradas y mesas de honor —coqueteó por lo bajo el barbado.

—Disculpe, señor, debo repartir mis panes y regresar al Palacio... Así se me ordenó.

—Ve entonces, no vayas a desobedecer tan pronto a la princesa Catalina Alexeievna...

—No es a ella a quien desobedecería, sino a la emperatriz Isabel.

—¿Acaso la Princesa aún no tiene súbditos? ¿No da órdenes?

—No a mí por lo menos.

—¿Y crees que llegará a ser una buena zarina?

—No entiendo de esas cosas, señor. No podría opinar. ¿Y usted qué cree?

—Seguramente, si el Gran Duque la ama, como se dice, ella no tendrá demasiado que pensar. Entre el zar y la emperatriz, no le dejarán mucho por resolver...

—No sé, señor. ¿Eso dicen?

—¿Si no sabes tú, que vas todo el día ofreciéndoles pan?

—Pero yo nunca escucho lo que dicen, señor. Muy poco sé.

—Y ella es tan hermosa...

—¿Acaso la conoce?

—O sea que sí, Su Alteza es hermosa... y casarse con un joven tan contrahecho, qué pena, ¿no?

—Claro que lo es —dije, aunque noté que la intensa mirada del hombre me hizo enrojecer.

—Una verdadera pena... —insistió el hombre, riendo—. No me refería a que fuese una pena que la princesa se case con el Gran Duque, sino a que la futura zarina es tan hermosa.

El hombre carraspeó. Bajó del andamio y eligió el más dorado de los panes. El gorro le cubría parte de los ojos y la melena enrulada; el pelo atado con un cordón le llegaba hasta la cintura. Cuando alzó la cabeza que casi había metido dentro del canasto, se me acercó más aún. Pude ver sus ojos: eran indefinidos entre verde y pardo, pero no era el color lo familiar de sus ojos sino la mirada.

—Si la señorita me lo permite quisiera llevarla a tomar un descanso mayor en la cúpula de la Catedral. ¿Ha estado alguna vez ahí? La plaza se ve magnífica, un magnífico escenario para una magnífica boda...

—Disculpe, señor. Debo entregar los panes y regresar al Palacio. Esperan por mí.

—¿No ha notado la señorita que todo este tiempo hemos hablado en francés?

—Debo irme, señor. Le ruego... —respondí con torpeza pero él me tomó del brazo.

—Por un rato, Figchen, nadie notará nuestra ausencia. Por favor.

Atónita, no pude responder. Él me quitó la canasta del brazo, caminamos unos pasos y entregó la canasta a unas mujeres que lustraban los escalones de la Catedral. De la mano me introdujo en la nave, donde otras mujeres daban lustre a los íconos y figuras religiosas, colocaban cortinas nuevas, o por lo menos recién lavados.

Por el Neva, habían llegado embarcaciones de todos los rincones de Europa, con vajillas, carrozas, muebles y cientos de piezas de seda enviadas directamente de Zerbet por mi padre: aunque Cristian Augusto no fue invitado tampoco en esta ocasión, quiso estar presente con, por lo menos, la seda de mi ajuar, de tan buen gusto que no costó nada convencer a la emperatriz que de aquel lote de sedas se ocuparían mis costureras, Johanna y yo. Claro que nunca supo Isabel que, como complemento del cargamento de sedas, mi padre había enviado a la leal Babet, que ya era parte de mis ayudantes de cámara. A la que no resultó sencillo convencer del secreto, fue a Johanna;

Indumentaria de invierno típica de las mujeres rusas, según un catálogo de
"Historia de la vestimenta" del siglo XIX.

pero mi madre sabía que desde esos días y en más, a la hora de
convertirme en la nueva zarina, debía acatar la voluntad de su
hija.

Entonces, el hombre, sin darme tiempo a nada me cargó
como a una niña; las piernas sueltas sobre su pecho y colgán-
dome hacia atrás encima de su hombro. Sentí la presión de su
brazo sujetándome por los muslos, y con mi cara pegada a su
espalda pude, sólo entonces, reconocer el olor. Cerré los ojos y a
horas de la boda lo dejé llevarme donde quisiese, porque todo
podía ser por última vez. Aquel olor de la piel del hombre y de su
ropa era algo que no había percibido desde hacía tanto tiempo.
Algo que creí olvidado como una hembra alejada del celo.

No comprendía cómo pude no reconocer, antes de ese momento, aquel bendito aroma.

Cuando llegamos al campanario se sentó en el suelo, bajo la campana mayor, y sin soltarme me atrajo hacia su pecho acunándome como a un bebé. No necesité abrir los ojos.

Había regresado al país de la infancia que creí perdido para siempre. Cientos de veces me había dormido de aquel modo. Antes, durante y después del corsé. Él me quitó el pañuelo y se dedicó a revolver y oler mi pelo. Me senté entonces a caballo como tantas veces habíamos jugado, así como cuando me dio las primeras lecciones de cómo cabalgar, hasta que luego me regaló a Azul aquella tarde.

—Aún tienes a Azul, me han dicho.

—¿Cómo has podido llegar hasta aquí...?

—¿Cómo podías pensar que no estaría cerca de ti en estos momentos?

El abrazo fue intenso, como siempre había sido, y los besos dulces como la compota de melocotones de Babet.

—¿Sabes...? —empezó a decir.

—No, Georgie. Ya no sé nada más.... —respondí llorando.

—No debes llorar, mi niña. Estaré siempre cerca de ti. Ya verás. Ven.

Puso mis manos en la soga del campanario y las suyas aferrando las mías. Aún me cargaba encima y yo me aferraba con las piernas a su cintura. Como en un columpio nos hamacamos haciendo estallar las campanas de la catedral de Kazán.

—Oye... Cuando estés ahí abajo, en medio de todo ese protocolo y ceremonia que te espera, yo me ocuparé de las campanas... Fui contratado para eso. Se necesita fuerza para la tarea, y en mi caso, la fuerza la dan el odio y el amor.

—Pero... y si te descubren... Después de todo eres no sólo mi tío, sino el cuñado de la emperatriz.

—Nadie se ocupará de mí, así como ahora nadie se ocupa de nosotros...

Lo besé. Tanto había pasado desde el último beso. Y pasaría tanto más hasta el próximo.

—Nunca podré besar a mi marido, tengo miedo... Llévame contigo ahora mismo, Georgie. Ese hombre es horrible.

Él rió. Mientras llorábamos, él también reía.

—Y sólo porque es feo no quieres besarlo... Si yo fuese tan feo como él, ¿nunca me hubieses besado, entonces?

—Aunque fueses como ese monstruo que dicen habita la torre en Notredame... aún así te hubiese besado...

—Entonces, si no lo amas y él no te ama, será más sencillo. Sólo es cuestión de tiempo... Pero si realmente quieres, ya mismo nos vamos... —sugirió con pasión, y con esa misma pasión se balanceó de nuevo conmigo hasta hacer estallar una vez más las campanas de la catedral.

Y fue aquel tañer de campanas lo que me impidió huir. Toda Rusia y buena parte del mundo escucharía, al día siguiente, aquel tañer y las salvas de artillería en mi honor.

—¿Y tú te irás? ¿Cuándo?

Rió. Bien que conocía mi reacción.

—Eres una verdadera reina, mi Figchen; siempre lo supe. No dejarás a este que, ahora, será tu pueblo; no por amor a un hombre. Y eso está bien.

—¿Está bien, dices?

—Si has podido separarte de mí hace año y medio, cuando el calor entre los dos era un juego cotidiano e irrefrenable, es porque el futuro ya estaba echado.

—¿En las líneas de mi mano, dices?

—O en las de mi propia mano, Figchen. Pero como quiera que sea, no se puede ir contra el destino, y el destino pocas veces tiene que ver con el amor a un solo hombre o una sola mujer...

—No sé si entiendo... ¿Qué dices...?

—La verdad, Su Alteza. El amor entre un hombre y una mujer es el más frágil de los amores. Aunque tal vez es el único que nos esperará en el más allá, si lo hay... Ya verás.

—¿Y si no lo hay?

—Si no lo hay, hubo y hay ahora entre nosotros un amor tan grande como para poder vivir alejados. Tú te deberás ahora a tu pueblo, a tus hijos algún día. Serás un poco la madre de todo el pueblo ruso.

—¿Y qué pasará contigo? ¿Cuál será tu destino?

—Hacer tañer las campanas por la mujer que amo, y echar a volar las palomas y a todos los pájaros de Rusia.

—No digo ni hoy ni mañana. Digo más adelante.

—Más adelante, lo sabremos más adelante —murmuró mientras me ataba de nuevo el pañuelo en la cabeza—. Ahora debes irte: estarán preguntándose por ti.

Aquel fue el último beso. Sin embargo, tuvo algo de comienzo y final de una historia que fue sólo nuestra.

A la mañana siguiente ya no había mucho por esperar. Ningún cambio. Apenas dar un paso más, uno solo más, de todos los que faltaban hasta lograr la corona.

La orden de la emperatriz fue clara: "Llenen la tina, le dan un gran baño y me avisan antes de vestirla".

Mientras Lara, Anna y Babet estaban en eso, Isabel entró y me pidió que me pusiera de pie dentro de la tina. Sonrió, aunque esa mañana la sonrisa era distinta; traía algo especial en la mirada, si bien puede que no fuesen más que las circunstancias y la hora. Nunca nos habíamos visto así, a las seis de la mañana, desnuda yo y de pie. Isabel me observaba como quien evalúa a un ejemplar de raza, o a un esclavo.

Babet murmuró por lo bajo y a mis espaldas.

—¿Y tú qué estás murmurando? —quiso saber la zarina.

—Nada especial, Su Alteza. Sólo le he recomendado que tuviese cuidado en no resbalar.

—¿Y por qué habla contigo en francés?

—Porque sabe que lo prefiero en la intimidad —dije—. Y como Babet es francesa y será la más cercana de mis damas de compañía, la más cercana de todas ellas...

—Se dice dama de retrato, Catalina Alexeievna.

—Verdad, Su Alteza, disculpe el olvido.

—Sólo te estaba autorizando a que eso fuera posible. Yo lo decido. Y no te disculpes todo el tiempo por cualquier cosa: una reina no debe disculparse nunca con nadie —acabó diciendo mientras esperaba que su ayuda de cámara le abriera la puerta.

Sin decirme nada más dio unas recomendaciones a Babet y salió.

—Deberé llevar entonces un pequeño camafeo con tu retrato al cuello, Figchen.

—Sí, Babet. Habrá que solicitar uno lo antes posible.

—¿Uno como éste?

Babet sacó un pequeño camafeo con mi perfil labrado en oro.

—¿Y eso?

—Georgie los talló. Son dos. Acá tienes el otro. Tú dirás quién quieres que lo lleve.

Anna y Lara se quedaron quietas. Sonrieron ampliamente, esperando mi elección. Después de todo sabían que Babet no era sino una criada más, francesa, pero criada al fin.

Alcé los brazos. Una a una me fueron poniendo cada prenda: los fundillos, las enaguas, el vestido de brocado y el corsé recamado en piedras. Cuando Babet ajustaba los cordones del corsé, se detuvo un momento y me besó en las mejillas.

—Nunca será como aquel corsé...

—No sé, no sé.

Murmuré apenas, porque a ambas se nos quebraba la voz justo en el momento en que entró el peinador y empezó a insistir con un tupé enrulado.

—Es que apenas podré moverme con este vestido de tan larga cola y todas estas rosas bordadas en plata... y faltan además esas alhajas que la emperatriz dejó sobre la mesa.

—Estás tan pálida, hija... —interrumpió Johanna, que recién entraba—. Pero nunca antes te he visto tan bella como hoy, ni tan blanco el cutis.

—Ve a vestirte, madre. Se hará tarde.

—Yo la ayudaré, madame Johanna —dijo Babet, atenta a mi fastidio.

Así ataviada, plena de brillos y oropeles como una lámpara de salón, tuve que estarme de pie hasta las tres de la tarde. Fue entonces cuando me mandaron llamar. Al llegar a la escalera vi a Pedro Ulrico esperando por mí. También estaba lleno de oropeles y alhajas, y más disparatado que de costumbre. Hasta la Catedral llegaríamos al frente de ciento veinte carrozas. La emperatriz Isabel, el Gran Duque y yo, en una calesa descubierta tirada por ocho caballos blancos con crines y colas tramadas con cordones dorados. Apenas si podía sostener la corona que, un rato antes de subir al carruaje, la misma emperatriz puso en mi cabeza. Hileras de rostros, cirios y una mezcla de dorados

Isabel I de Inglaterra, según un grabado del siglo XVI conservado en la Biblioteca Nacional de París. La pintura ilustra el nivel de ornamentación que debía lucir una mujer que ostentaba poder en Europa.

confusos me hacían sentir a punto de caer. La ceremonia duró varias horas y, salvo las campanas de Georgie, repicando como un llanto y un perjuro, no recuerdo más.

Durante la comida y el baile, no pude quitarme la corona ni por un rato porque es de mal augurio. No hasta entrar a la habitación nupcial. Fui despojada de la corona por la misma zarina, y de mis ropas por Babet, Anna y Lara. Hasta mi madre fue designada para ponerme el camisón y la bata nupcial. Luego, todas me dejaron en la cama esperando a mi marido, con las recomendaciones del caso que no pude negarme a escuchar ni en mi condición de reina. Porque bien prevenida estaba: nunca debería pedir disculpas ni permiso, pero sí debía acatar y no sólo las reglas de protocolo.

Acatar y esperar, en ese caso, que el Gran Duque se decidiera a llegar a la cama imperial para cumplir con su primer deber como rey, hacerle el amor a la reina o por lo menos embarazarla, dejarla encinta, encintarla, para perpetuar la dinastía de los Romanov −único motivo de todo aquello, para Isabel II de Rusia.

El tiempo pasaba lento y amodorrado. Pedro no llegaba, y yo a la espera de quién sabe qué.

Tal vez debería levantarme, me pregunté, o llamar. Mandarlo llamar, eso mismo; seguro que eso no entendí, me dije. Tal vez espera ser llamado por mí. Debatiéndome como una mosca en un tazón de leche, desperté dos horas después. Aún me mantenía primorosa y sentada, cuando escuché la voz de la señora Krause, nueva criada del Gran Duque, avisando que Pedro Ulrico se demoraba pues había invitado a cenar a lo más cercano de su séquito.

En la habitación contigua, Pedro había recibido la misma atención de sus criados, la misma atención que yo, aunque con mayor dedicación pues como siempre había bebido demasiado. No conforme, ordenó otra vuelta de comida y bebida en su cuarto de soltero. Y efectivamente, cuando llegó, estaba ebrio. Ebrio y pretendiéndose gracioso expresó que la servidumbre se divertía esa noche imaginándonos en el lecho matrimonial. Dicho esto, se metió en la cama, me dio la espalda y se durmió.

Capítulo 13

En la corte nadie sabía conversar, unos y otros se odiaban cordialmente,
la maledicencia reemplazaba al ingenio, y la más mínima observación seria
tenida por crimen de lesa majestad. Todo el mundo estaba sumido en la ignorancia.
Bien podía apostarse que la mitad de la gente no sabía leer ni escribir,
y no estoy muy segura de que un tercio supiera escribir.

Figchen

Aquello de la primera noche fue un gran alivio, y una rutina que se sucedió de igual modo noche tras noche por las doscientas setenta siguientes. No comprendía qué estaba sucediendo, tampoco me animaba a hablarlo con nadie.

No me llevó mucho tiempo darme cuenta de que fuera cual fuese el motivo por el cual el Gran Duque, mi esposo, se resistía a tocarme, de haber amado a este hombre, hubiese sido la criatura más desgraciada de la tierra; si esto sucediera —me dije— querrás que él te retribuya y este hombre sólo sabe de muñecas, de soldaditos de madera, y presta más atención a cualquier mujer y a sus juegos de billar que a su esposa, aún tratándose de mí, la futura zarina de Rusia.

Demasiado orgullosa para protestar, decidí que era mejor contener los impulsos de ternura frente a ese caballero.

A las claras pudo verse que, pasados nueve meses, la zarina aún no estaba encinta. Todos los ojos estaban minuciosamente puestos en nosotros. Corría todo tipo de rumores y descréditos, empezando por los de la emperatriz, que sintiéndose estafada por sus sobrinos, nos consideraba dos niños que no dejábamos de jugar, y hasta nos suponía conspirando en su contra.

En cuanto al resto de cosas, la situación no era mejor. Pasados aquellos meses estériles de matrimonio, y mis dos años de estadía en Rusia, comprendí definitivamente que no estaba en Europa sino en Asia. Por mucho que se esforzaran, y que yo misma, más adelante, pudiera continuar con la política expansionista y europeizante de Pedro el Grande, tomé conciencia de que poco y nada podrían absorber aquellas gentes.

Son seres de apariencias y no de profundidades.

Los rusos son salvajes vestidos de gente, pensaba siendo aún una adolescente.

Los ojos —he dicho— estaban puestos en mí. Por esos días, Su Alteza Catalina II era la responsable de la falta de herederos. Pero allí no terminaba el malestar que podía percibir.

Pedro I había reemplazado a la nobleza de cuna por una nobleza de grados, de servicios, de funcionarios. En una permanente mezcla de lujo y desorden, de carencia de todo y especialmente de apariencias. Era gracioso ver, por ejemplo, a la señora de Vorontov que soberbiamente vestida y alhajada salía de un barracón en su kibitka, cómo llamaba a su sencillo coche cubierto que arrastraban seis caballos flacos tan enjaezados como sus lacayos, y atravesaba el gran patio por entre el barro y la basura del vecindario.

Imposible luchar contra ese rencor en los ojos de la emperatriz por no haber logrado embarazarme. Tenía una actitud que si bien podía considerarse dentro de lo habitual, no lo era para mí.

Misteriosamente, Lara Vasílevna, mi ayudante de cámara, había quedado encinta, y digo misteriosamente porque no se le conocía novio alguno; por el contrario, mantenía una relación amorosa con Anna Ivánich, mi otra ayudante de cámara, según me había contado Babet. Relaciones nada extrañas entre las gentes de la corte, pero de las que no debía hablarse.

El Gran Duque, secundado por la emperatriz, o viceversa, obligó a Lara a casarse con el príncipe Piotr Federovich. Todos los ojos fueron puestos en ese matrimonio y el próximo nacimiento. Se dijo que de ser varón sería apadrinado por el Gran Duque e inscrito en el regimiento Semiónov. Si era mujer, se informaría públicamente de la muerte del sargento no nato y se concluiría con todo apadrinamiento.

Pero nació un varón: Petruska. El príncipe Federovich fue enviado a Prusia y alejado definitivamente de su hijo. Lara siguió a mi lado, y con Anna criaban al príncipe Petruska, bajo la constante y caprichosa guía de Pedro Ulrico y la emperatriz.

Pedro esperaba que el niño creciera pronto, porque luego de una adecuada educación pasaría a ser parte de su Guardia Real y sin dudas un gran aliado del Zar. Aunque la emperatriz, tal vez, guardase alguna otra carta bajo la manga, con respecto al niño.

Sea como fuere, el pequeño Petruska se había convertido en un símbolo de vida en el Palacio, y ante los ojos de toda la corte, compensaba a la emperatriz por aquello de su maternidad fallida. De todos modos, Isabel no perdonaba la deuda que el Gran Duque y yo aún teníamos con ella. Cómo decirles que Pedro jamás me había tocado. Que aún continuaba virgen —por lo menos físicamente hablando, le había escrito a Georgie—, y que no obstante no podía evitar cierto enamoramiento de un amigo de Pedro Ulrico, que por otro lado se mostraba cada vez más alejado de mí. Le conté a Georgie que el tal Andrés Cherniev era dulce y amable conmigo. Que solíamos tener largas conversaciones porque había sido educado en Rusia, pero por un tal Baupré, que habiendo sido peluquero en París y luego soldado en Prusia, al fin decidió radicarse en Rusia. "Pour etre outchitel", decía Andrés mezclando un poco ambas lenguas. El joven había leído lo mismo que yo y decía que en un reciente viaje a París, había conocido a Voltaire. Me regaló *La Henriade* y hasta me dio señas de Voltaire en París para que le escribiese, porque era importante que Voltaire pudiese conocer Rusia, transmitir algo de sí e informar al resto de Europa sobre el adelanto cultural en los dominios de Pedro el Grande. Cosa que hice.

Escribí a Voltaire; intercambiamos correspondencia hasta que llegó el momento de poder conocernos. Sin embargo, nada de esto sabría el pobre Andrés. A causa de un ataque de celos del Gran Duque, el joven fue enviado lejos porque, según dijo Pedro Ulrico, se sospechaba de un romance entre nosotros.

Mientras tanto, nada se haría con respecto a los romances del Zar, puesto que así también ganaba en hombría. Quién podría

Voltaire. Filósofo eximio,
miembro destacado
del iluminismo y
maestro de estrategas
políticos como Federico II.
Fue uno de los
intelectuales que apoyó
la obra de Catalina II.

animarse a decir que el joven rey revoloteaba de mujer en mujer sin causarles el menor goce. La mayoría de las órdenes eran caprichos y desmanes, intrigas y burlas de la emperatriz, que cada vez nos alejaba más de aquellos que nos frecuentaban porque suponía que podían ejercer alguna influencia en su contra, o alejamiento entre nosotros.

Una noche, llegando al salón para dar comienzo al baile, salió a recibirme el conde Zahar Cherniev. En esa ocasión me había puesto un vestido blanco, bordadas con oro las costuras en punto España.

Ni bien el conde tomó mi mano, la emperatriz, con relativa discreción me alejó. Caminamos erguidas saludando a un lado y al otro. Al pie de la escalera me ordenó, en voz baja, cambiarme de traje pues, según ella, mi vestido se parecía a los que usan los caballeros de la orden de San Alejandro Nevski.

Subí entonces lentamente los peldaños, tan airosa como los había bajado. Sin mirar al atónito conde Zahar Cherniev, que además de admirador de la belleza era tío de Andrés Cherniev y que —al margen de su propia galantería— quizá traía alguna carta de su sobrino para mí.

Una vez en el cuarto me senté a escribir las memorias de aquellos días. No volví a bajar. Mi querida tía era muy propensa a esos celos mezquinos, no sólo en relación conmigo sino también con las otras damas de la corte. En esa ocasión, como en tantas otras, mi vestido le pareció más deslumbrante que el suyo.

A la mañana siguiente, la emperatriz despertó horrorizada. Seguramente motivada por el altercado silencioso conmigo, o los celos que de todos modos no había superado ni con mi ausencia en la fiesta. El horror le sobrevino pues había sucedido algo raro que le impedía poder quitarse el empolvado del cabello. Hicieron varios intentos hasta que finalmente no quedó otra alternativa que cortárselo bien corto. Furiosa, ordenó que raparan a todas las damas de la corte: así como ella, se verían todas.

Difícil y terca, la emperatriz escuchó los gritos de espanto de las damas mientras las pelaban, una al lado de la otra, como a niños con piojos. Ninguna apareció esa noche en el baile. Sólo yo fui exonerada de la represalia. La emperatriz conocía mi enfermedad y la fragilidad de mi cabello.

De todos modos, resultó extraña su consideración. Sólo Catalina Alexeievna podía ser, en la corte, tan hermosa o más que ella misma. Seguramente propiciando que el Gran Duque, de una vez por todas, pudiese ver a su esposa como la única belleza a su alrededor.

Tampoco aquel capricho doblemente intencionado trajo la suerte esperada por la emperatriz. Yo, Figchen, Sofía Augusta, finalmente Catalina Alexeievna, continuaba siendo virgen. ¡Catalina II, una virgen! Ya pasará. "Pronto pasará, querida Figchen", había escrito Georgie como introducción del nuevo libro con páginas en blanco. Yo me preguntaba cuánto es el tiempo que abarca la palabra "pronto".

Capítulo 14

Llevaba una vida que habría enloquecido a diez personas
y llevado a otros veinte a morir de pena.
Entre estos dos seres atados por la misma cadena
no había gustos en común.

Figchen

No sólo a mí me perseguían los fantasmas, como el de Iván en sus trineos negros. Pedro no lo ignoraba, y tal vez por eso solía escucharme atento. Semejante miedo le provocaba la emperatriz. Cuando no bebía, Pedro se instalaba en la cama y yo le leía algún relato de caballería o aventuras. Únicamente así se quedaba en paz. Entonces no profería improperios ni mostraba temores. Hasta su semblante parecía volver a los mansos pensamientos de la infancia. Desplegaba en la cama marital sus soldados de madera practicando estrategias militares.

—Allá el gran Federico II con sus prusianos.

—Ahí estará entonces mi padre... —decía yo, pero él se empeñaba en no escuchar ni hacer comentarios acerca de mí que pudiera acercarnos.

—Acá el nuevo zar de Rusia con su ejército...

—Con el nuestro... —le interrumpía.

—Es igual... sabes que es lo mismo.

—No siempre lo recuerdo. Y es importante no olvidarlo. Sabes que la emperatriz... —intenté continuar, pero al mencionarla su rostro fue presa del terror.

Se levantó. Comenzó de nuevo a dar zancadas por el cuarto. Notando mi quietud y mi silencio me propuso algo que nadie propondría a su mujer, o eso yo había imaginado hasta entonces.

—Debes seguirme. Eres mi esposa... —insistió como para sí mismo, y en sus ojos pude observar una vez más los fantasmas de Iván y Alexei, encarcelados por la emperatriz.

—No, Pedro. No te seguiré por el cuarto como a un loco. Regresa a la cama. Aquí debes acabar con el miedo. Además, ni siquiera terminé la lectura. Por otro lado... —insistí, viendo como el pánico lo había paralizado en medio de una de sus zancadas— ...mira, has dejado indefenso este frente...

Sonrió. En ocasiones, cuando sonreía así quedamente, por un momento la ternura me confundía, creía amarlo. Volvió a la cama. Sonrió sin verme, agrupó más soldaditos en otro frente cercano a mis rodillas y aún uno más en mi flanco derecho. Un poco por debajo de la cintura.

—Sigue habiendo un frente sin protección.

Sin mirarme ni responder, puso al ataque a sus guarniciones. Disparó los cañones.

—El flanco izquierdo también está cubierto... —dijo volviendo a disparar. No obstante, corrió al otro lado de la cama para abrir fuego desde mi costado izquierdo.

Disparaba de un lado y del otro con explosiones que estallaban en su boca. Entonces exigió que me ubicara en el centro de la cama, después se parapetó tras las cortinillas del dosel simulando abrir una descarga de artillería, protegido tras una colina imaginaria, yo.

Seguía sacando soldados y cañones de los cajones escondidos bajo la cama, y con ellos rodeaba todos mis flancos. Como si toda yo fuese un país, ese otro reino que él soñaba conquistar para Federico de Prusia.

Así, bajo la cama, guardaba cada noche —antes de acostarse— los soldados, o los arrojaba al suelo donde a la mañana siguiente la señora Krause, su primera dama de cámara, los levantaba y los guardaba urgente en sus cajas para que nuestros juegos no fuesen descubiertos por la señora Chogolokov, que estaba encargada de nuestro cuidado, por orden de la emperatriz.

Una de esas noches, en que la batalla parecía más violenta y él sacudía la cama saltando de un lado al otro por encima de Rusia —yo—, e imitaba con estruendos de su boca el sonido de los cañones, las quejas de los soldados heridos, los gritos de los que morían y el festejo de los que vivaban la conquista del reino, se escucharon golpes a la puerta. De inmediato escondimos todo bajo las mantas y volvimos a sentarnos en la cama. Así nos encontró la señora Chogolokov.

Él la increpó con furia:

—¡Cómo se atreve a entrar al Dormitorio Real de este modo!... Informaré de esto a la emperatriz.

—Disculpe, Su Alteza, pero la emperatriz se enojaría mucho si supiera que a estas horas aún no se han dormido por jugar...

Se fue enseguida. El Gran Duque, como si nada, volvió a sacar los juguetes de entre las mantas sin mirarme, sin ver tampoco entonces que yo era una mujer, una bella mujer de quien podía disponer a su antojo como hacía con los soldaditos de madera.

Me bajé de la cama, me quité el camisón y la bata, me solté el pelo y así, completamente desnuda y fresca, apetecible como pocas a su alrededor, me ubiqué una vez más en el centro de la cama.

—El zar de Rusia sigue desguarnecido en el frente que más le disputarán sus enemigos.

Como si nada hubiera cambiado a su alrededor, disparó unos cañones todavía desde el flanco izquierdo al derecho, pasándome cerca del pubis los muñecos y toda la artillería pesada sin decir nada. Después de los últimos disparos, y con un inmenso tedio en sus movimientos, desparramó los juguetes hacia todas partes, y sin hacer comentario, sin siquiera desear las buenas noches, me dio la espalda y se durmió.

También, como tantas otras noches, volví a ponerme el camisón y —apretados los puños, anudada la garganta— me dormí profundamente; y como otros muchos amaneceres, desperté de un sueño que se reiteraba: Figchen yacía desnuda, aunque con la corona, en medio de las llamas en un foso. Era un foso que separaba el Palacio de la plaza del Almirantazgo. Algunos hombres intentaban rescatarme desde sus caballos arrojándome sogas, otros más arriesgados se bajaban del caballo y me extendían su mano.

Pero no lograba alcanzar ninguna de aquellas manos. Ardía entonces en un fuego que ni siquiera quemaba. De pronto despertaba, húmeda y acalorada con la ropa en desorden. El Gran Duque dormía o aparentaba dormir. No bien yo abría los ojos, él —sin abrir los suyos— volvía a darme la espalda con cierto aire de fastidio en la expresión, molesto porque algo me había despertado o puede que percibiendo mi mano aún en mi sexo. O acaso molesto por despertar yo justo cuando él me observaba o intentaba acercar su propia mano a mí, para hacer aquello que aún no se animaba a llevar a cabo.

En ese estado de confusión y de dudas, como otras tantas madrugadas, bajé de la cama, me vestí con ropa de montar y corrí a las caballerizas. Vania, a quien había hecho la seña convenida —la cortina doblada como al descuido—, me esperaba con Azul y su caballo ya alistados. Cargamos los fusiles y cabalgamos hasta los cañaverales a orillas del Oranienbaum, para cazar patos. La energía seguía siendo mi motor; el ejercicio, el único bálsamo.

Ese día, regresando al Palacio, rozagante y con un pato cadáver en cada mano para el almuerzo, me esperaba el caballero Sacromano, que traía una carta de mi madre. Y con la carta había un libro, regalo de Georgie, pero, en este caso, como lo recibiría por intermedio de mi madre, no era un libro donde escribir memorias sino uno que recopilaba las cartas de Madame Sévigné.

El caballero se marchó, y una criada llevó los patos a la cocina.

Aquella soledad en la que imprevistamente me encontraba, me inquietó. No me equivocaba. Con breves palabras Johanna me anunciaba la muerte de mi padre, y a pesar de que ninguna participación se le dio en mi pasado ni en mi futuro, un gran miedo, una enorme tristeza se apoderó de mí.

Cuando la señora Chogolokov entró al salón, me encontró llorando.

—No debe llorar, Su Alteza...

—Gracias, señora Chogolokov, pero se trata de la muerte de mi padre.

—Aun así, Su Alteza Catalina Alexeievna no debe llorar.

—Nadie puede quitarme también el derecho de llorar por la muerte de mi padre.

—Como desee. Pero nada lo remediará. Además, a la emperatriz y sus consejeros les urge hablar con Su Alteza. De modo que primero el baño. También el Gran Duque está citado; hace rato que tomó ya el baño que le fue ordenado.

Por un momento tuve deseos de recordarle que no estaba entre sus derechos usar esos modos para hablarle a su zarina, especialmente en un día tan doloroso. Pero justamente por eso consideré que no era momento para advertirle de nada. Sí tuve ganas de preguntar el porqué de su rudeza hacia mí. Pero sabía la respuesta que, por otro lado, ella no habría de reconocerme. La señora Chogolokov no sólo me recelaba como zarina sino por el embeleso que su esposo mostraba hacia mí.

Totalmente acongojada, apenas atiné a preguntarle el motivo de esa reunión.

—La emperatriz desea saber por qué motivos el Gran Duque se mete en la cama de Su Alteza sólo para jugar con soldados de plomo y madera. Y para dormir. Y de quién será la culpa de la virginidad de Su Alteza.

—¿Y por qué suponen que aún soy virgen?

La señora Chogolokov desvió la mirada. Apenas murmuró:

—…de no ser virgen, ¿por qué motivo Su Alteza rechazaría a mi esposo, sabiendo que he parido cinco hijos y que él ha engendrado varios en otras mujeres?

—¡Señora Chogolokov! ¡Qué impertinencia! ¡Cuál podría ser mi interés para aceptar los galanteos del señor Chogolokov? ¡Cómo se le ocurre!

Ella rió con sarcasmo, y añadió:

—Cumplir con aquello para lo cual ha sido convocada: parir un hijo y dar continuidad a los Romanov en el poder. ¿O acaso Su Alteza se animará a decir que el Gran Duque es impotente?

Capítulo 15

Era hermoso como el día. No carecía de ingenio,
de conocimientos ni de modales y actitudes
que confiere el gran mundo. (...)
Era un caballero distinguido; sabía disimular sus defectos:
los principales eran el gusto por la intriga
y la falta de principios; pero éstos aún
yo no los veía desarrollados.

Se llamaba Sergio Saltikov y había sido elegido para embarazar a Su Alteza Catalina II. Por supuesto que muy pocos sabían de aquel ardid de su Majestad la emperatriz, y de su consejo de notables. Su padre era uno de mis ayudantes de campo. Sergio llevaba dos años casado con una de las damas de honor de la emperatriz, Matriona Pavlovna Balk. Pero el romance había durado poco con su esposa. Igual que el Gran Duque, Sergio saltaba de mujer en mujer, sólo que sus saltos no eran en vano ni pasaban inadvertidos.

La señora Chogolokov no se equivocaba en lo fundamental, pero había errado con el candidato a semental. Todo esto lo supe mucho más adelante, después de que cayeran todos mis prejuicios, o esos principios que me habían enseñado y que debía enarbolar en todo momento. Yo sólo me enamoré de Sergio Saltikov.

Por fin encontraba a alguien con quien conversar en la corte. Tuvimos una reunión casi privada, una noche en que el matrimonio Chogolokov, siempre a cargo de nuestro entorno, estaba complicado pues a la señora, una vez más, se la veía embarazada y su esposo iba y venía entre su dormitorio y nuestra reunión, ante la demanda de su mujer celosa.

Finalmente, las cosas se fueron dando y, con Saltikov, nos quedamos solos. Al comienzo no pasamos de los habituales devaneos sociales. Pero aquel hombre tenía una mirada intensa que opacaba su belleza física.

Todo en él era armónico, hasta sus palabras. Dada esta circunstancia y sus inquietudes, lo alenté a escribir. Así se nos dio uno de esos pretextos sencillos que encuentran los amantes para volver a encontrarse.

De inmediato quedamos en reunirnos con relativa frecuencia y así poder aconsejarlo en su nueva tarea. Había venido con León Narichkin. León era uno de esos personajes que nunca faltaban en la corte, ni en ningún círculo social. Especialmente dotado para los juegos, la danza y las mascaradas, tocaba el piano con gracia y, mientras lo hacía una noche, en un aparte y casi murmurándome al oído, Sergio dijo haberse enamorado perdidamente de mí. Yo pretendí no mostrarme interesada. Sabía que él era casado. Y él rió de tal manera que sin conocer el motivo de la risa todos lo acompañaron.

—Su Alteza tiene marido —murmuró— y no deberíamos olvidar quién es.

—Quiénes somos... —puntualicé, y él volvió a reír.

Mi deseo era mayor que mi razón; mis motivos, pocos y desconocidos. O puede que no tanto, a esa altura, en la corte.

Él no tenía más razones que su hábito de conquista.

Sergio improvisó un pequeño poema a pedido de Narichkin, quien de inmediato compuso una música adecuada.

Nos veíamos todos los días, no sólo a causa de la escritura sino que, además, nos alentábamos mutuamente a la lectura. Por primera vez, era tal mi alegría que nadie se animaba a perturbarnos. Sólo Pedro Ulrico estallaba cada tanto con uno de sus furibundos ataques de celos, "infundados", según intentaba convencerlo la emperatriz. Sin embargo, él mismo, en ratos de razonamiento más sereno se reía de mi situación, considerándola uno de esos tantos enamoramientos tan mundanos.

En mi estado de embeleso no podía medir las consecuencias. Sergio, aunque involucrado, veía el escenario desde afuera y esperaba paciente la ocasión de ir conmigo hasta donde el corazón —y el instinto— nos llevara.

Yo, la pequeña Figchen, lejos de su tierra y del tío Georgie, había cumplido los veintitrés años. Se me conocía en los salones y en el mundo como Catalina II, la nueva zarina de Rusia, y era virgen. A no ser por aquellos devaneos primeros con el tío Georgie, nada conocía del amor y sus juegos. Corría el año 1752: llevaba ocho años de matrimonio y virginidad.

Llegó el día en que los Chogolokov organizaron una cacería en una isla del Neva donde tenían una casa. Fuimos.

Sergio Saltikov me parecía más bello que el sol, y la mañana se abrió despejada y tibia. No bien descendimos de los coches subimos a los botes. Aquel halo de complicidad naciente se había instalado ya entre nosotros, avanzaba sin dar tregua. Saltikov, sentado a mi lado, rozaba como sin querer con el vello de su antebrazo descubierto, mi antebrazo, también descubierto. Era un suave contacto al que no cedíamos ni abandonábamos. Ninguno movía el brazo. Al mismo tiempo, el calor de la pierna de uno se arrimaba a la pierna del otro. Festejábamos las bromas que se hacían en general y los preparativos de la caza. El Gran Duque viajaba en un bote que nos aventajaba, con su última adquisición y juguete: una jauría de Spaniels y sabuesos de porte pequeño, de modo que estaba atento sólo a ellos.

Al poner pie en tierra, un desorden de gentes, perros y risas fue adueñándose de la isla. Nos repartimos en grupos, cada uno con su fusil y su táctica.

El Gran Duque prefirió compartir el día de caza con los perros: observarlos cómo descubrían la presa, la sacaban de su escondite e iban por ella cuando había sido derribada.

Como dándonos ventaja, Pedro se quedó un poco atrás, reorganizando su jauría, entremezclado con los perros que ladraban y hociqueaban a su amo con alegría. Zíngara iba con ellos. Finalmente se sentía libre para correr; por esos tiempos compartíamos el cuarto real con la jauría porque a Pedro se le había ocurrido que debían dormir con nosotros: de ese modo, el cuarto marital era una especie de canil donde cada uno husmeaba al otro.

Sergio y yo nos fuimos quedando un poco por detrás del resto, conversando en voz baja como a la espera del imprevisto aletear de

Sergio Saltykov.
Fue elegido por la corte
para embarazar a
Catalina II.
Sin embargo, quien habría
de ser el padre de
Pablo I, se transformó
en el primer gran
amor de la futura reina.

algún pato. Aunque, en realidad, el imprevisto que esperábamos era otro. En un pequeño claro lateral del bosquecillo que antecedía al pantano, me tiró del brazo. Corrimos hasta donde no se escuchaba sino el murmullo lejano de perros y cazadores.

Lo habíamos logrado.

Mi excitación desbordó, sin dudas, lo previsto por él. La excitación de Sergio era la esperada por los dos.

El primer abrazo fue algo distante, como el de los amigos, un abrazo de cómplices en realidad, pero esa sensación duró lo que el aleteo del primer pato en el aire. El breve vuelo de un ave se escuchó al mismo tiempo que el primer disparo. Saltikov se me pegó aún más. Entonces, a la par del disparo y la caída del pato al agua, sobrevino la pasión.

Nos echamos al suelo. Sergio me colmó de besos. De inmediato percibí su sexo, bajo la rudeza de sus pantalones de caza; pronto él percibió que, en mi caso, lo que parecía un pantalón de montar no era sino una falda simulada que le facilitaría la feliz tarea de recorrer mis muslos y encontrar una respuesta. Rápidamente la halló.

Justo ahí, donde el calor de su mano se fundía con el mío; y aún se fundían su olor a tabaco con el de mi deseo. No tardó nada en penetrarme. Y jugamos aquel juego ancestral para el que no se necesitan más reglas que la pasión. Por un momento me pareció que dudaba. Otro aleteo se oyó no muy lejano, a la par del bullicio de la jauría. Lo aprisioné entre mis piernas y lo obligué a moverse, sin alejarse de mí. Era mi súbdito. Era su súbdita. Creí entonces morir. Masculé el dolor de mi virginidad y morí de placer. Pude morirme sí, deshacerme en él, expulsarme, dejarme ir en Sergio Saltikov igual que él, golosamente, bendecía con su semen a Su Alteza, Catalina II.

Ninguno cerró los ojos.

Así seguimos luchando un rato más, entrelazados; sabíamos que nada sería fácil, y una próxima vez improbable. El bullicio de los perros parecía más cercano. Y luego del beso prolongado, se puso de pie, se acomodó la ropa y me ayudó a levantarme. Su cara entonces perdió el rubor y la placidez del momento. Su pantalón tenía manchas de sangre, también mi falda: una miel sanguinolenta se nos había adherido a los dos; al fin, la prueba irrebatible de la pérdida de la virginidad de Catalina de Rusia estaba a la vista.

—¡Qué haremos, Su Alteza...! Yo no sabía... Todos verán ahora...

Sin saber qué hacer, como si un imperio dependiese de mi sangre, mientras ponía en orden mi ropa no pude sino reír.

—Cómo puede reírse. El Gran Duque me mandará matar...

Ignorando qué responderle ni cómo salir del paso, sólo atiné a besarlo apasionadamente.

—Es usted realmente bello, Sergio Saltikov.

—También usted, Su Alteza... Bella como pocas, y su semblante acabó por adquirir un brillo tan especial... pero cómo saldremos de esto... qué diremos al Gran Duque.

Volví a reír, y lo tranquilicé:

—El Gran Duque nunca verá lo que no quiere ver... Y los demás tendrán sus razones para no decir nada tampoco.

En efecto, nadie dijo nada. Yendo no muy lejos de los cazadores y la jauría, y un poco jugando, trastabillé y en la caída me aferré al brazo de Sergio Saltikov; ambos caímos en un charco. Zíngara, asustada, corrió en mi ayuda ladrando, y tras ella varios de sus compañeros de caza. Los demás sólo rieron de nuestro percance.

Por cierto que fue el mismo Sergio Saltikov, como chambelán de la corte, quien sugirió a la emperatriz que, ante la duda, sería conveniente que el Gran Duque fuese tratado por algún médico, dado que algo impedía que consumase su matrimonio, además de la falta de herederos.

Así, el Gran Duque fue circuncidado. La angostura del prepucio le había impedido hasta entonces mantener relaciones sexuales, pues le provocaba infecciones que jamás se animó a comentar con nadie.

Pero aún libre de todo trastorno, le llevó tiempo a Pedro Ulrico tocarme. Aunque algo hubo: varias veces lo hicimos. Sin embargo, estaba tan ebrio que no recordaba sino alguna sensación por las mañanas, circunstancia por la que tuve que pasar sin miramientos. Él cumplía cada tanto con el deber que se le imponía, y yo soportaba a un hombre repugnante.

Sólo algunos sabían del verdadero enamoramiento entre Su Alteza y Sergio Saltikov. Los días de caza volvieron a repetirse y los encuentros de amor también. La emperatriz había ordenado que así como la jauría se veía uniformada por raza, pelo y color, también nosotros seríamos uniformados hasta para hacer deportes: vestimenta gris y azul con cuello de terciopelo negro. Vestidos así y a la distancia, las parejas podíamos alejarnos por el campo sin ser reconocidos, logrando cierto grado de privacidad.

El día en que se confirmó mi embarazo, toda la corte suspiró y el suspiro llegó hasta lo más recóndito del reino. Y de inmediato, por los correos secretos, hasta los oídos de Federico II.

El día que aborté, camino a Moscú, la noticia también corrió como reguero de pólvora.

Sergio Saltikov, que se había mantenido un poco alejado junto a Narichkin, llegó poco después del incidente. Parecía molesto. Todos los ojos se volvieron a posar en él. Me rehuía.

Tal vez, más desesperada por su desamor y su lejanía que por el aborto, decidí recurrir a la ayuda del canciller Bestujiev, con quien hasta entonces teníamos cierta reticencia mutua ya que había formado parte de mis detractores. Intercedió por mí ante Saltikov. Finalmente Sergio volvió ocasionalmente a mí, gracias a Bestujiev, que hasta manifestó: "Catalina verá ahora que no soy su enemigo ni un monstruo". Pero el enemigo parecía no ser el canciller.

El segundo aborto fue en uno de los bailes de palacio... la naturaleza se empeñaba en deshacer aquello que lograba con tanto esfuerzo. Durante trece días corrí grave peligro, porque había quedado en mi vientre cierta parte de la placenta. Finalmente, el decimotercer día salió por sí misma. A causa de ese accidente me obligaron a permanecer seis semanas en mi dormitorio. Cada vez más alejada de Sergio, padecía las sonrisas irónicas del Gran Duque, y sus juegos: una mañana, al despertar, había colgado una rata a los pies de la cama, del dosel.

—¿Qué hace ese animal, te has vuelto loco?

—He realizado, apenas, un acto de justicia. La rata se ha comido dos de mis soldados, mientras la zarina dormía.

—¿Qué estás diciendo? Es una locura. Quita por favor eso de ahí.

—La he ahorcado, después de que uno de mis perros le quebró el espinazo, y permanecerá atada durante tres días a los ojos de todos. Como escarmiento.

—Por favor, Gran Duque, tenga a bien quitar al animal de mi presencia... me enferma aún más... —traté de suavizarlo.

—¡De qué me sirve una esposa que ni siquiera puede seguirme en un juego! —gritó, y con dos zancadas abandonó el cuarto dando un portazo.

Siete meses después aparecieron nuevos síntomas de embarazo. Nuevamente Saltikov era el responsable. También él cumplía con su deber, porque en aquel romance que nadie ignoraba, el amor de Sergio no era tal. Todo esto provocaba en mí un humor sombrío, especialmente por la cercanía de la señora Chogolokov, que era la encargada de apañar las visitas de Saltikov. Dicha señora, por otro lado, no hacía más que lamentarse por el abandono cotidiano de su esposo, el mismo abandono que me impuso Sergio cuando supo que me había preñado de nuevo.

La gestación, en esa ocasión, fue dando señales de que llegaría a término. Por lo tanto, sin Sergio me aburría de nuevo como un perro en carroza. Lloraba sin descanso.

Una vez más fui llevada a Moscú.

El 20 de setiembre de 1754 nació Pablo Petrovich. La emperatriz se veía radiante. El protocolo indicaba que ella misma se ocuparía de la crianza y educación del heredero de los Romanov. Isabel era feliz. Yo no.

Catalina II, Pedro III
y el joven Pablo.
La línea sucesoria ya
estaba completa,
sólo quedaba aguardar el
momento cuando
la historia les otorgara
el manejo absoluto del
imperio ruso.

Como había transpirado abundantemente, rogué a la señora Vladislavov que me ayudase a cambiar de ropa. Pero dijo que no se atrevía a hacerlo. Varias veces mandó llamar a la partera, pero ella no vino; horas más tarde, llegó la condesa Chuvalov muy bien vestida. Cuando me vio acostada en el mismo lugar en que me habían dejado, lanzó una exclamación y dijo que eso podía matarme.

La señora Chuvalov partió inmediatamente; creo que corrió a buscar a la partera, pues ésta llegó media hora después, diciendo que la emperatriz estaba tan ocupada con el niño que no le había permitido apartarse de ellos ni un instante. En mí nadie pensaba... Entretanto, yo desfallecía de fatiga y sed. Finalmente, me depositaron en mi cama del palacio y durante todo el día ya no vi a nadie. "El gran duque se limitaba a beber con sus acompañantes ocasionales, y la emperatriz se ocupaba del niño", escribí en mis memorias. Cuando Georgie pudiese leerlo lloraría igual que yo. Escribiéndole me sentía menos sola.

Capítulo 16

*Yo afirmaba que se me había agravado la dolencia
de la pierna que impedía mis movimientos;
pero la verdad es que no podía ni quería ver a nadie,
estaba apesadumbrada.*

Figchen

Acababa de parir un niño que me fue quitado, fui despojada de mi amante y nunca tuve un esposo que me amara. Yo, la zarina de Rusia, permanecía echada en una cama.

Claramente comprendí, después de haberlo llamado tantas veces, que Sergio no vendría porque ya no le interesaba. Yo no atraía su atención, y tampoco tenía necesidad de ninguna consideración hacia mí.

A decir verdad, me molestó muchísimo.

Algo que no era pena me retorcía las entrañas.

¿Acaso no veía Saltikov que la zarina había sido utilizada igual que él? Todos tenían la certeza de su paternidad sobre Pablo.

Aquella tarde, cuando León Narichkin vino en su nombre, confirmé eso que ya ni dudaba. Sin embargo, o justamente por eso, lo obligué a volver. Era lo menos que él podía hacer por mí. Inmediatamente después del parto, Sergio Saltikov fue enviado a Suecia a dar la noticia del nacimiento y regresó a informar a la emperatriz de los comentarios. Por qué él, me pregunté, y seguramente se preguntaba lo mismo el Gran Duque.

Después de unos días fui trasladada al cuarto de al lado y depositada en medio de un gran decorado, delante del cual circulaban los allegados, cumpliendo con los saludos protocolares. Un centenar de personas pasaron frente al lecho cubierto de terciopelo rosa recamado en plata, donde yo, la zarina, la gran paridora del futuro rey de Rusia, me debatía como una mosca en un tazón de leche. Cuando el último saludo me fue ofrecido con la protocolar genuflexión, la señora Vladislavov dio orden de retirar los muebles y volverlos al salón principal. Una vez más fui olvidada. Permanecí en el soberbio camastro en medio de esa habitación en penumbras.

Un rato más tarde me levanté, entré al cuarto de Isabel y me acerqué a la cuna. El niño estaba envuelto en franelas, acalorado y húmedo de tanto abrigo y encierro. Abrió los ojos. En medio del sopor algo pareció alertarlo. Clavó su mirada en mí, y lloró.

Las matronas que lo cuidaban se echaron sobre la cuna. Una me encaró sin reparos.

—¡Silencio, señoras! —supliqué—. Sólo necesitaba verlo un instante.

—Es que la emperatriz ordenó...

—Sé muy bien lo que ordenó la emperatriz. Es innecesario que se me diga nada. Soy la única madre del niño. Nunca lo olvide...

—Disculpe, Su Alteza... —dijo la mujer bajando la cabeza y mirando de reojo a las demás ancianas.

Besé la frente húmeda del niño y me fui.

Erguida, entré en mi cuarto y empecé a reordenar los últimos libros que Georgie había enviado. Me senté.

Escribía unas líneas cuando Babet entró. Se asomó como arrastrando su propia pena. Sin decir nada, lentamente se movía en torno al samovar.

—¿Has leído este Voltaire... Babet?

—Esperaba a Su Alteza para leerlo juntas.

—Estamos solas, Babet. No me llames así. Pero primero debemos agotar hasta las últimas palabras de los Anales de Tácito...

—Verdad.

—Apura las dos tazas y siéntate... empecemos. Es mucho el trabajo pendiente.

—Demasiado —sugirió Babet, a quien últimamente había visto poco... a causa de los amorosos encuentros con Sergio, el embarazo y el parto. Sobre todo a causa del tiempo dedicado a los amores porque así somos las mujeres, incluso las que estamos al frente de un imperio, capaces de entregarlo todo y perderlo por un amor.

—Estos autores serán los que provoquen en mí esta revolución que me es tan necesaria ahora para empezar a pergeñar la otra.

Babet rió. Muy a nuestro pesar reímos.

—Esta semana agotaremos a Tácito, y nos toca apurar la lectura del *Espíritu de las leyes* de Voltaire... y no debemos olvidar a Montesquieu.

—Sí, debemos apurar... los beneficios de la razón, y el despotismo... —agregó Babet bromeando—. Esa frialdad imprescindible para medir cómo se va dando la Historia, Figchen. Hay que leer a todos los rusos... no tanto para enriquecer el pensamiento, porque esto no será desde los rusos sin duda, sino para poder dominar su lengua, en primer lugar.

—Verdad, Babet. Ya que se me ha quitado todo lo que atañe al corazón, no me queda sino el poder. Dominar a los rusos y más allá, cuando se den las condiciones... ¿Me sirves otro té?

—Además hay correspondencia... —dijo, poniéndose de pie y volviendo al samovar.

Me entregó una decena de sobres, saludos por el alumbramiento, tal vez. Una carta era del tío Georgie, aparte de las líneas que había enviado con los libros. La reservé para leerla a solas.

Y una vez más frente a mí, dejó las tazas sobre el escritorio y unos dulces de miel.

—Ahora comencemos —dije—. Pero la correspondencia y la lectura no deben hacernos olvidar del baile de la próxima semana.

—¿Baile, dices?

—Creo no estar en condiciones todavía...

—Ese es sin duda el trabajo más urgente, Figchen. Debes volver al ruedo como lo que eres: la Gran Catalina de Rusia. Eso se espera y eso les darás.

—No sé, Babet... Será más sencillo dominarlos que conquistarlos...

—Es lo mismo, mi niña. Serás coqueta y frívola como desean; el resto verás que se da sin dificultad... Que vean que Su Alteza sólo se tomaba tiempo para recuperar fuerzas y volver a emprender el salto.

Reí.

—Como Azul cuando escarcea y da golpes con sus cascos delanteros...

—Exactamente así... pero con mayor velocidad, porque en dos horas vendrán Lara y Anna con la última prueba del vestido nuevo.

—¿Qué haría sin ti, Babet?

—Lo mismo, Su Alteza. Lo mismo.

—Debo ser mejor. La mejor para los rusos. Inflexible. No perdonaré otra usurpación ni otro abandono. No puedo tirar de mi hijo, mucho menos de un hombre como Saltikov...

—Disfruta aquello que pudo darte... y no lamentes, no te quedes con lo que esperabas de él.

—Es que ya no dará más, y lo que me dio me lo han quitado.

—Aun así, Su Alteza...

—Pero hasta que Pablo haya crecido podré dominar Rusia. Luego se verá.

—Verdad, luego se verá.

Nos interrumpió el golpe de Anna en la puerta. Entraron Lara y dos criadas que cargaban el vestido.

—Disculpe, Su Alteza...

—¡Qué maravilla, al fin ha vuelto la coquetería!

Babet me quitó la bata y el camisón. Lara y Anna se quedaron mirándome. Había enflaquecido notoriamente. También yo me observé en el espejo.

—Pálida como una muerta... y tan flaca... ¿Creen que el vestido mejorará este cuadro lastimoso?

Rieron. Inquietas, todas me rodearon con justillos y calzones, a los que sumaron el corsé liviano que me devolvería un poco las curvas. Cerré los ojos. Toda aquella seda y satenes parecía restituir la suavidad a esa piel magra, no sólo por la pérdida de componentes naturales sino por la pérdida de caricias.

Lara y Anna me colmaron con la suavidad del satén y la de sus manos, yendo y viniendo, ajustando lazos y botones.

Fiesta en el palacio real. Allí se tejían alianzas, traiciones
y amoríos secretos.

Cuando me echaron el vestido encima creí desfallecer bajo el
recamado en oro del terciopelo azul... Y aún faltaban las joyas, la
corona y el peinado.

Pero al día siguiente mi llegada al baile fue triunfal. Con el
más bello vestido, no sólo el más llamativo de esa noche sino el de
todos los bailes imperiales ocurridos en el palacio. La emperatriz
no pudo más que dejar de lado sus celos y convenir con todos en
que la maternidad había embellecido aun más a Catalina II. A mi
paso, los visitantes algo confusos reverenciaban a la gran mujer
que había dejado atrás a la pequeña duquesa, a la dócil zarina que
acababa de parir.

Erguida, saludé a un lado y al otro, no obstante el peso del
recamado en oro en el terciopelo, las joyas, la corona y el peso
de mi reciente determinación: dejar claro que de mí, sólo de
mí, dependía que no se me ofendiera impunemente.

Fue una maravilla volver a la danza. A los salones. A la cortesía, aunque fuese una ocasional obsecuencia de los invitados de turno.

—Yo soy un Holstein y también la zarina —porfiaba Pedro Ulrico en una encarnizada discusión con Alejandro Chuvalov.

—Permítame recordarle, Su Majestad, que ahora es el zar de Rusia... y a Rusia se debe.

—Yo me debo al ducado de Holstein y al ejército alemán.

Pedro Ulrico blandía sus tonterías, incrementadas por el alcohol. Yo lo escuchaba al pasar, mientras bailaba con el conde Stanislav Poniatowski.

—Debe cuidar sus expresiones —intentaba calmarlo Chuvalov.

—De todos modos, verá qué generosos podremos ser, Chuvalov, si logramos una buena bienvenida a esos soldados de Holstein. Será un lujo incorporar a nuestro ejército toda esa experiencia de los prusianos.

—No lo creo conveniente, Su Majestad. Y no sé si la emperatriz y la zarina lo aprobarán.

—Vamos, Chuvalov... persuadiremos a las dos mujeres... que eso no sea motivo de duda. Los embarcaremos en Kiel, para instalarlos en Oranienbaum... Ahí estaré para recibirlos con mi propio uniforme prusiano. Será una gran experiencia para los nuestros.

—No lo creo conveniente —insistía Chuvalov—. Será mejor retirarnos ahora. La emperatriz no lo está viendo con buenos ojos...

Pedro Ulrico estalló en carcajadas.

—La emperatriz a esta hora está tan borracha como yo, y la zarina padece otro tipo de borrachera. Demasiado arrebolada se la ve junto al conde Poniatowski —murmuró casi a mi oído, pues una vez más las vueltas de la danza me aproximaban a él.

Poniatowski apuró el paso. Por un momento creí flaquear. Temblaba ante el efecto que esa actitud de Pedro podría suscitar en la opinión del público y la emperatriz. Especialmente, porque en cada decisión suya se empeñaba en hacer referencia a mi adhesión. Su idea de mi adhesión. Ya había escuchado comentar a Anna que se decía por ahí que esos malditos alemanes estaban vendidos a Federico II, y que por lo tanto, si el Gran Duque insistía en traer a los soldados de Holstein no haría más que meter traidores en las filas del ejército ruso. Imposible no flaquear. El conde Poniatowski murmuró a mi oído:

—Será mejor, Su Alteza, que nos acerquemos a la mesa por un vaso de ponche...

—Es que instalará esas tropas cerca del Palacio. Debo desaprobarlo públicamente y de inmediato —le interrumpí pensando en voz alta.

El conde rió y, tomando mi mano ceremoniosamente, me condujo hacia la mesa de licores. Con afabilidad me ofreció una copa.

—Y sin duda lo hará, Su Alteza. Pero que no sea hoy, por favor. El Gran Duque no está en condiciones de escuchar... ni muchos en el salón. No es un auditorio apropiado a esta hora.

—¿Y a otras horas sí? —pregunté, y luego de un momento de silencio nos reímos con ganas.

Capítulo 17

Yo era un caballero sincero y leal,
cuyo espíritu era infinitamente más masculino que femenino;
pero por eso mismo me mostraba hombruna
y se encontraban en mí,
unidos al espíritu y el carácter de un hombre,
los adornos de una mujer muy amable.

Figchen

El Gran Duque volvió a las zancadas por el cuarto hasta que al fin decidió irse y el portazo cayó sobre sus palabras:
—Muy arrogante, demasiado…—alcancé a oír.
Volví a abrir la puerta y salí corriendo para detenerlo...
—¿Qué sucede? ¿Acaso no respeto tus groserías y tu descaro?
Él se detuvo y se dio vuelta. Denvainó la espada y como el picador que debe clavar la pica en el cuello del toro midió certeramente y presionó hasta que mi piel estuvo a punto de ceder.
—Despacio, Su Alteza, con cuidado... Facilmente puedo hacerla entrar en razón..., ¿o quizás deberé doblar mi espalda frente a Usted como los esclavos del Gran Señor? ¿Ya ves? Eres muy impertinente con el padre de tu hijo —me increpó, intentando volver a envainar su espada.
Se la arrebaté entonces de la mano y lo encaré. Con idéntico movimiento y finta, le puse la espada al cuello.
—Jamás doblaré mi espalda ante el padre de mi hijo ni ante nadie. Y si es necesario demostrarlo, sólo dime la hora y el lugar.
Pedro Ulrico retrocedió como un niño. Desencajado. Me reí entonces. Dibujé más fintas en el aire y le devolví la espada,

como si todo hubiese sido un juego. Sonrió confuso, exageró una reverencia cuando le entregué la espada, y rápidamente entró en su cuarto.

Cuando las muchachas me despojaron del vestido, del corsé y de los bajos del vestido volví a sentirme Figchen. Mi semblante, a pesar del cansancio parecía haberse recobrado de golpe. Me quedé frente al espejo un rato. Babet deshizo mi peinado; hasta mi pobre cabello se veía más fuerte.

—Deja, yo misma lo cepillaré hoy.

—¿Y el agua de rosas?

—También... Vete ya. Déjame sola. Tengo toda una noche por delante: debo leer, contestar la carta a Georgie... y reflexionar.

—¿Reflexionar acerca del conde Poniatowski... y sir Williams?

—¿Acaso importan, Babet? Quiero reflexionar sobre mi desgracia.

—¿Qué dices, Figchen? ¿Otra vez penando por lo vivido?

Reí.

—No, Babet, otra vez penando por lo que viene por vivir. Debo encontrar la manera de que mi corazón no sea desgraciado ni siquiera por una hora si no tiene amor...

—¿Si no siente amor?

—Eso, sí. Si no siente amor.

—No me dirá, Su Alteza, que está dudando entre sentir amor por el conde o por el embajador...

Volví a reír.

—No, no te diré eso.

—No sé si te has dado cuenta... que ante la imposibilidad de conquistar a Su Alteza, sir Williams seguramente ha sugerido al más apuesto de su séquito la tarea de conquistar a la zarina... Poniatowski es un gran cosmopolita, un verdadero polaco parisiense: tiene todo lo necesario para enamorar a mi Figchen.

—Creo y sé que para contrarrestar este caprichoso corazón mío deberé aceptar de cada uno lo que cada uno pueda dar... y entregar bien poco a cambio.

—Y que ese poco no involucre a su corazón, Su Alteza. Ya ve: ahora, León Narichkin la alienta a bailar con Poniatowski. Y no vacilará en intentar ser él mismo tu amante, Figchen. Es un joven sin escrúpulos: siempre querrá sacar partido de su amistad.

—No es el único sin escrúpulo, y algo conoce ya de la fragilidad de los míos.

No obstante concordar con Babet, o tal vez por ello y con cierta melancolía por las certezas a las que me iba sometiendo con el paso del tiempo, y lo vano del entorno, seguí con el cepillado del cabello hasta quitar todo resto de festejo posible; tejí con él una larga trenza. Cuando Babet se dispuso a ponerme el camisón lo rechacé.

—¿Qué más sucede, Figchen?

—Déjame así, no quiero vestirme para dormir... Dormiría en el suelo si fuese posible... No quiero hoy nada de este lugar... Así, Babet, desnuda como de pequeña, contigo y con Georgie... Así quisiera sentirme hoy.

—Pero deberá cuidar su salud...

—Vete ya y que nadie resguarde mi puerta hoy.

—Como quiera Su Alteza, pero deberás cerrar por dentro. Me temo que el Gran Duque hoy vendrá por más.

Babet se fue, y efectivamente, al rato, Pedro Ulrico vino por más. Pero no me encontró. Me vestí con la ropa de montar... me deslicé por la ventana con cuidado y corrí a la caballeriza.

Entré despacio. Vania dormía. Cuidaba de Zíngara, que había quedado preñada de uno de los perros del Gran Duque y había dado a luz en esos días. Me acerqué. Vania espió bajo la gorra; cuando me vio se puso de pie y abrió enormes sus ojos tan negros y tan cálidos. De inmediato me acerqué a acariciar a Azul.

—¿Su Alteza no pretenderá cabalgar a esta hora y con este frío... no?

—Sí, Vania. Nada necesito más esta noche que cabalgar y ese calor que sólo Azul me ha brindado siempre.

Él dudó en responder. Sólo se acercó al baúl donde guardaba sus cosas, sacó una botella de licor y me ofreció. Bebí un trago que reconfortó mi garganta. Bebí una vez más.

—Es mucho lo que se le ha quedado atragantado a Su Alteza...

Reí... Bebí un trago aún.

—Mucho, Vania: llevo varios años atragantada y aún no he cabalgado lo suficiente. Además, con esto del embarazo...

—Pero yo no sé si es la hora adecuada —intentó disuadirme.

—¿Hay alguna hora que no lo sea?

Reí con más ganas aún. Fue la mayor risa de la noche. Sentí que los colores me volvían a la cara, producto sin dudas del licor, de la proximidad de Zíngara y Azul, pero sobre todo de la intensa mirada de Vania.

—¿Sabes qué me dijo Babet esta mañana?

—No, Su Alteza, cómo saber.

—*Son esprit est partout... et son coeur est ici...*

—Disculpe, Su Alteza, pero no hablo otra lengua que el ruso.

—No importa que no hables francés, Vania, sé que has comprendido por qué estoy acá.

No respondió. Tomó la silla de Azul y los arneses.

—Sin silla... sin nada. En pelo iremos hoy. Quiero sentirlo más cerca que nunca.

—Si Azul no se rebela... —Vania sonrió apenas de costado.

—Ni Azul ni yo nos rebelaremos... ¿Acaso tú?

Él finalmente rió en voz alta y al mismo tiempo Azul escarceó. Vania bajó la luz de la lámpara. Quedamos con el fulgor de la luna atravesando en finos rayos de luz por entre las tablas de la caballeriza. Me ayudó a montar y montó por detrás de mí.

—Vamos, Vania, al galope hasta que amanezca.

Recliné mi cuerpo y me abracé al cuello de Azul. Así fuimos por horas... y él veló mis sueños.

No pasaron muchos días hasta que el polaco Stanislav apareció de nuevo, acompañado por León Narichkin. Supe entonces que también eso se esperaba de mí. Era parte del juego.

León Narichkin, como si nada más que ésa fuera su tarea en la vida, volvió a organizar reuniones en mi entorno. Aquella noche primera que volvió con Stanislav, yo me había puesto un vestidito ligero, y un hilo del encaje al pie de la falda se asomaba indiscreto. Stanislav rió, hizo una reverencia y, solicitándolo pero sin esperar mi consentimiento, arrancó la hilacha sin evitar rozar con su mano el satén blanco del vestido.

No había dudas de que con la anuencia de la misma señora Vladislavov, Stanislav sería introducido a mi cuarto secretamente.

Demasiados indicios de complicidad percibía en esas reuniones más literarias que danzantes. A qué negarme. Esas furtivas visitas me aportaban un placer singular.

Una noche salía yo del cuarto y nuevamente a oscuras recorrí el pasillo, los salones, el hall, y a punto de salir del palacio pude ver que un suboficial de la guardia increpaba a Stanislav. Me esperaba en su trineo. Él, que apenas se mostraba bajo el gorro encasquetado hasta los ojos y el saco de piel, fingió dormir, contestó burdamente hasta que el oficial se aburrió y, convencido de que era un criado esperando, se alejó.

Aguardé unos minutos, segundos tal vez, y fui hacia él. Corrimos calle abajo. El aire helado no mermaba la excitación. Stanislav me observaba y, aunque la oscuridad me lo impedía, la intensidad que percibía en sus ojos borraba definitivamente el entorno. Pero sus manos no las percibía, sus manos eran presencia y calor. Ahí aguardaban sin esperar llegar a destino.

Nos besábamos, pero esa mano cálida bajo mi falda no alcanzó a detener el mundo. El trineo dio una vuelta en el aire, y cayó de pleno a un foso. Cuando volví en mí estaba a unos metros. Desperté como quien resucita en realidad. Él había encendido una lámpara y me abrigaba con su propio cuerpo y una manta encima de los dos.

—La creí muerta, Su Alteza...

—¿Muerta de amor...?

—No es broma.

—Gracias, Stanislav... gracias por estar acá.

—Si no fuera por estas escapadas, Su Alteza, nada de esto hubiese sucedido.

—Verdad —dije apoltronándome mucho más en él—, nada de esto sucedería... de estar en mi cama bajo las mantas del Palacio.

Percibí su sonrisa. Hasta la de los ojos a la escasa luz de la lámpara.

—Es conveniente regresar, Princesa...

—No tan pronto. Mira, aún la luna no ha hecho ni la cuarta parte de su viaje hacia el amanecer.

—Está frío.

—¿Pero acaso no ves cómo reluce?

—La luna reluce en nosotros, es nuestro calor quien la atrapa.

—A veces hablas como poeta, Stanislav, por eso me gustas...

—Ya ve, sólo le gusto a Su Alteza... pero nada será posible hasta que me ame.

—Sabes que no es posible...

—Siempre es posible amar —dijo besándome, y la tibieza de su boca en el cuello, la nuca, en sus ojos, aflojaba toda la posible tensión de la caída—; pero no será acá, mi Señora. Aunque yo trate de protegerla, este frío dañará su salud.

—Pero calentará mi alma, Stanislav. ¿Acaso no sabes cómo necesito este calor?

—Justamente porque lo sé es que será mejor intentar levantarnos del suelo y llegar a algún lugar... aunque será mejor regresar al Palacio —concluyó decidiendo por mí.

Y regresamos sí, regresamos al Palacio; y una de las criadas sin preguntar ni mirarnos siquiera nos abrió una de las puertas que daba al patio de atrás. Calladamente entramos por donde las lavanderas ya calentaban agua y fregaban en las piletas. Nadie nos miró, nadie manifestó expresión alguna. Amparados por las sombras y las miradas indiferentes de las criadas, llegamos a mi cuarto y nos amamos naturalmente, con esa complacencia que el amor —pero sobre todo la pasión— pone sobre cualquier falta.

Desde el parto, Pedro Ulrico, afortunadamente, dormía en su cuarto. Caía dormido luego de las juergas con los obsecuentes de siempre que lo incitaban a beber. Sólo de vez en cuando regresaba a mí. Me llamaba "la señora recursos"; yo le llamaba "el gran guerrero". La ironía entre nosotros no tenía límites, ni las distancias que nos imponíamos. Único método de convivencia para dos imperios en pugna.

Había que guardar las formas. Y no dejar de marcar el territorio aunque sea una vez cada tanto. Desde que fuimos descubiertos en aquel juego de los soldaditos por la emperatriz, jamás volvimos a esconderlos bajo la cama. Pedro hizo llevar al cuarto una gran mesa donde pergeñar estrategias de guerra. Especialmente atento, movía una batería, destruía un regimiento completo y desplegaba otro en distinto lugar. Cuando me sugirió la necesidad de un mapa, consulté a Chuvalov, presidente de la Academia de Bellas Artes, que aburrido rondaba siempre por los salones del Palacio, donde ejercía su verdadero empleo como favorito de Isabel. El hombre me ayudó entonces a diseñar un gran mapa sobre la mesa con relieves donde el Gran Duque pudiese ejercer todos sus deseos de conquista y guerra.

Pedro preguntó una noche:

—¿Su Alteza estará disponible hoy?

—Si el Gran Duque lo está…

—Lee esto e imagina que mi querida señorita Teplov, no contenta con todo, me ha enviado una carta de cuatro páginas y pretende que las lea y encima las responda. ¡Que yo mismo escriba una carta de amor!

—Todo amor reciente tiene sus compromisos, esposo mío...

—Pero debo hacer mis ejercicios de guerra. No tengo tiempo de leer una carta y escribir además. ¡Qué tontería! —exclamó empezando a dar vueltas alrededor de la mesa.

Se detuvo al fin. Movió aquí y allá algunos batallones, sacó soldados de Francia y los puso en Inglaterra, luego trasladó toda una batería de Prusia a Inglaterra. Lo interrumpí:

—Seguro que no se contenta con esa ambición del Gran Duque de conquistar los países… Las mujeres necesitamos palabras dulces de vez en cuando —dije y moví algunos soldados.

—Además de países, rublos.

Reí. Moví algunos soldados más de Francia a Rusia y viceversa. Y, como al pasar, coloqué una escuadra en Italia. Él observaba. Y reforzaba sus líneas. Volví a hablar:

—Y como de las ocupaciones del Gran Duque dependerá el futuro de Rusia…

—Otra vez te burlas de tu esposo. Bah, lo mismo da —murmuró rabioso, desplegando un batallón de prusianos que impedía el paso desde Italia.

—Lo mismo da, esposo mío.

—Le diré que no tengo tiempo, y si se enoja será mejor: no la veré hasta el próximo invierno.

—Que no es momento para poemitas. Además...

—Sin embargo —sugirió—, ya no es la señorita Teplov quien ocupa el tiempo de Su Majestad.

—¿Acaso Isabel Vorontzov? Pero, mi querido Pedro Ulrico, esa mujercita es horrible, y la señorita Teplov es tan hermosa.

—Verdad. Pero me enojo con la señorita Teplov hasta el invierno. A propósito, mañana habrá un almuerzo y he invitado al canciller Vorontzov y a su sobrina. Su Alteza querrá invitar seguramente al conde Stanislav: después de todo, ahora es ministro del rey de Polonia. Es sólo para molestar a la emperatriz y a ese Bestujiev, que no hace sino espiar y buscar intrigas.

—Eso imaginaba...

—La señorita Vorontzov no será bella pero es de un temperamento fogoso, es graciosa...

—Y jamás pedirá una carta de amor, tampoco cordura ni recato.

Él detuvo su mano sobre la partida con que pensaba atacar Polonia. No movió ningún soldado más, volvió a las zancadas alrededor de la habitación y pateó a Zíngara que, harta de los paseos del zar, ladraba entre sus pies.

—¿Cuál ha sido tu respuesta al barón de Wolff?

—He aceptado su ofrecimiento de los cuarenta mil rublos... pero sabes que eso nos comprometerá aun más.

Y a ellos... El barón de Wolff no responde sino a los fines de sir Williams e Inglaterra; también tu amigo el conde.

—Lo de Stanislav es otra cosa...

—Verdad —dijo fastidiado—. Debes decirle que no mueva ninguno de mis soldados.

Sí. La ironía era el arma y móvil entre nosotros.

Una madrugada, Stanislav se despidió de mí luego de una noche de amor y, saliendo del castillo de Oranienbaum, la Guardia lo detuvo por orden del Gran Duque.

Stanislav llevaba peluca rubia y capa.

El Gran Duque le preguntó si era mi amante. Stanislav lo negó.

—Entonces —argumentó Pedro—, el conde prepara una conspiración en mi contra y debe ser detenido.

Stanislav también lo negó.

El Gran Duque ordenó que los dejasen solos y dijo:

—Eres un loco de marca mayor por no haber confiado en mí. Si lo hubieses hecho, no habríamos tenido este lío. Como ahora seremos amigos, falta una persona con nosotros, la Gran Duquesa.

Confuso y sabiéndose ante un loco, Stanislav se mantuvo en silencio. El Gran Duque volvió a palmearle la espalda, lo tomó del hombro y lo arrastró con él.

—Ya ves qué infortunado soy —le confió—. Me proponía ingresar en el servicio del rey de Prusia: le habría servido con mi mayor entusiasmo y con toda mi capacidad; a estas horas bien puedo creer que ya estaría al mando de un regimiento con el grado de general mayor, y quizás incluso de teniente general. Nada de eso. ¿Y ahora resulta que me trajeron para darme el título de gran duque en este bendito país?

Mientras hablaba, entraron al cuarto como tromba, y yo en bata.

—Acá nos tienes —dijo—: espero que estarás contenta conmigo, ahora.

A partir de entonces Pedro, la Vorontzov, Stanislav y yo, en secreto y por las noches, comíamos en el dormitorio imperial. Sin embargo, pese a la cordialidad y complicidad que se había establecido, entre el Gran Duque y yo se abría definitivamente una brecha y dos bandos, aunque encubiertos por aquella especial camaradería de alcoba. Era una cuestión de tiempo.

Sin embargo, el enemigo se vislumbraba por otro flanco. Estaba clara la presencia de dos cortes: la de los grandes duques, y la de la emperatriz.

Pese a que alentaba diariamente a mi marido a que no echara al abandono sus funciones, él insistía con que no había nacido para vivir en Rusia y que, por tanto, no convenía a los rusos que acabara muriendo en este país. Para colmo corrían rumores de que Isabel amenazaba con destronar a Pedro.

Mi situación no era promisoria.

Por otra parte, pese a la ayuda económica recibida de sir Williams, y aceptada por mí, las cosas se fueron dando de manera tal que Rusia modificó sus alianzas, se alineó con Francia y Austria en contra de Prusia y la misma Inglaterra. Mi leal amigo Williams fue obligado a terminar su gestión diplomática y regresó a su país; Stanislav, entretanto, debió espaciar sus visitas.

Los militares rusos al fin volvían a sentirse a sus anchas. Habría combates. Pero el embajador de Francia, L'Hòpital, sostenía que el ejército estaba mal preparado, que no había botas ni fusiles, y que muchos no tendrían para combatir sino arco y flecha.

Fachada del Palacio de Invierno en San Petersburgo. En sus salones se decidía el reparto del poder en el imperio ruso, y en una de las alcobas reales Catalina y Pedro pudieron comprobar mutuamente el desprecio que se tenían.

No era nada sencillo enfrentarse a Federico II. Prusia seguía siendo la más poderosa.

Tampoco pasaba inadvertida la admiración que el estratega provocaba en la corte de los grandes duques. En el caso de Pedro, una admiración incondicional al rey de Prusia y sus soldados. En mi caso, y aunque por muy distintos motivos, la admiración hacia Federico no era menor. Mi futuro no era más auspicioso que el del Gran Duque. Me sentía comprometida con Inglaterra por mi cercanía a sir Williams, pero era imprescindible que me acercara al canciller Bestujiev, que me imponía una política antibritánica y antiprusiana. Pese a haberse ganado mi adhesión, Bestujiev se mostraba leal a la emperatriz, a quien por esos días parecía acometerla cierto grado de desvarío: no dormía y deambulaba durante toda la noche por el palacio. Conversaba con los íconos religiosos en las paredes viejas y no pasaba dos noches en la misma habitación. Una medianoche la vi correr desenfrenada por el corredor.

—Debes tener cuidado, Catalina. vienen por alguno de nosotros... El zar se ha escapado de la fortaleza.

—El zar sigue de juerga con la señorita Vorontzov... —sugerí intentando una sonrisa, pero Isabel me observó con ojos espantados.

—Dicen que Iván logró escapar. De quién habrán de ser si no esos trineos negros. Mira, ¿los ves venir?

Claro que miré, y no vi nada. Cuando quité la vista de la ventana y la volví hacia Isabel, las criadas le arrancaban el vestido. Acostumbradas a las crisis de Su Majestad, por la mañana hilvanaban las costuras que debían desgarrar por las noches cuando estallaba en ahogos e insultos.

La dejaron con sólo un viso que permitía ver algo de su desgastada desnudez. Mientras dos de ellas la llevaban al cuarto que había elegido para esa noche, otra corrió en busca de Iván Chuvalov, el favorito de turno.

Pese a saber que todo era producto de su locura, cuando vi a Chuvalov entrar al cuarto para dar cumplimiento a sus labores amorosas con la emperatriz, no pude evitar volver mis ojos a la ventana. Claro que los trineos negros no estaban ahí, pero me recorrió un escalofrío; hubiera jurado que esa estela dibujada en la nieve eran las huellas de un trineo prenunciado.

Capítulo 18

Se trataba de morir con él o por él,
o de salvarme, salvar a mis hijos y quizás al Estado,
del naufragio que constituía un peligro cierto
a causa de las facultades físicas
y morales de este príncipe.

Figchen

"Sabe Dios dónde se embaraza mi mujer...", había dicho Pedro Ulrico al enterarse de mi nuevo embarazo. Aquello colmó los ánimos de muchos. El nombre de Stanislav Poniatowski era el favorito en las apuestas. Por otro lado, no contento con la amenaza que el pequeño Pablo significaba para ambos, el Gran Duque se arrogaba el derecho de negar su paternidad.

La mirada del Imperio volvió a caerme encima, aunque de pronto se instauraba hacia la zarina un salvoconducto que por lo menos duraría hasta el nacimiento del próximo vástago.

—¡No sé de cierto si este niño es mío y si debo asumir la responsabilidad! —dijo Pedro, provocándome una carcajada mayor.

Y pese a que todos consideraban que la responsabilidad no era una de sus virtudes, nada menos que Narichkin hizo correr un comentario falaz:

—Es necesario exigirle un juramento al Gran Duque en cuanto a que no se acostó con su mujer, y si presta ese juramento es imprescindible comunicarlo a Alejandro Chuvalov, en su carácter de Gran Inquisidor del Imperio...

Claro que nada de eso se llevó a cabo. El Gran Duque tímidamente sostuvo que entre sus encuentros con la señorita Isabel Vorontzov había acudido dos o tres veces al cuarto de la zarina, confesión que no le acarreó pocos problemas con la misma Vorontzov.

A cada comentario yo reía y los dejaba hacer. No podría luchar por la tenencia de mis hijos, sólo preservaría mi maternidad y mis propias fuerzas en el Imperio.

Sabía que el mar de fondo era inevitable, pero no me ocuparía de las intrigas. Únicamente cuando el vicecanciller Vorontzov y el favorito de la emperatriz, Chuvalov, consiguieron un nombramiento en Polonia para Stanislav Poniatowski, me encolericé con firmeza. No pensaba dejar que una vez más me despojaran del padre de mi hijo, por lo menos no hasta el nacimiento.

Y así ocurrió.

De ese modo transcurrieron los meses restantes: leyendo a Voltaire e inmersa en mis memorias para el tío Georgie. Siempre al amparo de la dulzura de Stanislav, que llegaba con su peluca rubia y el capote.

Un ocho de diciembre empecé con los dolores de parto; corría el año 1758.

A mi lado, Lara, Anna y Babet me alentaban mientras la comadrona ayudaba en la tarea. El Gran Duque entró sin solicitar permiso y tambaleándose por la borrachera, vestido con botas, espuelas, el uniforme de Holstein y una espada al cinto. Una vez más, para marcar territorio.

Cuando la niña nació, sugerí que la llamaran Isabel. Pedro coincidió conmigo, pero indiferente a nuestra propuesta, la emperatriz decidió que se llamaría Ana, como su hermana mayor.

Con emoción, el Gran Duque aceptó la imposición de Isabel II, "porque es justo que se llame igual que mi madre", sostuvo.

En cuanto a mí, todo me daba igual. Sabía que la niña había dejado de pertenecerme y que nunca accedería a su corazón. Bastante tendría la pobre Aniuska con mantener su propia sobrevivencia bajo la regencia de la emperatriz y esas viejas nanas a las que sería encomendada a la par que su hermano Pablo; su medio hermano en realidad.

Luego de la parodia de saludos del día siguiente, me dejaron de nuevo a solas con mi intimidad, con la única visita de Stanislav, que ni siquiera necesitaba esconderse demasiado.

Brindamos por el nacimiento de nuestra hija.

Sin embargo, era hora de tomar conciencia de la realidad. Las intrigas emergían de los diferentes naufragios en aquel mar de confusiones. Buena parte de mis leales fueron encarcelados: Adodurov, mi profesor de ruso; el joyero Bernardi, que oficiaba como mi correo secreto, y el mismo Bestujiev, quien venía acercándose más a mí, alejándose de la emperatriz porque ésta comenzaba a flaquear en fuerza y en poder. Callé ante la injusticia. Eran las reglas del juego. Jugaría las mías no bien tuviese oportunidad.

Pasados unos días, en un baile del Palacio, pregunté al príncipe Nikita Trubetzkoi, el comisario a quien fuera encargada la tarea:

—¿Habéis descubierto más crímenes que criminales, o más criminales que crímenes...?

Trubetzkoi rió. Yo sabía que mi impertinencia era producto de mi arrogancia y no de alarde de poder por mi condición de zarina. Si nunca hubiese salido de Stettin, aún como Figchen, le hubiese hecho la misma pregunta.

—Sólo hicimos lo que se nos ordenó, Su Alteza. Ahora investigaremos acerca de los crímenes cometidos, si es que los hay... porque por ahora —dijo bajando la voz— no hemos encontrado ninguno. Buscamos para justificar los arrestos, en realidad.

Por esos días había recibido un correo, unas pocas líneas de Bestujiev, donde me tranquilizaba. El canciller había destruido toda prueba que nos implicara en alguna intriga. Sin embargo, fueron encontradas unas líneas de Poniatowski a Bestujiev, donde se me mencionaba.

Cuando fui increpada por el comisario Trubetzkoi, no pude sino decir que nada sabía de aquellos señores; que el uno bien preso estaba, donde quiera que fuese, y que de una vez por todas obligasen al conde Stanislav Poniatowski a cumplir con su nombramiento en Polonia.

Noches más tarde, Stanislav se apareció de nuevo en mi cuarto. No llevaba la peluca rubia. Se me presentó tal como era. Con sus ojos soñadores aunque sin esa intensidad en la mirada con que me había conquistado. Su hombría deshecha. Largo el pelo, sin barba pero como si de algún modo no se hubiese afeitado por varios días; ojeras, y cierta somnolencia en su expresión. Me disculpé:

—Sabes que también me encuentro complicada, y por tanto, aislada.

Él se limitó a observarme como si recién me acabara de conocer.

—No puedo hacer nada más por ahora —agregué—. Debes comprender, Stanislav querido.

Seguía quieto en su sillón. Cruzaba una pierna encima de la otra, anudándose, replegándose, refugiándose hacia dentro de sí. Los brazos apretados también en torno a sus rodillas. Proseguí:

—Sabes que asociarán todo... que por echarme tierra encima dirán cualquier cosa, también para justificar el encierro de mis hombres de confianza, Stanislav querido. Todo el mundo sabe que tú eres el más cercano a mí.

Él bajó la mirada y la fijó en una pelusa de su pantalón. Parecía obstinado en quitarla sin lograrlo, o tal vez sólo simulaba estar quitándose algo de encima.

No hablaba, sólo se estaba ahí esperando una respuesta. Y yo no hacía más que repetirle lugares comunes y esos comentarios que corrían entre las gentes del palacio.

—Tal vez puedas esconderte de día acá, pero deberás, mi amor, espaciar tus visitas nocturnas... porque habrán de detenerte y confirmarás nuestra conspiración.

Él sonrió. Sin embargo, sus ojos tenían el brillo de los niños despechados.

—Confirmarás nuestra relación, Stanislav querido, y será malo para los dos. Debes irte a Polonia. No queda otra solución hasta que se aquieten las aguas. Yo misma les he pedido que te manden a cubrir tu puesto. Debemos mostrarnos ajenos el uno al otro.

Dejó de mirarme. Luego se acercó a la ventana pequeña, la abrió y echó afuera la pelusa que había logrado al fin quitarse del pantalón. Finalmente habló:

—Hubiese podido morir por usted, Su Alteza. Podría enfrentar al Gran Duque con facilidad y a la emperatriz... Todo y cualquier cosa que pida haré.

Similar al presentado en esta imagen, era el hogar paterno de Catalina.
Un palacio venido a menos en una pequeña ciudad de Polonia.

—Ya ves, apenas te pido que vivas por mí. Lejos de mí. Más adelante, las cosas cambiarán y podremos volver a encontrarnos. Es cuestión de tiempo, Stanislav. Sólo te pido tiempo.

—En el palacio dicen que la han confinado a estas habitaciones. Yo no puedo permitir que su pueblo crea que Su Alteza es capaz de semejante debilidad. Juntos los dos, debemos enfrentarlos.

—Los enfrentaré, querido. Sola, podré enfrentarlos. Debes irte antes de que el comisario Trubetzkoi y los sicarios de la emperatriz den contigo. Esta misma noche iré al teatro. Confía en mí. Catalina Alexeievna saldrá de esta reclusión para demostrarles a todos que no hay encierro posible para mí, y será éste el último día del carnaval.

Y lo era.

Aquel último día del carnaval de 1759, debí enfrentarme a los caprichos de Pedro Ulrico y su negativa a salir rumbo al teatro para hacer acto de presencia en nombre de la corona.

El Gran Duque tenía sus planes esa anoche con Isabel Vorontzov y no le interesaban la diplomacia de la corte ni mi presencia.

Pedí a Babet que pusiese en condiciones el más bello de mis vestidos. El más osado. Pero antes me senté a escribir una carta expresando mis quejas y amenazas a la emperatriz Isabel II. Una queja prolongada que durante años llevaba atorada en la garganta.

Le agradecía todas las mercedes y las bondades que había derramado sobre mí desde mi llegada a Rusia y agregué que, infortunadamente, lo ocurrido demostraba que yo no las merecía, pues había provocado el odio del gran duque y el desfavor muy acentuado de Su Majestad; que en vista de mi infortunio y de que me moría de hastío en mi habitación, donde se me privaba incluso de los pasatiempos más inocentes, le rogaba que acabase de una vez con mis desgracias devolviéndome a mis padres del modo que a ella le pareciese mejor. Que como no veía a mis hijos, a pesar de que habitábamos la misma casa, me parecía indiferente encontrarme en el lugar en el que ellos estaban o a varios centenares de leguas; que yo sabía que Su Majestad les dispensaba cuidados que sobrepasaban los que yo podía ofrecer; que me atrevía a rogarle que continuase atendiéndolos, y que en la confianza de que así ocurriría yo pasaría el resto de mi vida en casa de mis padres, rogando a Dios por ella, por el gran duque, por mis hijos y por todos los que me habían hecho bien y mal; pero que a causa de la pena, mi salud estaba tan deprimida que yo debía hacer lo que pudiera con el fin de salvar la vida por lo menos; y que con ese propósito me dirigía a ella para pedirle que me permitiese retornar a la casa de mis padres.

Cuando terminé la carta la enrollé y puse cinta y lacre con mis iniciales de soltera. Fue entonces cuando me asoló el miedo. ¿Volver a Stettin, me dije? Papá ha muerto, tío Georgie quién sabe dónde estará. Mi único hermano combatiendo en las filas de Federico II, el mismo Federico que ha despojado a mi madre de todas las rentas del ducado de Orden-Zerbst que ella había heredado de mi padre. Johanna vivía en París.

Tal vez, entonces, fuese mejor París. Debía pedir en la carta a la emperatriz, ser trasladada a París con mi madre. Pero tampoco eso me complacía; me daba un miedo atroz.

No, me dije, de una vez por todas debo asumirme como lo que soy y actuar conforme a ello.

Sin embargo, movida por el impulso anterior, llamé a Anna y le entregué la carta para la emperatriz. La obligaría a reflexionar. Estaba claro que ella no me dejaría ir. Cómo pude, por un momento, esperar de ella otra actitud.

—Anna, cuando entregues la carta a la emperatriz, sin esperar respuesta, ve y dile a Babet que dé órdenes para que preparen mi baño, y que espero mi ropa y el peinador. Y que ella misma se prepare para acompañarme... También tú, Anna, nos quiero a todas vitales, radiantes, y en el teatro: la compañía es buena, la música adorable y la noche espléndida, y mucho más espléndida ha de verse con nosotras ahí. Rusia es y será mi hogar.

Capítulo 19

La felicidad y la desgracia están en el corazón
y el alma de cada uno;
si te sientes desgraciada, domina este sentimiento;
haz de modo que tu felicidad no dependa de ningún hecho.
Figchen

No fue por cosas pequeñas que llegué a esa conclusión. La emperatriz me había perdonado por el intercambio de correspondencia con Bestujiev, Apraxin, Stanislav, sir Williams, y las intrigas de los que me apoyaban.

Hasta el mismo Iván Chuvalov empezó a rodearme con sus galanterías; nadie mejor que él para dar cuenta del estado de la emperatriz, de lo inminente de su caída y de su propia muerte. Además, a nadie resultó ajeno el comentario que echó al ruedo Isabel luego de nuestras largas conversaciones oficiales, y esas otras tantas en la intimidad, todas motivadas por el envío de mi carta en la que le rogaba volver a Alemania.

Largas fueron las jornadas de encuentros con la emperatriz en la soledad de su cuarto. Más allá de recelos e intereses, cada una se mostró honesta con la otra. Nuestros reproches, seguidos de sinceros accesos de llanto, nos dieron la pauta de que en nuestras manos estaba el futuro de Rusia.

Esa gran certeza nos unía.

Mientras las riñas de alcoba seguían en nuestra corte, los rusos, con Fermor a la cabeza, ocuparon Konigsberg en enero de 1758. No tardaron mucho en derrotar a Federico II en Kunersdorf, al tiempo que Austria ocupaba Sajonia.

Sin embargo, Federico logró retomar el poder en 1760, cuando ganó en Liegnitz.

Entre batalla y batalla, ganadas a la par por Rusia y Prusia, Federico conquistó adeptos para la causa entre la población común y los cortesanos de Isabel. Sin embargo, los militares de rango y la aristocracia, con gran fervor patriótico, anhelaban mayores resultados. Ser rusos ante todo. No perder nunca la condición de rusos. Sabían que la gran duquesa era una de ellos.

Pero, por otro lado, conocían el amor incondicional del Gran Duque hacia Alemania y Federico de Prusia. Nadie ignoraba su desprecio hacia todo lo ruso.

El Gran Duque había amparado a uno de los prisioneros, el conde Schwerin. Lo alojaba en el palacio y disponía de una guardia especial para el conde, los cinco hermanos Orlov.

Los Orlov eran nietos de un arquero que, luego de una revuelta, había sido condenado a muerte; la hombría de éste adquirió fama cuando, subiendo al cadalso, apartó con el pie, sin ningún reparo, la cabeza de uno de sus compañeros ejecutados y se acomodó para su inmediata decapitación.

Viendo aquello, el rey Pedro el Grande, conmovido por la valentía y desenvoltura del hombre, decidió perdonarlo e incorporarlo al ejército regular ruso. Orlov sirvió lealmente al Zar de Rusia, y fue nombrado gobernador de Novgorod, donde se casó con una noble dama, una Zinoviev, con la que engendró nueve hijos, de los cuales sobrevivieron cinco: Iván, Alexis, Hedor, Vladimir y Gregorio. Éste último era un bello, bravo e intrépido joven.

Cuando Gregorio Orlov llegó a mi vida, en medio del alboroto que provocaba junto a sus hermanos, sentí que mi historia tomaba un nuevo impulso. De pronto, todo me pareció posible.

El día que lo vi por primera vez, mantenía yo una fuerte y disparatada discusión con el Gran Duque. Harta de oírle decir sus groserías, llorando, me asomé a la ventana, y allí estaba Gregorio observándome. Nos vimos de aquel modo y por mucho tiempo no dejamos de mirarnos.

A la noche siguiente, en el hall del teatro, poco antes de la ópera, Gregorio Orlov me fue presentado. Se inclinó galantemente dejando caer su enrulada melena azabache.

—Nunca estaré a la altura de Su Alteza, pero le ruego considere a mis hermanos y a mí, Gregorio Orlov, para lo que necesite. Y lo que desee.

Sólo hice un pequeño gesto. El calor de la vida regresaba a mí. Sonrió prudentemente, pero sus ojos no se veían prudentes a causa, por cierto, del rubor que me habían provocado tan inocentes palabras. Desde aquel primer momento en la ventana hasta este segundo cruce de miradas, pedía información acerca de los Orlov. Pero no podría descuidarme. Demasiadas expectativas cargaba sobre mis hombros. Tanto amigos como enemigos esperaban mis movimientos. Los Orlov lo sabían, habrían sido seguramente informados igual que yo, minuciosamente. Aunque por distintos motivos, mi reputación no era mejor que la de Gregorio. Además, era bien conocida no sólo mi relación distante con el Gran Duque sino la abstinencia a la que fuera sometida con el traslado definitivo de Stanislav.

Cuando el último en la fila de los Orlov, Iván, se inclinó ante mí, murmuró:

—Es imperioso para mis hermanos y para mí que Su Alteza cuente con nuestras espadas para hacerle frente al enemigo. Seremos leales sólo a la causa que la zarina considere —y bajando la voz—: no importa cuál.

Los hermanos no solamente pronunciaban palabras firmes y seguras sino que juntos eran un pequeño batallón, mi próxima Guardia Real. Ejercerían la tarea de custodiar a la zarina, y a su hermano Gregorio, pues por el momento la expresión de él era la de estar sumergido en un sueño del cual le sería muy difícil de despertar.

Cuando besó mi mano pude notar que todo en él era pasión, y muy poco de razón. Aunque yo estaba segura de que por esos días sólo necesitaba de las razones que la pasión convoca.

Por esos días también había llegado a saludarme Nikita Panin. Venía con algunas secretas recomendaciones de Bestujiev, y a ponerse a mi servicio. Puede que el viejo ex canciller Bestujiev supiera que a esas alturas no había a mi alrededor mucho del intelecto que me era tan necesario y afín. Alguien como Panin me resultaba imprescindible.

De Panin, la cabeza —me dije—; de Gregorio el corazón, y de todos los Orlov, la fuerza de las armas. Cuando faltase algo más, tenía la dulzura de las cartas de Stanislav y esas otras, a modo de memorias, al tío Georgie.

Aquella noche, cuando salimos de la ópera, pedí a mi amiga Prescovia Bruce, que consiguiera alguna casita a orillas del Neva donde refugiarnos con Gregorio. No podía volver a arriesgarme una vez más, recibiéndolo en el palacio. No era el momento adecuado. Ya no. Demasiado suelto andaba el Gran Duque, alardeando de su poder y sus amores con la Vorontzov. Y la emperatriz tratando de no perder su compostura y el último aliento.

Prescovia llegó al día siguiente con la novedad de la casita a orillas del Neva. Con Prescovia venía su amiga Catalina Dachakov; y como los lazos familiares muy pocas veces unen, aunque era hermana de Isabel Vorontzov, la señora Dachakov se mostró realmente allegada a mí. Me tomó de las manos y en francés, casi llorando, me pidió que le permitiese acercarse y hacernos amigas, pergeñar juntas una estrategia para combatir hasta las últimas consecuencias la maldad del Gran Duque.

—El Gran Duque prepara una revolución contra usted, Su Alteza. Esgrimirá la duda de su paternidad, además... Eso le he escuchado decir a él y a mi hermana.

—Pero todos comentan eso, querida señora Dachakov —bromeó Prescovia—: ¿por qué piensas que ese argumento será suficiente a Su Alteza para aceptar tu amistad? ¿Cómo podrá confiar en tu lealtad si así traes chismes?

—No son chismes —se justificó llorando Catalina Dachakov—: el Gran Duque lo dijo durante la cena. Mi hermana reía con él mientras bebían. Estaban bebiendo mucho pero sabían lo que decían. Siempre lo saben.

—No estés tan segura —sugerí.

—Sí lo estoy.

—Puede que ellos mismos crean saberlo, querida señora Dachakov —añadí—, pero no cómo lograrlo. El Gran Duque ha mostrado siempre una gran torpeza.

—Verdad. Tiene una gran habilidad para la torpeza —bromeó Prescovia.

—He de reconocer, sin embargo, que tu hermana es muy hábil. Ha logrado que el Gran Duque se dedique a ella todo el tiempo.

—Y no será por su belleza que la señorita Vorontzov lo ha logrado.

—Verdad que no —acepté—. Sólo sabe cómo darle los gustos sin fastidiarlo. Sin duda, juntos no padecen ninguna inhibición... ningún retraimiento se causan el uno al otro.

Prescovia nos tomó del brazo a las dos y nos sacó a caminar por los jardines del palacio.

—No creo —dijo en voz baja— que el Gran Duque o la señorita Vorontzov puedan darse cuenta si algo o alguien los inhibe o de qué manera. Semejante mal gusto no se amedrenta con nadie. Con nada creo.

Catalina Dachakov rió sonoramente.

—Es verdad, mi hermana se cree bella. Es curioso ver cómo alardea de tanta fealdad. Porque lo peor —murmuró— es que la suya es una fealdad que le viene de adentro.

—Ahí tienes —dijo Prescovia—, tal es la coincidencia que los une. Esa y sólo esa condición los mantiene juntos.

—Tal cosa digo, Su Alteza: es por ello que mi hermana y su esposo el Gran Duque son peligrosos.

La conversación se había dado natural y ciertamente divertida, aunque por divertida no dejaba de preocuparnos.

—Entonces, Su Alteza, creo que será mejor organizar un día de campo para ese primer encuentro en la casita del Neva. Entre muchos será más fácil ocultarnos.

—¿Ocultarte tú, Prescovia? —pregunté.

Catalina Dachakov nos tomó de la cintura y aclaró:

—Es que Prescovia y Nikita Panin tendrán también un primer encuentro.

—Calla, Catalina, que pueden oírte.

—¿Y por qué no? Veamos, serán cuatro las parejas para la caza, y con dos perros cada una. Nos repartiremos, y para cuando cada uno tenga su presa, en la casa madame Frolich mantendrá en su punto el caldo de cocción y el agua hirviendo para pelar las aves. Mientras nos vestimos decentemente para la comida, ella las cocinará, y si se demoran no será problema, podemos pensar algún juego de mesa.

—Si se demoran, dices. ¿Quiénes se demorarían? —pregunté, algo fastidiaba por la imprudencia.

—Si demoran en cocinarse los pichones, Su Alteza. Es que suelen ser duros los pichones recién capturados.

Prescovia y yo nos miramos. Al fin las tres reímos.

Aquellos fueron realmente días de dicha. Éramos un grupo alocado. Todo estaba permitido. Tal vez porque mientras nos divertíamos los demás pergeñaban alguna cosa en mi contra. Algo que no nos era ajeno. Y la señora Dachakov se convirtió en una verdadera aliada. Por su parte, Lara y Anna guardaban toda apariencia en el palacio con respecto a mis escapadas.

El día que se me permitía visitar a mis hijos, de regreso pasaba por casa de Catalina Dachakov, y nos reuníamos con su marido, el príncipe Dachakov, enemigo de su cuñada Vorontzov y del Gran Duque. Seguían de nuestro lado Panin, y también todos los Orlov. Corría por entonces el verano de 1761. Las intrigas se sucedían por doquier, en tanto que yo volví a quedar embarazada. Y en este caso era imposible de justificar.

Cada vez más se comentaba que el Gran Duque esperaba darme la estocada final negando su paternidad respecto de Pablo y Ana, aunque acerca de la pobre Ana nada importaba qué dijera pues la niña acababa de morir, y por suerte, lejos de mí, porque también de su muerte se me hubiese responsabilizado.

Por otro lado, el Gran Duque tampoco había logrado embarazar a la señorita Vorontzov ni a ninguna de sus amantes. Circunstancias que, a su debido tiempo, serían usadas no en contra de su virilidad sino en contra de mí.

No. Nada podía conocerse de mi embarazo. Ninguna duda cabría respecto de la paternidad de Gregorio Orlov.

—Ha llegado la hora —me dijo Catalina Dachakov— de que sus amigos velemos definitivamente por usted.

Así como Isabel Vorontzov había ganado mucho terreno al lado del Gran Duque, su hermana no se quedaba atrás. Aunque su lealtad era producto de la necesidad de salvarse del naufragio, yo necesitaba gente como ella en mi entorno.

En efecto, había llegado la hora de replegarme.

Durante unos meses adopté casi una especie de reclusión en mi ala del palacio. Sólo me vieron salir durante las exequias de la emperatriz.

El 23 de diciembre de 1761 Isabel II sufrió un ataque del que no logró recuperarse.

"Que vivan mucho tiempo." Según el comisario Trubetzkoi, ese fue el último deseo de la emperatriz. Aunque Pedro Ulrico y yo, presentes en aquel momento, jamás escuchamos esas palabras.

Apenas se dio la noticia de la muerte, el comisario proclamó el advenimiento del nuevo rey de Rusia, Pedro Ulrico de Holstein-Gottorp.

—Y por suerte —dijeron Catalina Dachakov y Panin a mi oído— se olvidarán por un tiempo de Su Alteza. El tiempo que nos es necesario para poner todo en orden.

No se habían equivocado. El zar, eufórico de poder, hacía tonterías en medio de los funerales de Isabel, los cuales se llevaron a cabo por seis días.

Durante el cortejo, y en las sucesivas misas en la Catedral de Nuestra Señora de Kazán, el Gran Duque se presentaba en medio de sus propias burlas y caprichos. Esto contrastaba con el luto riguroso de mis ropas y las largas jornadas de llanto y recogimiento al pie del catafalco real.

Mi presencia, sin alhajas y de negro, orando durante horas al lado del cuerpo ataviado con oropeles de la emperatriz, no daba sino una imagen clara de quién podría continuar la obra de Pedro el Grande, hasta que el pequeño Pablo estuviese en condiciones de asumir el reinado.

Imposible pensar que aquel aturdido, haciendo alarde de su corona y con su concubina moviéndose torpemente entre los ropajes negros y los cánticos fúnebres, pudiese llevar adelante el gran imperio ruso.

Capítulo 20

La emperatriz Catalina II se encuentra en la más cruel condición y se la trata con el más acentuado menosprecio. Os he señalado, monseñor Choiseul, que ella trata de armarse de filosofía. Después he sabido de un modo indudable que tolera con mucha impaciencia la conducta del emperador y las altiveces de la princesa Vorontzov. Me parecería inconcebible que la cabeza de esta princesa no llegue tarde o temprano a algún extremo. Conozco amigos que procurarán apaciguarla, pero si ella lo exigiera serían capaces de arriesgarlo todo por su causa.

Barón de Breteuil, embajador de Francia

Fui recluida por Pedro Ulrico en un extremo del Palacio de Invierno. Él y la Vorontzov ocupaban el ala opuesta. Lejos, por suerte. Nada mejor pudo haberme sucedido. Necesitaba tiempo para ocultar mi embarazo y llevar a buen término el parto.

Algo más importante había sucedido.

Muerta Isabel, mi hijo Pablo me fue restituido. Nikita Panin me ayudaba con él. Se murmuraba que si algo sucedía a Pedro Ulrico, de inmediato Pablo le sucedería en el trono y yo, Catalina II, sería su regente hasta que alcanzara la mayoría de edad. "Y por qué oficiar de regente —sostuve—, si yo misma puedo gobernar Rusia". Por esos días sólo aceptaba a mi lado la presencia de Babet. Lara, Anna, los Orlov, Panin, Prescovia, Catalina Dachakov y Chkurin, mi valet, oficiaban de intermediarios ante los requerimientos del zar y los curiosos.

—Fuerte, Babet. Aprieta.

—Te hará daño, Figchen, y al niño.

—Qué importa el niño… si una vez más me será quitado. Nunca seré madre, sólo habré de parirlos. Ana ha muerto y

Pablo, aunque está conmigo ahora, no me pertenece... ¿Has visto, Babet, cómo me observa?

—No hagas caso, es pequeño.

—Tiene los ojos de Sergio y mira como Isabel...

—Al menos no tiene nada del Gran Duque.

—Sin embargo será caprichoso y malévolo... como Pedro Ulrico. Después de todo ha sido criado por la emperatriz... y esas nanas rusas.

—Tal vez no, si te ocupas ahora de él. Aún es tiempo.

—No es cuestión de tiempo, Babet. Y no soy mejor que la emperatriz ni nadie en su entorno. Hazlo tú, Babet, te ruego.

—Pero si dices que no eres buena, me acusas, pues esto que eres me atañe.

—Lo poco bueno que hay en mí te lo debo, sí. El resto es propio y no olvides a mi madre, o a mi padre o Federico...

—Olvida el pasado.

—Será mejor, sí. Después del parto debo ocuparme de cuestiones de Estado, y justamente para preservar los futuros espacios de Pablo y su madre.

—Te ocuparás del gran imperio de Pablo, pero no de su imperio pequeño, el más cercano.

—Hablas como campesina a veces. Bien sabes que debo ser padre y madre de Pablo, y al mismo tiempo no puedo dejar al pueblo ruso en manos del Gran Duque.

—No sé, Figchen. Si no puedes con un hombrecito como Pablo, ¿cómo habrás de poder con tantos otros?

—Ah, sigues tonta hoy... ¿Y el vestido?

Babet me puso el vestido, pero por mucho que había ajustado el corsé para ocultar mi vientre, no había manera de desmentir el embarazo, no dentro de un vestido.

—No, Babet, diremos que me he torcido un pie y por eso los recibo en la cama, en camisón y bata. Dejemos el corsé bajo el camisón, se verá mejor así.

—Como diga Su Alteza.

—¿Qué hora es? Y no me digas "Su Alteza", Babet.

—Faltan diez para las cinco, Figchen.

—Apura entonces. Consigue una venda para el pie. Y ordena que traigan el té y algún bizcocho. Sabes que el imbécil es goloso.

El futuro emperador Pablo I. Catalina no confiaba en él para administrar los destinos del imperio, y en todo momento instó a su nieto Alejandro para que se apoderara del trono, tras la muerte de ella

—No hables más así, Figchen. Debes mostrarte dócil.

—Verdad, Babet. Más dócil que nunca. ¿Se me ve bien?

Babet rió.

—¿Y para qué quieres verte bien? ¿Acaso piensas coquetearle al Gran Duque?

—Nunca dejaré de mostrarme bella y alegre a sus ojos, porque esto alimenta su odio y su impotencia. Quiero su odio y el de la Vorontzov.

—Entonces no debes recibirlo en la cama. Mejor desde el canapé. Erguida y sonriente como sólo tú sabes.

—Pero que se vea el pie vendado. Alcánzame un libro. Sí... Voltaire. Y cuando me hables, no dejes de hacerlo en francés. Siéntate cerca de mí. No vayas a dejarme sola con ellos.

Al rato, la puerta se abrió. Y así nos encontraron leyendo en voz alta y riendo. Como en los mejores tiempos —los peores en realidad—, el Gran Duque renovó sus zancadas por el cuarto, curioseando con su dedo índice papeles, libros y el contenido de las tazas, aún el alto del licor en las botellas alineadas en la mesita junto a la ventana.

Se inclinó bajo la cama certificando, tal vez, el probable olvido de algunos de sus soldaditos de madera o las pantuflas. La Vorontzov, de pie en medio del cuarto, observaba inquieta viéndolo husmear como si añorase. La favorita carraspeó con delicadeza y el zar se detuvo igual que un cachorro al que su amo llama al orden. Aunque justamente a eso, a llamarme al orden, había corrido hasta mi habitación, a regañarme por lo sucedido días atrás.

—Sabes que es imperdonable lo que ha sucedido.

—Es verdad, esposo mío, es imperdonable.

—Como te imaginarás, debo tomar medidas. No puedo quedar así, desautorizado y nada menos que por mi esposa.

—La zarina, deberías decir.

—Yo soy la mayor autoridad. Debo imponer un castigo.

—Es que, sin mí, no existiría hoy la familia imperial. Pablo es mi hijo. ¿Acaso desautorizarás a tu esposa y la madre del heredero al trono?

—De todos modos, no lo será mientras yo esté presente.

—Tú lo has dicho, querido, mientras estés presente. Pero donde no estás hay gente que también vive, piensa, se mueve y sabe qué debe hacer.

—¿Me amenazas?

—¿Por qué habría de amenazarte, esposo mío? ¿Acaso hay algún motivo? Sólo tengo intenciones de recordarte cosas que pareces haber olvidado. No estoy sola, Pedro. No me dejarán. Lo has podido ver noches atrás...

Él calló. Se acercó una vez más a la Vorontzov, como un cachorro regañado. Ella lo incriminó con la mirada y él se alejó unos pasos.

—Babet, enseña a la señorita Vorontzov esas hermosas telas que nos han mandado de Francia. ¿Por qué no la ayudas a elegir una? —sugerí cordialmente—. Ven, Pedro, siéntate a mi lado y me cuentas qué es lo que te inquieta.

Imposible que la muchacha se resistiera a las telas. Imposible que Pedro no aceptara la tregua, aunque sin duda la sabía falsa. Había sido muy notoria la voluntaria enemistad que nos mantenía unidos. Al no existir una involuntaria atracción entre nosotros, cómo apelar a la voluntaria decisión de aceptar al otro. Nada de eso era posible entre nosotros. Sólo nos mantenía unidos, aparentemente unidos y semejantes, un Imperio. La conquista de un Imperio al que ninguno de los dos tenía intenciones de renunciar.

—¿Por qué nos recibes así, echada?

—Me he doblado el pie. ¿Ves?

—De todos modos no me parece bien que la zarina reciba en ropa de cama.

—No estoy recibiendo a extraños. Ya ves.

—¿Cómo pudiste? —preguntó bajando la voz y sentándose a mi lado.

—Cómo pudiste tú, Pedro, en presencia de todo nuestro séquito, pedir un brindis por la familia real negándote a mi presencia... excluyéndome.

—Es que...

—No te justifiques. Únicamente te juzgo, no te pido explicaciones. No está en mí, lo sabes. ¿Cómo has podido además desterrar al conde Stroganov?

—Ese fue desleal al zar.

—Pero fue leal a la zarina. Sigues negando mi presencia en la Corte. Y no contento con eso ordenas que me encierren en Schlusselburg. ¿Cómo puedes ser tan imprudente!

—También tú eres desleal al zar. Debo mostrar mi fortaleza.

—Ya ves, tu debilidad te hace cometer sólo imprudencias. Eso consigues. Si hasta el ejército se ha fastidiado contigo. Hasta Francia han llegado tus torpezas. Y el mismo Federico, tu amado Federico, está molesto. De nada sirve que hayas logrado, al fin, firmar la paz con Prusia. No será suficiente, lo sabes.

—Todo cambio es un riesgo.

—Pero el verdadero cambio está en correr tantos riesgos.

—Puede ser. Apenas he venido a decirte que tomaré unos días de descanso en Oranienbaum. Debo reunirme en Pomerania con mi ejército: nos alistaremos para reconquistar el ducado de Schleswig.

—Tú sabrás, querido.

—Ordené te trasladen a Peterhof, de ese modo no estaremos tan lejos el uno del otro. También para ti será grato tener tu reposo cerca del agua. Viajaré para San Pedro y San Pablo, y festejaremos todos sin dudas —concluyó poniéndose de pie.

—Tú sabrás.

Tan vertiginosamente como había entrado desapareció, olvidándose de la señorita Vorontzov a quien, seguramente, el portazo la regresó a la realidad.

Azorada, la favorita se marchó a su habitación cargando una pieza de tela colorada recamada en oro. Como todo saludo hizo una reverencia y corrió tras él.

Babet sonrió. Se acercó al samovar y sirvió té. Le pedí leche fría. Se sentó cerca de mí y me ofreció un dulce. Intenté incorporarme del canapé pero el peso del vientre comprimido por el corsé me produjo mareos. Sólo atiné a sentarme, dejando caer los pies en el piso.

—No puedo más, Babet. Quítame por favor el corsé.

Me ayudó a ponerme de pie. Quitó la bata y por debajo del camisón fue desatando uno a uno los lazos que nos mantenían prisioneros al niño y a mí.

Con todo, me sentí contenta. Al fin iba a parir un hijo libre. Tanto, que ni por sospecha tuviese que cargar con la sombra de llegar a ser un Romanov. Esa lucha ya la libraban su madre y su medio hermano. Alexei sería libre por siempre. Aunque lejos de mí, por lo menos libre, totalmente ajeno a todo cuanto tuviese que ver con la corte rusa.

—Qué haremos con tanto por resolver y esta carga, Babet.

—Dejar que suceda, Figchen. Qué más...

—Pero el zar nos ha cambiado los planes.

—Igual los llevaremos a cabo, sólo cambia el escenario. Ahora parirás frente al mar. Y ese es buen augurio para el niño. Acata lo que te ha ordenado, de dar a la Vorontzov las insignias de la Orden de Santa Catalina.

—Pero eso es únicamente para las zarinas, y ella es sólo una...

—No importa, eso los pondrá a regodearse de sus logros y nada más habrán de ver por unos días; de tal modo podremos sacar al niño de todo esto.

—¿Y por qué estás tan segura de que será niño?

—Es lo que traes en los ojos. Además, ¿no has decidido ya que se llamará Alexei? Debes empezar a confiar en tu voluntad.

—Es que no debo parir otra niña. Pobrecita hija mía, Aniuska, ni siquiera tuvo el consuelo de morir en mis brazos.

—Termina el té y no olvides que la vida es un continuo separarse.

—Verdad. Hasta donde puedo recordar es así...

—A ponernos en movimiento ahora. Nos espera mucha tarea —dijo Babet justo en el momento en que golpearon a la puerta.

Me apuré a meterme en la cama. Cuando logré hacerlo, Babet me cubrió el vientre, me observó y sólo entonces caminó hacia la puerta. Abrió. Era Chkurin, mi ayuda de cámara, y su plan de acción. Apelando a uno de los morbosos placeres del zar, los incendios.

Fui trasladada a Mi Placer -el palacio de Peterhof a orillas del Golfo de Finlandia-, como uno más de los muebles o los perros del Gran Duque. En esa pequeña casita de verano, cercana a Oranienbaum y donde Pedro había decidido recluirme por esos días, nació mi hijo Alexei. Cuando el trabajo de parto apenas empezaba, Chkurin y alguno de los Orlov apuraron la marcha a caballo rumbo a la casa del ayuda de cámara —que había sido despojada de muebles y objetos de valor—, y él mismo le prendió fuego. Poco antes, Chkurin había enviado un correo urgente al Zar, conociendo su afición por los incendios. Tuvieron ocupado a Pedro mientras yo paría. Atrapada su mirada en el fuego, y en las corridas de Chkurin para controlarlo. De ese modo Pedro Ulrico ignoró el nacimiento de otro de mis hijos, que tampoco le pertenecía.

Alexei era hermoso. Y aunque vagamente todavía, pude percibir la intensidad de su mirada, el brillo oscuro en esos ojos de niño, a quien deseaba preservar de toda intriga y maledicencia palaciega. Pedí que nos dejaran a solas. Lo estreché, lo prendí a la teta. La rechazó al comienzo, tal vez percibiendo que le sería arrebatada.

—Aunque tan sólo sea por una vez, Alexei, mama para que algo te lleves de mí... La vida es un continuo separarse, hijo, y será más temprano que tarde. Mama por favor.

Al fin Alexei pareció comprenderme. Mamó largo rato hasta que logró sacar, tal vez, algo más que calostro. Se llevaba lo mejor de mí y con ello andaría por la vida, buscándome siempre en las otras mujeres que el destino le pusiese contra los labios.

—Vamos, Figchen, esperan por él.

—¿Le has visto los ojos?

—No como tú. Nadie habrá de verlo como lo estás viendo ahora.

—Un ratito más, por favor, Babet. Mientras tanto prepara los papeles… Conde será mi pequeño castor, así como castor en ruso, como *bobre*: conde de Bobrinski.

—Así será, Figchen. Como tú digas…

—Y a los que le críen y eduquen no debe faltarles nada. El amor debe ser el único reino en su entorno, su única meta. Que nada sepa de mí.

Alexei siguió así prendido a mi teta, sin soltarla, entre satisfecho y azorado. Abrió la boca y se quedó ahí, dejando caer aquel líquido primero, observándome con sus ojos nítidos que no quitó de los míos hasta que Babet regresó. Envolví a Alexei y lo puse en brazos de ella. Así, asomando la mirada por entre mi capote de piel de castor, lo vi partir.

Capítulo 21

Señores, salgo de la ciudad a la cabeza
del ejército, para dar paz y seguridad al trono.
Con absoluta confianza, dejo al cuidado del Senado mi
poder supremo, la patria, el pueblo y mi hijo.
Catalina II

A pocos días del parto, mi reaparición en sociedad fue triunfal. En el primer baile que ofreciera el Gran Duque, nadie
pudo evitar asombro y admiración. Tampoco el odio en su
mirada y la de la Vorontzov. Me sentí extraña. Sin embargo, igual
que Panin y Razumovski, todos mis allegados, mis aliados y aún
muchos de los que no lo eran, festejaban mi retorno al ruedo. Al fin
lograban verme como mujer, y no ya como la princesita Holstein-
Gottorp ostentosamente vapuleada por el iracundo carácter de la
emperatriz Isabel, y luego por su sobrino Pedro Ulrico y su favorita.

Mi porte había tomado naturalmente el aire de las soberanas.

Por esos días, como un secreto a varias voces, los Orlov habían
reclutado partidarios entre los jóvenes oficiales de la guardia. La
hora de tomar el poder había llegado.

Gregorio Orlov fue designado oficial pagador del cuerpo de
artillería. "Es hora de rearmarse y desarrollar estrategias infali-
bles", me dijo apasionadamente durante una de esas tantas
noches en que regresaba al calor de mi cuerpo; y yo entera,
firme, fuerte y dispuesta a dar una pelea definitiva al Gran
Duque, dejé que Gregorio se hiciese cargo.

Con los fondos de las arcas pagó a centenares de soldados; en el regimiento Preobeajenski, los oficiales Passek y Bredjin de inmediato se volvieron fieles a nosotros.

La madrugada del 9 de julio de 1762, los cascos de los caballos arrastrando una carroza interrumpieron mi sueño. Los golpes a la puerta en el palacio de Peterhof terminaron de despertarme. Me puse la bata y corrí escaleras abajo, a la par de Babet y de Chkurin. Cuando vimos la expresión de Alexei Orlov supimos que la hora había llegado. Se iban puliendo detalles cada vez más precisos. Passek había sido detenido, todo se sabría pronto. Corríamos peligro de ser descubiertos antes de actuar.

Me obligaron a vestirme con urgencia y así lo hice. La propuesta era clara: proclamarme emperatriz lo antes posible.

Cargaron algunos baúles, siempre listos, en la carroza que había trasladado a Alexei. Hicieron bajar al cochero, y el mismo Alexei Orlov, junto a Chkurin, tomaron el mando de la carroza. Salimos a toda marcha rumbo a San Petersburgo.

—¡Figchen, el gorro! —exclamó Babet.

—¿Gorro? ¿Qué dices?

Ella estalló en tales carcajadas que también yo comencé a reír, mientras quité el gorro de encaje de mi cabeza.

—Cómo hacer para sostener la corona con un gorro de dormir, mi querida Figchen.

—Ay, Babet, hazme alguna cosa en el cabello... debe de estar horrible...

—Me han dicho los Orlov que nos alcanzarán poco antes de llegar. Miguel viene con ellos; ¿cómo se te ocurre que nos olvidaríamos de tu cabeza, tan coquetos todos y tan orgullosos de ti? El mismo príncipe Bariatinski nos espera en una calesa descubierta, así arribaremos a San Petersburgo.

Cuando vi llegar a Gregorio exultante y poderoso en su corcel creí ver a un ángel alado. Por el momento lo era: erguido, seguro, el bello y avezado guerrero me escoltaba, se regodeaba en realidad en torno a mí. Pero no se regodeaba en vano. A cierta altura del camino alzó su espada a modo de saludo, espoleó su caballo y apuró el tranco para llegar antes que toda la comitiva al regimiento Ismailovski, dando cuenta del inminente arribo de la emperatriz. Mientras Gregorio desaparecía de mi vista dejando en el camino una estela de polvo, el peluquero Miguel me arreglaba el cabello. Todo había sido previsto.

Babet me puso un hermoso y sobrio vestido de luto. Media hora más tarde entrábamos a la fortaleza, apenas tres horas después de haber sido arrancada de mi cama. Ahí estaba ya Gregorio, de nuevo con su espada en alto, soberbio, al frente de los soldados fieles a su emperatriz no sólo por convencimiento, sino porque además se les había prometido una ración extra de vodka y baile en los patios del palacio.

En ese marco, algo aturdida, fui proclamada por el comandante Razumovski, como "Su Majestad, Catalina II, emperatriz única y soberana de todas las Rusias".

—¡Viva nuestra madrecita Catalina! ¡Por ella iremos hasta la muerte! —gritaron a coro al mismo tiempo que mis piernas parecían flaquear. Pero no era cobardía. Fue a causa de las dos columnas que imprevistamente aparecieron al galope, dirigidas por Simón Vorontzov, quien en nombre de su hermana Isabel y el Gran Duque, llegaba jurando una vez más fidelidad al zar. No obstante, luego de un momento de confusión, Gregorio Orlov alzó su espada y todos a coro estallaron en un "¡Hurra! ¡Viva le emperatriz!".

Luego de un tenso silencio, las columnas de Simón Vorontzov irrumpieron en vivas, y rompiendo filas se entremezclaron con las nuestras. Cuando Gregorio Orlov alzó de nuevo la espada se dispersaron. El vodka empezó a correr generosamente. El poblado de Nevski se llenó de adeptos: caminantes, saltimbanquis, músicos. Todo fue fiesta y jolgorio. Gregorio vino en mi búsqueda, entramos al Palacio. Panin traía a Pablo de la mano, todavía en camisón. Alcé al niño en mis brazos y me asomé al balcón. Saludé. Pablo tiritaba entre mis brazos; había cumplido ocho años ya. Sin duda, la presencia del pueblo ruso le causaba susto. Era imprescindible que me vieran con él, abierta a él, dispuesta a la regencia el tiempo que fuese necesario, y el que yo decidiera.

Luego de los vivas, entramos. Di un beso al niño que Panin llevaría a su cuarto, mientras Gregorio, yo y todos los que nos rodeaban en la sala, festejábamos. Dimos orden de abrir de par en par las puertas del palacio; que todo el que tuviese intenciones pudiese hacerse parte del festejo. El de adentro y el de afuera.

Pero no todos celebraban; algunos continuaban la tarea encomendada y, mientras bebíamos, se repartía el manifiesto que había sido preparado días antes:

Nos, Catalina II

Todos los ojos leales a nuestra patria rusa han visto claramente el gravísimo peligro que corrió el Estado de Rusia durante los recientes acontecimientos. En efecto, nuestra Iglesia Griega Ortodoxa ha soportado tales amenazas que se vio expuesta al peligro más extremo, el reemplazo de nuestra antigua ortodoxia por una fe heterodoxa. En segundo lugar, la gloria de Rusia, llevada a tales alturas por sus armas victoriosas y la sangre derramada, se ha visto pisoteada efectivamente por la conclusión de la paz con nuestro enemigo más mortal (Federico II) y se entregó a la patria a un sometimiento completo, mientras se trastornaba totalmente el orden interior, del cual depende la unidad de nuestra patria. Por estas razones, nos hemos visto obligados, con la ayuda de Dios, y respondiendo a la voluntad manifiesta y sincera de nuestros fieles súbditos, a ocupar el trono, como soberana única y absoluta, ante lo cual nuestros fieles súbditos nos han prestado solemnemente juramento de obediencia.

Tanto ignoraba aún Pedro Ulrico que, al día siguiente, alegremente regresaba a Peterhof, para festejar, como había prometido, San Pedro y San Pablo. Y estalló en un ataque de iracundia cuando supo que yo había huido y cuáles eran las consecuencias de la huida. Claro que sólo se comportó como un niño despojado del más preciado de sus juguetes; me sabía capaz de eso y de mucho más. No ignoraba su propia debilidad.

—Vamos, Babet... la ropa.

—¿De soldado, dices?

—¿Tú me lo preguntas? Si debo trabajar como hombre tengo que hacerlo con la ropa adecuada. Y no es la primera vez que la uso.

—Claro que no, pero ahora eres la zarina. No sé.

—Sí sabes. Trae esa ropa de una vez, no la de montar, la del ejército de Pedro el Grande.

No saldría en carácter de amazona sino de soldado. Los tiempos de Azul habían quedado relegados. En medio de los otros caballos, el pura sangre blanco que me fue reservado, escarceaba y repicaba los cascos, esperando que lo montara. No necesitaba ahora un caballo de salto ni cabriolas, sino uno capaz de llevarme a combatir. También la Dachakov me acompañaba, y vestida igual que yo.

Cuando terminaron de vestirme con el uniforme militar, bajamos, y al pie del jamelgo blanco, un joven, muy apuesto por cierto, se inclinó ante mí. Pude ver el embeleso en su mirada y sus gestos. El oficial arrancó la dragona de su arma y me la entregó.

—Gracias. ¿Su nombre, oficial? —pregunté sin poder evitar conmoverme ante la insistencia de sus ojos negros.

—Gregorio Potemkin, al servicio de su Majestad.

Pedro Ulrico no quiso derramar sangre. Tal vez por eso recibió con condescendencia la propuesta de que fuese yo la que redactara el acta de abdicación. Él sólo debía firmar. Y firmó:

Durante el breve período de mi reinado absoluto sobre el imperio de Rusia he visto que mis fuerzas no me permitían soportar semejante carga. Por eso, después de haber reflexionado maduramente en el asunto declaro, sin que nadie me fuerce a ello, solemnemente, ante toda Rusia y ante el universo entero, que renuncio definitivamente al gobierno de dicho imperio.

El Gran Duque acató lo impuesto. Sabía que sólo le quedaba luchar para no ser enviado a la fortaleza de Schlüsselburg, donde todavía estaba el pequeño Iván, que había sido encerrado por la emperatriz Isabel. Ni siquiera yo, recordando aquellos trineos negros, podía imaginarme a Pedro Ulrico en ese lugar donde, como Iván, terminaría más desvariado aún, completamente loco.

Pedro pidió a Panin poder conservar, en su reclusión en Roptcha, a Narciso y Mopsy, sus perros preferidos. Sabía que de nada servía pedirme por su favorita, la Vorontzov. No era posible aquella concesión.

Finalmente, el mismo Gregorio Orlov tomó a su cargo la tarea de trasladar al Gran Duque, con el magro equipaje de dos perros y un violín.

Cómo luchar, Pedro Ulrico, con ese destino que las mujeres seguían imponiendo a Rusia. Le era imposible. Desde la muerte

Cuadro alegórico de Catalina La Grande, al poco tiempo de asumido
su gobierno. Representa su avance triunfal por Rusia.

de su abuelo, Pedro el Grande, habían gobernado Catalina I, Ana
Ivanovna, Ana Leopoldina e Isabel. A fin de cuentas, fui yo la
elegida.

Pasados los más fuertes acontecimientos, por unos días y
con la sensación del deber cumplido, me dediqué a retomar
mis pequeñas satisfacciones: seguí escribiendo al tío Georgie,
en mis memorias, y también a Stanislav, explicándole cómo
había sido aquello del golpe al Gran Duque.

Sin embargo, fui puesta a prueba una vez más por Pedro. Si
bien no quiso hacerme frente ni derramar sangre, no tardó en
enviarme una carta, apelando tal vez a los viejos momentos vividos en la adolescencia, cuando nos complotábamos contra la
emperatriz. Cuando Panin me trajo la carta no pude sino padecer
inquietud y emoción. Me pedía le permitiese derribar dos paredes, pues como bien sabía yo, según decía, le gustaba pasearse
por las habitaciones, y aquel recinto en que se hallaba era demasiado pequeño. También solicitaba se le dejase compartir sus días

de perpetua reclusión con su novia Isabel Vorontzov. Por último, me informaba que si yo fuese a visitarlo, sería el más feliz de los mortales. No obstante la conmoción, nunca contesté.

Poco tiempo después recibí otra carta, de Alexis Orlov, donde se disculpaba porque en un confuso episodio, él y sus hermanos sin querer habían dejado desangrar al pobre Pedro Ulrico, mientras padecía uno de sus típicos ataques de hemorroides. Comencé a aterrarme. De qué no serían capaces hasta nuestros amigos con tal de alcanzar, ya no nuestros propósitos, sino los propios.

Pero de nada servía el remordimiento. Tampoco traté de justificar los rumores de asesinato por el envenenamiento del vino. Se me acusó indirectamente, y yo me sentí responsable. Acaso los hermanos Orlov buscaban mi viudez para propiciar el casamiento de su hermano Gregorio con la zarina. Si fuese así, ¿cómo justificar todo? Imposible salir ilesa. Debía negar, defender a los Orlov aunque después tomase otras represalias. "Nada cambia", me dije.

No todos confiaban en mí. Muerto Pedro Ulrico, muchos consideraban que nadie quedaba en el poder. Otra lucha se me imponía. Redacté un nuevo manifiesto para informar al pueblo ruso de lo acontecido, con la total seguridad de mis actos y autoridad:

El séptimo día de nuestro ascenso al trono de Rusia, recibimos una comunicación de que el ex zar Pedro III había sufrido una de sus crisis hemorroidales, y padecía de un violento cólico. Atentos a nuestro deber de cristianos, dimos inmediatamente la orden de que se le suministraran todos los cuidados médicos que fueran necesarios. Pero, con gran tristeza de nuestra parte, ayer por la noche recibimos la noticia de que la voluntad de Dios había terminado con su vida. Hemos ordenado que sus despojos mortales sean transportados al convento de Nevski, para ser inhumados allí. Invitamos a nuestros fieles súbditos, como emperatriz y como Madre del Imperio, sin resentimiento por el pasado, a ofrecer el último adiós a su cuerpo y a elevar a Dios ardientes oraciones por la salvación de su alma, al mismo tiempo que atribuimos el golpe inesperado de esta muerte a un decreto de la Providencia que dirige los destinos de nuestra patria por las vías que su voluntad sagrada conoce.

Capítulo 22

Id a una aldea y preguntad a un campesino cuántos hijos tiene. Generalmente os
dirá que diez o doce, y hasta veinte. ¿Cuántos viven?
Os responderá que uno, dos, o cuatro. Es necesario remediar esta mortalidad,
ocuparse de los cuidados necesarios para estos niños pequeños.
Corren desnudos sobre la nieve y el hielo. El que sobrevive tiene una constitución
robusta, pero mueren diecinueve, y qué pérdida para el Estado.

Catalina II

El 22 de setiembre de 1762 fui coronada al fin. En la iglesia catedral de la Asunción, en el mismo corazón del Kremlin, bajo la mirada adusta de cincuenta y cinco dignatarios eclesiásticos, habiendo cumplido mis primeros treinta y tres años. Con mis propias manos temblorosas tomé del almohadón de oro la corona y me coroné a mí misma; luego, con la mano derecha me hice del cetro y del globo con la izquierda. Pasé a ser ante el mundo Catalina Segunda, Emperatriz y autócrata de todas las Rusias, a quien el arzobispo de Novgorod daba la santa unción reconociéndome como la jefa de la Iglesia Ortodoxa. Se había cumplido la profecía.

Días antes de la coronación entraba de nuevo en Moscú llevando de la mano a mi hijo Pablo.

Pero, pese a mis denodados esfuerzos por dejar de ser alemana y convertirme en una auténtica zarina, una verdadera rusa, a los ojos de mis detractores nunca dejaría de ser una extranjera usurpando el trono. Muerta Isabel II y Pedro Ulrico de Holstein-Gottorp, mi hijo y yo éramos la única y probable descendencia de los Romanov. Esa tarea me había sido encomendada o trazada como único destino.

No pude resistirme a la tentación de visitar a Iván VI, destronado y encerrado en su mazmorra a los dos años de edad, por orden de Isabel II. Cuando lo vi, llevaba veinte años en ese sitio. Abrieron la puerta y, a no ser por su mirada extraviada y su expresión, podría decirse que había sido encerrado unos días atrás, debido a su conversación.

—Su Majestad —dijo el carcelero creyendo congraciarse conmigo—, sabrá disculparnos pero es imposible hablar con el "Prisionero número uno"; desvaría.

—¿Quiénes son su familia?

—Lo desconozco, Su Majestad... Nunca nos han dicho nada de él. Tampoco él recordará seguramente. Pero pase tranquila, Su Majestad, velaremos desde cerca por Usted. "El número uno" está perdido pero es tranquilo.

El carcelero cerró la puerta a mis espaldas y corrió los cerrojos. Sólo entonces Iván giró. Por un momento sus ojos no me fueron ajenos. Algo de la mirada de su tía Isabel y de Pedro Ulrico creí reconocer en él.

—Iván... —dije, y el muchacho, por un momento, pareció inquietarse. El olor a comida rancia y a orines volvía irrespirable el lugar. Apenas la culpa, de tanto no querer que aquel personaje pudiese salir de su zanjón, me hizo persistir en mi visita.

—¿A qué debo su visita, Señora?... —balbuceó como si me conociese.

—¿Acaso sabes quién soy?

—¿Acaso sabe usted quién soy yo?

—No. ¿Cuál es tu nombre?

—Iván VI, y ni bien me recupere seré el zar de Rusia. Es mi destino.

—¿Y por qué Su Majestad habita en este lugar?

—No se engañe, Señora, yo sé que esto es una celda.

—Disculpe, Su Alteza.

Rió. Su delgadez apenas parecía sostener el sucio uniforme de marinero. Si bien lo hacía con pasos pequeños y lánguidamente, caminaba sin detenerse de un extremo al otro del lugar, igual que su primo Pedro Ulrico. Con un gesto me ofreció el único banco. Aunque grasiento, su cabello era hermoso, enrulado y negro. Mi propia observación me arrancó una sonrisa.

—¿Qué es lo que la hizo sonreír, Señora?

—Esos dibujos en la pared...

—Entiendo. Si le gustan, tengo más.

—Si Su Majestad fuese tan amable conmigo, me gustaría verlos.

Corrió entonces una cortina descubriendo a mis ojos una especie de pizarra de donde colgaban papeles amarillentos con trazos a carbonilla. Los soltó del broche que los sujetaba y los echó al suelo.

—Se ensuciarán —dije—, y son bellos.

Alzó la mirada. Me sentí observada, juzgada en realidad por haberme burlado. Pero no fue burla: los dibujos eran bellos; lo espantoso era la exactitud de su visión acerca de la realidad vivida.

—¿Verdad que son bellos los dibujos, Su Majestad? La historia que los provocó es otra cosa.

Entonces fue él quien sonrió. Por primera vez sonrió.

—¿Cómo me dijo que es su nombre, Señora?

—Catalina.

—Como mi tía abuela.

—Puede ser. Es un nombre bastante común. ¿Y sus padres?

—Mal que me pese he de reconocer que me han abandonado.

—Los padres siempre abandonan... —dije sin saber por qué—. Y los hijos sólo estamos todos de paso.

—Es una manera de verlo...

—Lo importante es no hacer de eso una cosa personal.

Volvió a mirarme y a reír. Cómo explicarle que su madre había muerto de pena y su padre estaba encerrado en otra fortaleza, en otra celda oscura y hedionda como esa. Que no eran sus padres quienes lo habían abandonado. No podía. Además, empecé a inquietarme porque algo parecía querer acercarnos el uno al otro, y eso era imposible.

—Es usted graciosa, Señora.

—No veo la gracia. ¿Puedo? —pregunté tomando la carbonilla.

—Si lo desea... —respondió torciendo la boca en una mueca, aunque más que mueca era el gesto de quien habla poco y, cuando habla desacostumbrado a las palabras, tuerce los gestos.

Me arrodillé en el suelo y tracé en el margen de cada papel una perspectiva secundaria a sus dibujos. En cada caso había representado a los trineos negros. Vistos desde arriba, desde fuera y desde adentro.

Dibujé entonces dos pequeñas siluetas por detrás. La de una mujer muerta y la de un hombre en una celda diferente a la suya, con sólo una ventana y barrotes. Cuando alcé la mirada noté que él no quitaba la suya de los papeles. Los tomó uno a uno, los apiló prolijamente y los volvió a colgar de la pizarra. De una zancada llegó a los barrotes que protegían los ventanales inmensos de su extraña celda. Se pegó a ellos, como si por primera vez pudiese ver a través de los vidrios sucios. Volvió la cabeza y me miró. Creí ver algo de ira en sus ojos, pero la atemperó enseguida.

—Lo mismo da.

—¿Cómo dice, Ivanuchska?

Volvió a mirarme. El odio se reflejó, entonces sí, en sus ojos. El odio o la locura. Con todo, sin alardear de esa caballerosidad innata en ciertos hombres, me ayudó a ponerme de pie; luego volvió a replegarse.

Me dio la espalda y regresó a la ventana.

—Hasta pronto, Su Majestad —dije cuando me iba.

Él nada respondió.

Salvo a Babet, a nadie conté aquello de la extraña sensación que el pequeño Iván, lejos ya de los trineos negros, había dejado en mí.

Sin embargo, no tardó mucho en caer en mis manos una nota que Luis XV me hiciera llegar por intermedio del barón Breteuil:

La suerte del príncipe Iván debe ser parte de vuestras averiguaciones. Ya es mucho que viva. No sé si es posible que, con mucha destreza y circunspección, logréis establecer vínculos con él, y en el supuesto de que no fuesen practicables, si no sería peligroso para vos y para él. Se cree que tiene partidarios. Sin despertar sospechas, tratad de descubrir qué hay.

Entonces no dudé más. Reiteré las órdenes de Isabel y de Pedro Ulrico: reforzar la custodia, evitar que se le acercase alguien. Y a lo ya establecido agregué la prohibición de que fuera atendido por médico alguno, bajo pena de muerte no sólo para quien permitiese, sino para el médico en cuestión.

Pero las intrigas acosaban por varios flancos a la vez. Los Orlov habían sufrido atentados contra su vida, pues los acusaban de propiciar un matrimonio conveniente entre Gregorio y yo. La Iglesia no se quedó atrás.

Dispuse, entonces, transferir la administración de los dominios eclesiásticos al Colegio Económico del Estado.

No fueron pocos los clérigos que se alzaron en mi contra; entre ellos, en Rostov, el arzobispo Arsenio Matsievich, acusándome de alzar la mano en perjuicio de los templos y los lugares de culto, habiéndome apropiado de los bienes que los hijos de Dios concedían a la Iglesia. También se instigaba a la gente a no reconocer mi reinado por ser extranjera.

Pese a mi autoridad y esos poderes mayores que se me concedieran, tuve que comparecer ante el procurador general Glebov, y el jefe de policía, Chejkovski. El mismo arzobispo Matsievich empezó a proferir exabruptos en mi contra, y maldiciones bíblicas. Yo no atinaba sino a taparme los oídos ante tanta blasfemia. Incluso los jueces quedaron impresionados por la tendenciosa locura de aquel hombre, temiendo seguramente el castigo divino si sentenciaban a Matsievich.

Entonces, pidieron a Bestujiev que intercediese ante mí, porque mejor sería, pensaban, ser indulgente con el arzobispo blasfemo.

Así, el pobre Bestujiev no tuvo que enfrentarse con el castigo divino sino conmigo, la zarina, que sólo le respondí que se fuera a dormir, porque se lo veía cansado. Mientras Bestujiev se retiraba con la cabeza gacha, ordené la degradación y la reclusión de Matsievich, hasta el fin de sus días.

Suspendí la frecuencia de los bailes y otras frivolidades de palacio. Nunca me habían gustado las consecuencias y el gasto que ellos conllevaban. Establecí reuniones con gentes más cercanas a la cultura y el pensamiento. Claro que no siempre respondían: también entre ellos tuve grandes detractores. Así como grandes admiradores.

Especialmente fuera de Rusia.

El propio Diderot se negó a mi invitación para que terminara en Rusia la impresión y edición de su Enciclopedia. Y aludiendo al manifiesto en el que yo narraba la muerte del Gran Duque, Diderot envió una carta a Voltaire diciéndole que como él era propenso a las hemorroides y esa enfermedad era demasiado

Retrato de principio del siglo XVI que muestra al zar Fiodor III con atuendo eclesiástico y con una imagen de Jesucristo detrás. La pintura da cuenta de la relación indisoluble que mantenian, en Rusia, el poder político y el religioso hasta la llegada de Catalina II al gobierno.

grave en Rusia, prefería enfermarse de sus partes posteriores sin correr ningún riesgo.

Claro que Voltaire rió con la ironía, y, más adelante, también conmigo. Empezamos a escribirnos. A partir de allí, tuve a mi favor a dos de los mayores intelectuales del mundo, aliados a mi campaña política: Diderot desde la crítica irónica, y Voltaire. Con éste, que en toda Europa se autodefinía como catalino, empezamos a escribirnos con frecuencia. Repartía mis momentos de escritura entre las cartas a él y mis memorias, que aún seguía enviando al tío Georgie. Aunque hacía tiempo ya que no recibía sus noticias ni sus cuadernos.

15 de octubre de 1763

Estimado Voltaire:

He apartado un montón de súplicas, y retrasado la fortuna de varias personas, tanta avidez sentía por leer vuestra oda. Y mal podía arrepentirme. En mi Imperio no hay casuista, y hasta ahora no me molestaba. Pero al ver la necesidad de retornar a mi deber he descubierto que no había mejor medio que ceder al torbellino que me arrastra y tomar la pluma para rogar al señor de Voltaire, muy gravemente, que no me elogie antes de que yo me lo haya merecido.

Ello importa tanto a su reputación como a la mía. Él dirá que a mí me corresponde ser digna de tales elogios, pero a decir verdad, en la inmensidad de Rusia un año no es más que un día, como lo son los mil años a los ojos del Señor.

Tal es mi excusa por no haber hecho todavía el bien que habría debido hacer... Hoy lamento, por primera vez en mi vida, ser incapaz de componer versos; puedo responder a los vuestros sólo con la prosa, pero puedo aseguraros que desde 1746, el año que comencé a disponer de mi tiempo, que tengo con vos las mayores obligaciones. Antes de esa época leía sólo novelas; pero la casualidad determinó que vuestras obras cayeran en mis manos; después, jamás interrumpí su lectura, y no acepté libros que no estuviesen bien escritos, ni en los que no hubiese el mismo caudal aprovechable. Pero ¿dónde encontrarlos?

Catalina II de Rusia.

Capítulo 23

Tendré un rey con el menos ruido posible.
Catalina II

S in duda, siempre me esforcé. Nunca fue de otro modo. Debía ganarme los elogios de los que me rodeaban; y mucho más, delante de Voltaire.

Todo fue un despliegue de obras: asilo de expósitos, escuela de parteras, higiene popular y educación para las jóvenes nobles, porque desde dónde puede crecer mejor una sociedad que desde el seno materno. Logré que fuesen trasladados, a las tierras de Ucrania y el Volga, centenares de campesinos alemanes, exceptuándolos del servicio militar, ofreciéndoles un capital inicial sin obligación del pago de impuestos hasta que pudiesen volver productivas y rentables sus tierras; y esas pequeñas colonias de alemanes, además, serían un gran incentivo y modelo para el mujik.

Fuimos convocando a médicos, artesanos, arquitectos, ingenieros de todo el mundo. Todo aquel que viniera con un caudal de cultura, conocimiento y ganas de trabajar tendría las condiciones apropiadas. Iguales condiciones para quienes tuvieran deseos de vender fuera de Rusia sus productos, semillas, brea, cera, hierro, cáñamo, caviar. Qué mejor para ser considerados en

163

el mundo. Era una primera forma de expansión. Pero no alcanzaba. Ni dentro ni fuera de Rusia alcanzaba con las buenas acciones.

—Hay tanto que hacer, Gregorio, tanto, mi querido; el tiempo no alcanza.... Rusia es tan vasta.

—Nunca tan vasta como Su Majestad —dijo Gregorio besando mi mano.

—¿Es que acaso no ves cómo siguen conspirando? ¿Cómo conformar a todos?

—Ahora sólo debería conformar a Gregorio Orlov.

—A veces eres tan frívolo...

—¿Frívolo dices? Si estoy hablando de amor y justamente no soy yo quien está preocupado por mantener el poder.

—Es verdad. Sería mucho mejor para los dos si fuese una simple aldeana.

—¿Y eso por qué?

—¿Acaso no estás ejerciendo tu poder a través del amor? Obtienes el amor de la zarina y logras el poder sobre Rusia, al mismo tiempo.

—Eres una mujer tan cruel, a veces.

—Verdad. Casi siempre lo soy. Así me piden que sea. La crueldad me ha rodeado desde muy pequeña, Gregorio. Casi no conozco otras maneras...

—No sé, Su Majestad. No sé si me gusta lo que dice.

—Tampoco a mí que se diga que los hermanos Orlov me protegerán hasta que Gregorio sea mi marido. O siempre y cuando llegue a serlo.

Golpearon a la puerta. Gregorio se puso de pie y volvió a llenar las copas. Babet me entregó un correo urgente. Desde Berlín, Federico II me anunciaba la muerte del rey de Polonia, en Dresde, y dejaba en mis manos la elección de un candidato.

Stanislav Poniatowski sin dudas, enamorado siempre, y justamente por ese motivo, sería un soberano dócil. Aunque estaba claro que Austria y Francia tratarían de evitarlo. Gregorio Orlov, una vez más, cedía a mis requerimientos. Luego de beber su brandy, dijo:

—Usted dirá, Su Majestad. Siempre a sus órdenes mis hermanos y yo.

—Es imprescindible reforzar las tropas en torno a Viena —respondí sin mostrar registro de su ironía—. Babet, trae papel y pluma: debo enviar de inmediato un correo a Stanislav Poniatowski. Quién mejor que él... De inmediato, Polonia tendrá un nuevo rey.

—En cuanto a mí —dijo Gregorio dibujando en el aire una ostentosa reverencia con su espada—, si Su Alteza no dispone más, debo ocuparme cuanto antes del envío de tropas.

—Puedes ir, Gregorio. Nadie mejor que tú para esta comisión.

Cuando cerró la puerta tras de sí, Babet lanzó una carcajada. La mía fue algo más recatada.

—Calla, Babet, que aún está cerca y nos escuchará.

—¡Los celos, Figchen, los celos! ¡Qué mejor señuelo!

—Verdad. Deja ahora que termine esta nota para Stanislav, y volveremos de inmediato a Voltaire. El resto seguirá su curso habitual y conveniente.

A los pocos días el dócil soberano fue elegido. Los señores de la Dieta polaca, obedientes a mi sugerencia —o presión—, por esos días de agosto del año 1764 coronaron a Stanislav Poniatowski. El rey Stanislav-Augusto haría el menor ruido posible. No tardó en aceptar, entre otros, mis deseos de concertar una alianza polaco-rusa contra Turquía, también la reafirmación de todas las fronteras rusas, y aceptó además que los cristianos ortodoxos ejerciesen funciones públicas. Sin embargo, pese a lo logrado, cierto resquemor me inquietaba.

Llevaba varias noches despertando con la certeza de una presencia a los pies de mi cama que se diluía no bien subía la luz de la lámpara. Llegué a dormir con la lámpara encendida. No era un sueño ni una pesadilla, era una percepción. Sin saber el motivo, sin ruido ni sobresaltos me despertaba.

Estando en Riga, en medio de festejos y danzas, alguien a mi espalda dejó caer algún comentario que no comprendí del todo, acerca de Iván. Cuando me di la vuelta nadie parecía estar atento a mi respuesta ni a comentario alguno.

Me retiré casi sin despedirme de nadie. Con la sensación, pese a todo, de ser observada como si todos hubiesen oído lo mismo y nadie quisiera hablar del tema conmigo. Pedí a Panin que me acompañara, dejando detrás de mí la música y el murmullo que provoqué con aquel prematuro abandono de la fiesta. Panin me dejó en manos de Babet. Antes de que se fuera le ordené suspender los festejos, y a Babet, no ser molestada hasta la hora de partir a Tsarskoie-Selo.

Cuando me quedé sola, me puse mi mejor ropa de dormir y me peiné con especial cuidado. Luego, ya en la cama, me senté a esperar, con un Voltaire entre las manos.

Pero nada pasó esa noche. Nada, a no ser que la lámpara agotó su luz mientras yo dormía. Nada, salvo que cuando abrí los ojos había amanecido y en mi regazo encontré el libro de Voltaire, cerrado y con una flor marchita entre las páginas que había estado leyendo. Una flor blanca igual a esas con que adornan a los muertos. Y algo más todavía: el que dejó la flor se bebió el agua de mi vaso.

—¿Y por qué habría de beber agua un espíritu? —preguntó Babet riendo.

—¿Quién más, entonces? Además, no es la primera vez.

—Nunca supe de otras flores, Figchen.

—Lo de la flor sí es la primera vez. Pero no lo de la presencia.

—¿Y cómo sabes que es la misma cosa?

—No es una cosa, es el espíritu de uno de mis muertos.

—Ay, Figchen... tus muertos dices, qué tontería.

—Sí. No sé. Mis padres o la niña. Tal vez hasta el mismo Gran Duque puede ser.

—Deja de torturarte. Tal vez sólo ha sido Gregorio Orlov que dejó la flor porque no quiso despertar a Su Majestad.

—¿Y por qué habría de dejar una flor marchita?

—Es verdad. Sería de mal gusto, pero él es tan bello como tosco...

—Mira que eres tonta.

—Tonta es una emperatriz que cree en fantasmas.

—Te digo que alguien estuvo aquí.

Golpearon a la puerta. Babet abrió: era Panin. Su palidez me impresionó. Acaso también él se había cruzado con el fantasma.

—¿Sucede algo con el niño?

—El niño está bien, Su Majestad. Ahora duerme.

—¿Entonces?

—Han asesinado al zar Iván.

—¿Al pobre Iván, dices, en Schlüsselburg? ¿Pero quién ha sido?

—No se sabe con certeza, pero según el teniente Mirovich...

—¿Mirovich?

—Sí, un teniente ucraniano de la guardia... Su familia fue expulsada por el zar Pedro durante la conspiración de Mazeppa. Mirovich era un niño por aquellos tiempos, y ahora busca que le sean restituidas las tierras de sus padres.

—Recuerdo que Pedro Ulrico me habló del caso, él mismo lo envió a Schlüsselburg como parte de la guardia hasta resolver su situación.

—Si me disculpa, Su Majestad —corrigió Panin—, creo que Mirovich fue enviado a la fortaleza después de la muerte del Gran Duque. Lo cierto es que estando allá hizo amistad con Vlassiev y Chekin, nuestros carceleros del preso número uno.

—De Iván, querrás decir.

—Efectivamente, Su Majestad, del zar Iván...

—¿Esos hombres que pidieron ser relevados de su puesto?

—Sí. Pero Su Majestad no lo autorizó. Y la verdad es que padecían del mismo encierro que el zar Iván.

—Me dio miedo, son tan eficientes y confiables en su tarea.

—Ya ve Su Majestad, al final no lo han sido tanto. Una tarde, Mirovich, viéndolos tan agotados, se ofreció a reemplazarlos. Ellos aceptaron, con más razón cuando Mirovich les prometió enviar a su descanso a un par de mujeres. Los reclusos, porque también ellos lo habían sido todos esos años, no pudieron decir que no. Pero lo de Mirovich no era generosidad ni comprensión. Sólo había planeado una conspiración para salvar a Iván. Pensaba que devolviéndole su cetro el preso número uno lo consideraría a su lado por siempre.

—Qué disparate...

—No sé si tanto —dijo Panin sonriendo—; lo cierto es que Mirovich logró reemplazarlos y, mientras ellos se dedicaban a las mujeres, él arengaba a la guardia de la fortaleza a liberar a Iván, para restituirlo a su sitial de emperador. Pero algo hizo dudar a Chekin, ya que regresó justo en el momento en que Mirovich, exaltado, gritaba "Viva el emperador Iván". Chekin, furioso y con una espada en la mano, lo increpó arguyendo que Rusia ya tenía una emperatriz, Catalina II. En la disputa comenzaron a forcejear dentro del calabozo e hicieron caer la lámpara al suelo; continuaron peleando a oscuras. Vlassiev, alertado por la guardia, entró al calabozo con una antorcha en la mano, mientras Mirovich y Chekin seguían forcejeando. Vlassiev recorrió la celda pensando que Iván había aprovechado para huir, pero según cuentan lo encontró en el suelo, atravesado por una espada, desangrándose, jadeante y pidiendo agua.

—Ni a él ni a nadie le importó la sed del moribundo —concluyó Panin—. De todos modos, Iván vivía la muerte desde su infancia.

—¿Se sabe quién lo asesinó?

—Lo mismo da, Su Majestad.

—Verdad.

—Mirovich organizó el funeral.

—¿Con qué autorización? ¿Acaso pretende pasar por sobre mi autoridad?

—El teniente Mirovich se ofreció a ocuparse de todo para evitar a la zarina esta complicación de afrontar tan penoso acontecimiento. Están velando a Iván en el patio de la fortaleza, con todos los honores y rodeado de flores blancas. Hoy culminarán las honras, y la están esperando para el entierro. ¿Tal vez Su Majestad desea asistir?

—No es una cuestión de deseos, Panin. Ve por el carruaje: en media hora estaremos en camino.

Panin salió del cuarto. Babet me tomó de la mano, y me senté un momento.

—¿Era él, Babet? ¿Venía buscando mi clemencia?

—Todo puede ser, Figchen.

—La sed, el agua, la flor... ¿son un aviso o estaba queriendo decir algo más?

—Si hubiera podido hablar, habría pedido justicia... por cierto.

—Eso me pidió cuando fui a verlo, y ternura además... No conoció la ternura, Babet. Y tampoco pude cumplir con él.

—Nada podía hacerse ya. No es responsabilidad de la zarina. Cuando Su Majestad llegó al trono, las cartas habían sido echadas para Iván.

Catalina no depositaba en Pablo grandes expectativas, ya que le resultaba imposible no encontrar en su primogénito rasgos de Pedro III quien, aunque no era su verdadero padre, había logrado trasmitir de algún modo sus características al pequeño Pablo.

—Pero le prometí reconsiderar su caso, y nada hice. Al contrario. Deberíamos responder siempre a esa cuota de ternura que se nos pide, Babet. Pero los fantasmas son tantos... y ahora ese Mirovich que se arroga atributos.

—En eso sí deberá tomar medidas, Su Majestad.

Llené dos vasos con agua, y en uno puse la flor marchita que aún yacía en el libro. Babet rió a causa de mi ocurrencia. Me dejé vestir y peinar para la ocasión. Panin ya nos esperaba.

—Los caminos de Dios son maravillosos e imprevisibles, Babet. Pese a todo, la Providencia me ha mostrado claramente su favor llevando a término este asunto de Iván. Me queda ahora enfrentar las consecuencias, que no serán pocas.

Porque no sólo a Mirovich le interesaba quitarme del medio; él creyó encontrar adeptos a su causa, intentó jugar una carta para acomodarse a los favores de Iván pero, y sobre la marcha, terminó jugando otra cuando supo que no sería fácil quitarme del medio. Sin embargo, sin proponérselo claramente, Mirovich no hizo sino precipitar los acontecimientos que muchos esperaban. Hasta el mismo Iván, probablemente, en su necesidad de ser liberado de tanta pena.

Sin demoras, aunque era un enemigo menor, sentencié a muerte a Mirovich, para sentar precedente y escarmentar a los futuros instigadores que pretendiesen hacer justicia por mano propia.

No obstante, todo fue mal visto. Se me acusó de pergeñar aquello y luego de justificarme innecesariamente acerca de mi inocencia. Hasta el mismo Voltaire, aunque en mi defensa, hizo declaraciones en París sobre estas circunstancias poco felices para mí.

Sin embargo, pronto se calmaría la tempestad.

El pobre Iván me había dejado una flor en su paso del infierno al cielo; qué duda cabía de que las puertas del cielo le serían abiertas de inmediato.

—Son extraños, sí, los caprichos del Señor, Babet.

—Eso tampoco es nuevo...

—¿Tampoco, dices? Ay, Babet... siempre terminas haciéndome reír. Y no siempre comprendo...

—Que siempre son extraños los caprichos, cuanto más los del Señor. Pero lo dices por algo... que te preocupa ahora.

Tampoco quedaron conformes los que instigaban en mi contra. Muertos Pedro Ulrico e Iván, los que deseaban destronarme pondrían sus ojos en Pablo, mi hijo. Debía por tanto evitar más muertes. Ordené a Panin que me tuviese no sólo más informada con respecto al niño sino que establecimos nuevas tareas y encuentros con mi hijo.

No era un niño agraciado; era nervioso, inquieto y temeroso, cada vez más obsesionado en saber cosas pasadas, especialmente los detalles acerca de la muerte dudosa de su padre Pedro Ulrico.

—Mi querido Panin, debemos quebrar esos pensamientos en él. Debe comportarse como un niño, debes quitarle esas preocupaciones...

—Yo no podré con él, Su Majestad. Es usted quien debe hacerlo.

—No sé si puedo, Panin. Tanto habrá metido Isabel en su cabeza... y luego el mismo Pedro Ulrico. Cómo llegarle a la ternura, y amar a un niño que ni siquiera me fue permitido amamantar.

—Es necesario que lo intente, Su Majestad.

—Puedo tratar de que el niño recupere algo de su niñez y que no le falte mi ternura, pero no renunciaré ni cederé mis funciones mientras la razón y las fuerzas me permitan gobernar al pueblo ruso.

Capítulo 24

Mis criados me entregan dos plumas nuevas
cada día y considero que tengo derecho a usarlas;
jamás veo una pluma nueva sin sonreírle y sin
sentir la viva tentación de usarla.

Figchen

El asesinato de Ivan y sus consecuencias no fueron los únicos acontecimentos por esos tiempos. Había pasado un mes y cuando empezábamos a disfrutar de cierta calma, Babet llegó con la noticia de la viruela. Volvíamos a ser presa del caos y la muerte.

—Qué dices, Babet...

—Que son extraños los caprichos del señor cuanto más los de la naturaleza. Claro que no hay novedad en esto.

—No se si entiendo...

—Qué cuando todo estalla en perfumes y colores nos llega la viruela, que ésta primavera las flores serán para los muertos...

Ordené llamar a Cherkasov para considerar la mejor manera de resolver la difícil tarea de aislar a los enfermos y de inocular esa vacuna contra el mal que se había probado ya en Inglaterra y Francia.

Una tarde, mientras escribía, mi atención se desvió hacia el jardín, imprevistamente.

Al otro lado de mi ventana podía verse que los rosales reventaban de pimpollos, y más allá, derretida la nieve, el campo se había cubierto de flores silvestres. El aire estaba cargado de perfumes naturales; difícil creer que la peste nos rondaba. Y yo con tanto que hacer y vivir. Una vez más, Babet golpeó a la puerta entreabierta del estudio. Suspendí la escritura.

—¿Desde cuándo golpeas si la puerta está entreabierta?

—Es que no estoy sola, Su Majestad.

Babet abrió de par en par. Abandoné la silla y me puse de pie. El hombre que la acompañaba hizo una pomposa reverencia:

—¡Veo que esta niña ha crecido más firme de lo imaginado!

Atónita, atiné apenas a ofrecer mi mano. La besó. Cuando reconocí el contacto de sus manos me sentí como no me sentía desde hacía mucho. Imprevistamente, el tiempo parecía no haber transcurrido. Sin embargo, estuve a punto de tambalear, y ese temblor era algo ya olvidado. Después del beso en la mano el hombre alzó la cabeza y sonrió. También yo.

—¿Quiere decir entonces que dudaba de la eficacia de su trabajo...? —ironicé.

—Nunca dudé, ¿pero cómo saber que Figchen no dejaría de creer en sí misma?

—Nunca. Con su tarea, Boris Engelhardt le enseñó a sostenerse... —dijo Babet—. La impulsó a pararse como Dios manda, la puso en forma, logró erguirla. La instigó a no dudar. Nunca más la vi aflojar la cintura o dejar caer los hombros ni los brazos. Ahí la tiene ahora.

—Basta de elogios, Babet. Me provoca risa todo eso que dices.

—Verdad —pareció disculparse Babet—, tendrán mucho de qué hablar. Los dejo solos.

—Ve a traer algo para beber, y no te olvides de dar su paseo al Gran Duque.

—Lo intentaré, Su Alteza, pero no sé si el niño se dejará pasear... Le hace falta una mano firme. Una como la de herr Engelhardt, tal vez.

Babet acercó una bandeja con dos vasitos, una botella de vodka y un frasco con dulces. Y nos dejó.

—¿Y cómo sabe de mi firmeza? —dije.

—Se la ve erguida y, por lo que dicen, Su Majestad es una mujer que no duda en sus resoluciones, una mujer de armas tomar.

—Bien sabe que odio las armas y cualquier otra represalia, Boris, pero cómo sobrevivir entonces al entorno.

—Puede que rodeándose de gente más eficaz y leal que ese teniente ucraniano.

—Mirovich no era uno de mis hombres. ¿Acaso no le han dicho que lo he condenado a muerte?

—Quién mejor que yo para saber eso. Ya está en marcha su ejecución, por cierto.

—No sé si comprendo.

—Que vengo a ofrecerle mis servicios de verdugo, si quiere cortar la cabeza de Mirovich y cualquier otro como él; o mejor aún como médico. Como Su Majestad prefiera o necesite, según las circunstancias actuales.

—Bien sabe que no será como brazo de la ley.

—Verdad. Pero como uno nunca sabe... Algo habrá que pueda hacer, y no es trabajo lo que busco.

—¿Qué es lo que busca, entonces?

—Estar cerca de mi obra mejor, Su majestad. Tal vez, fortalecerla aún más, si eso fuese posible, o puede que al Gran Duque Pablo, si usted lo permite.

Reí. La presencia de Boris Engelhardt cerca de mí, era algo que no había imaginado a estas alturas. Pero nadie mejor que él para ocuparse de ciertos temas en mi entorno. No tardé sino unas horas en convertirlo en uno de mis consejeros.

Cuando comenté a Engelhardt mi necesidad de inocular la vacuna contra la viruela, no sólo apoyó mi propuesta sino que se ofreció a manejar lo que ya en toda Europa llamaban la "lanceta diabólica".

Mandamos a buscar a un especialista de Inglaterra. Todos se me echaron encima. Me fue necesario entonces, de acuerdo con Boris, cortar por lo sano; no había tiempo que perder. De inmediato Cherkasov, a través del Ministerio de Higiene hizo traer la vacuna.

Días después, rodeada por otros médicos de la corte y especialistas, el mismo Engelhardt practicó en mí la primera vacunación, inoculándome de una vez esas pequeñas dosis de la enfermedad. Y pese a que, de inmediato, se consideró aquella actitud apenas una más de mis excentricidades y caprichos, no tardaron sino horas en darse cuenta de que arriesgar mi vida por la salud de mi pueblo era suficiente prueba de lealtad a Rusia.

En el mismo instante, y después que yo, fueron inoculados mi hijo Pablo, Panin, Babet y todos los otros de mi entorno más cercano. Debíamos ser los primeros, como ejemplo y prueba dentro del Imperio.

En pocas horas la vacuna fue suministrada, con el consentimiento general, no sólo en el palacio, sino en la ciudad y los alrededores. En poco tiempo sobrepasamos en práctica y en resultados lo que se venía dando en Francia e Inglaterra.

Cómo no arriesgarme, si el mismo Pedro Ulrico había padecido la enfermedad que tan de cerca viví, viéndolo primero a punto de morir lleno de pústulas abiertas, y luego con todas aquellas imborrables marcas en su rostro.

Por otro lado, quién sino yo debería en poco tiempo buscar para Pablo una esposa bella y adecuada. Harto difícil si la viruela dejaba secuelas en su cara.

De cualquier modo, los comentarios acerca de la medida tomada por la zarina rusa continuaron por toda Europa, y no siempre eran favorables. No tardó mucho en llegar una pequeña esquela de Voltaire que, igual a todas sus palabras, festejé y atesoré de por vida:

Ah, señora, ¡qué lección ha dado Vuestra Majestad imperial a nuestros maestritos franceses, a nuestros sabios profesores de la Sorbona, a nuestros Esculapios de las escuelas de medicina! Habéis recibido la inoculación con menos ceremonia que la de una religiosa que se da un lavatorio. El príncipe imperial imitó vuestro ejemplo. El conde Orlov sale de casa a la nieve después que le inocularon la viruela. Así habría actuado Escipión si en su tiempo hubiera existido esa enfermedad, llegada de Arabia.

Al fin, todo volvió a su cauce.

En medio de cierta paz me dispuse a retomar la escritura de mis memorias y a responder las cartas de Voltaire y de Diderot, que con mayor frecuencia me aconsejaban. De ellos acepté la sugerencia de enviar a los improvisados maestros de la corte a perfeccionarse a Francia, Inglaterra y Alemania. Imprescindible transmitir a los rusos el pensamiento de Locke y de Rousseau. También eso sería mal visto al comienzo y aceptado al fin.

Pero la energía no me abandonaba. Levantada al alba, encendía el fuego del hogar y me sentaba a escribir, organizando las tareas del día y el trabajo de mis colaboradores. Pero, sobre todo, una y otra vez volvía a mis memorias. A mis recuerdos.

Cierta mañana tranquila, junto al fuego del hogar, pedí a Babet que fuese por Pablo. También él despertaba temprano y, luego de su clase de equitación y tiro, recibía lecciones de uno de los tantos maestros llegados de Francia. Al rato, cuando el niño entró, pude notar su esfuerzo por no parecerse a su Pedro Ulrico. No era yo quien debía convencerlo de no esforzarse en ser como él. De todos modos instruí a Babet y al fiel Panin, de corregir al niño en sus maneras y gestos; especialmente quería quitarle esa mala costumbre adquirida de Pedro Ulrico, de ir sin ton ni son por las habitaciones como si estuviese enjaulado.

Pese a ser de mañana y a la intimidad entre madre e hijo, me esforcé en mi atuendo para recibirle. Pablo no debía olvidar que yo era su madre, ni tampoco que era la "madrecita de todos los rusos", como decían por ahí.

Era Catalina la Grande.

Me puse la ropa de montar y me até el cabello. Sabía que así, con el cabello atado y un simple lazo en la nuca, sin ningún color ni rouge ni empolvado en el pelo, Pablo vería a su madre siempre joven y fuerte.

—Pasa, hijo mío... ¿Quieres cocoa y galletas de avena?

—Su Majestad... que ya no soy un niño.

—Es natural que siempre lo seas a los ojos de tu madre y es importante que disfrutes de los últimos momentos de tu infancia, Pablo. No es necesario que te preocupes ni apures por nada.

Él me observó atento. En medio de tantas circunstancias ajenas, ambos habíamos crecido. Yo, su madre, era una mujer en plenitud. Él, un varón en lo mejor de su adolescencia. Su porte era semejante al de su padre, de quien nada sabía: Sergio Saltikov.

—Sería conveniente que aceptaras lo que Boris Engelhardt te ha ofrecido, hijo.

—No sé, madre. Nada sabemos de él.

Denis Diderot, pensador iluminista. Trabajó junto a Rousseau
en el enciclopedismo y fue otra de las mentes brillantes de
la época que, desde la crítica, modeló el pensamiento
político de Catalina.

—Babet y yo sabemos lo suficiente como para ponerte en sus
manos. Además es alemán —agregué, sabiendo que por ese lado
podía interesarle—. Hasta que nuestros maestros realicen su espe-
cialización fuera de Rusia, tendrás cerca de ti a un exponente de
la cultura alemana.

—¿Acaso usted, madre, y yo no lo somos?

—Tú eres ruso de nacimiento, Pablo, y yo, aunque por adopción, es como si lo fuera ya.

—¿Y por qué no habría de ser suficiente con nuestro querido
Panin, madre?

—Porque estás demasiado apegado, hijo, y los afectos suelen
no dejarnos ver que hay tanto más por aprender... No podemos
darnos el lujo de que eso suceda.

—Pero si tú nunca te has separado de Babet y también has estado cerca de Engelhardt hasta donde sé.

—Verdad, y no es mi voluntad que te separes de Panin. Sólo que incorporemos a tu educación a herr Engelhardt.

Pablo tomó una galleta de avena y se desparramó en el sofá. Cortaba la galleta observándola de cerca y se llevaba los trocitos a la boca. Permanecíamos callados los dos. Luego se puso de pie, sacudió unas migas de su ropa y se acercó a mi escritorio. Bebía la cocoa curioseando los papeles. Abrió el libro de mis memorias. Husmeó las plumas, alineadas a un costado, y unos bocetos trazados en carbonilla.

—¿Y esto, madre?

—Son ideas mías para la nueva ala del Palacio de Invierno. Es para esos cuadros que me enviaron desde Francia.

—¿Y este otro?

—Una biblioteca.

—Pero si tenemos una ya...

Está pensada para más adelante... ¿Sabes?, he comprado la biblioteca de Diderot.

—No sé quién es, madre.

—¿Ves, hijo?, debes aprender otras cosas todavía.

—¿Y es importante para un ruso conocer al tal Diderot?

—Es importante para un ruso leerlo, claro. Y será mejor todavía heredar sus libros... tener acceso a su biblioteca.

—¿Por qué dices heredar si le has pagado por ella?

—Pedí a Diderot que mientras él viva conserve sus libros. ¿Cómo podría quitárselos? Y él ha tenido a bien aceptar. Por eso el boceto. Aún debo ver dónde construirla.

—Es raro.

—¿Raro?

—Que no quieras tener algo por lo que has pagado.

—Mira hijo, a cada paso pagamos por lo que tenemos, por lo que se nos da, por lo que se nos regala. Sólo que algunas cosas merecen la pena de esperarse, porque hay otras cosas en juego. Cuando tú llegues a ser el zar de Rusia, comprenderás que has pagado por ello desde el mismo momento de nacer.

—No sé si entiendo —dijo Pablo con claras intenciones de provocarme a seguir hablando.

Pero no lo logró. Boris Engelhardt dio unos golpecitos en la puerta abierta y se nos acercó.

—Ruego a Su Majestad y a su hijo, el Gran Duque, sepan disculpar la interrupción.

—Esperábamos por usted. ¿Conoce a su nuevo discípulo, verdad?

Pablo nos observó tan erguidos, tan decididos que no pudo más que acomodar su espalda y estirar la línea de su cuello al tiempo que extendía la mano hacia Boris Engelhardt.

—¿Y que podría enseñar yo al Gran Duque?

—Disciplina, sin duda. Hacer del cuerpo un arma de conquista y resistencia ante cualquier embate y entorno. Quién mejor que usted, herr Engelhardt, para infundir decisión y confianza. A Usted le debo lo que soy.

—Es Usted muy amable, Su Majestad, y no sé si el Gran Duque sabe por qué es usted tan generosa conmigo.

—Mi hijo no sabe, pero sin duda me considera justa. Usted mismo se encargará, si lo desean ambos, de contarle dónde y cómo nos hemos conocido. Imagino que Pablo querrá saber de sus antepasados en Stettin, de sus abuelos y entorno familiar; y cuánto me ha costado llegar a estas tierras donde le he dado a luz.

Pablo no hizo ningún comentario. Sólo continuó erguido en su postura, aunque no pudo evitar empezar sus vueltas por el salón. Fue entonces cuando Boris, luego de hacer una reverencia leve, tomó del hombro a Pablo y, palmeándole suavemente la espalda, lo invitó a caminar por el parque.

Los vi alejarse, y más allá pude ver también a Gregorio Orlov, observándoles no con poco recelo. Mi otro vástago, aunque lejano y bautizado como Alexis Gregorevich Bobrinsky, era también su hijo y el seguro pasaporte al poder del imperio ruso. Su única carta, además de sus amores conmigo.

Sin embargo, después de tanto tiempo, las cosas entre nosotros habían cambiado, tal vez por eso la mirada dudosamente nostálgica de Gregorio puesta en las figuras de Pablo y Boris. Volví a mi escritorio y tomé una pluma nueva que a esa hora de la tarde aún me quedaba por usar.

Capítulo 25

En beneficio de mi Imperio he saqueado las obras de Montesquieu, aunque sin
nombrarlo. Espero que si desde el otro mundo me ve trabajar, me perdonará este
plagio, destinado al bien de veinte millones de hombres.
Amaba demasiado a la humanidad para irritarse por una cosa así.
Su libro es mi breviario.
Catalina II

Escribía mis instrucciones para la elaboración de un nuevo código de leyes, pues todavía regía el código promulgado en 1649 por el zar Alexis I Mijailovich, que contaba con apenas unos cambios reescritos por Pedro el Grande.

Sólo Gregorio Orlov y Panin podían leer esos escritos míos.

Fue Panin quien advirtió: "¡Estos axiomas derriban murallas!". Pero los otros que iban leyendo, únicamente parecían preocuparse por descifrar de qué lado reinaba la emperatriz; políticamente hablando, se ocupaban apenas de la anatomía de mis cualidades y mis defectos. "Siempre tan ingenuos y con tantas nimiedades los hombres", me decía a mí misma como cualquier madre que ve jugar en torno de sí a sus niños con amigos.

No podía evitarme a mí misma, tampoco podía evitar a los demás. Y como dijera Voltaire: *El ejemplo que ofrece la emperatriz de Rusia es único en el mundo. Ha enviado a cuarenta mil rusos a predicar tolerancia, con la bayoneta y a punta de fusil... ha ordenado marchar a los ejércitos para obligar a sus súbditos a tolerarse mutuamente.* Claro que aunque haciendo alarde de su frecuente ironía, Voltaire decía la verdad.

Si hasta los franceses planeaban, por el bien de los polacos y de toda Europa, declarar una guerra para derrocarme usando a los turcos para ese fin.

Terminado el nuevo código, lo presenté al Senado y se formó a mi pedido una Comisión Legislativa, pero debía de consultarse al pueblo. Cada provincia, y cada clase de la sociedad rusa debía opinar y elegir acorde a su necesidad y principios. Tampoco esto gustó de mí, por supuesto. Sin embargo, lo llevamos a cabo. Formaron parte de esa Gran Comisión los miembros del Senado, el Sínodo y los Colegios; también los representantes de la nobleza, los ciudadanos y los campesinos, y claro que por los siervos hablaban sus señores porque bastante tienen los pobres con sus pesadas tareas.

Pero finalmente tuve que reconocer que Rusia carece de opinión pública. El miedo los hace reprimir sus deseos y opiniones; sólo echaron a circular la crítica solapada y los rumores de alcoba.

Los debates de la Gran Comisión se me hacían interminables. Habiendo transcurrido doscientas sesiones, ordené se disolviera y dejase todo por mi cuenta. Era necesario una mano firme, y esa era la mía. Había pasado el momento de la consulta. Con la declaración de guerra de los turcos, no había tiempo para conciliaciones ni fintas.

Quién sino yo podría cumplir el sueño de Pedro el Grande de anexar Crimea, acceder al Mar Negro y a los Dardanelos, conquistar la ciudad santa de Constantino, cuna de los ortodoxos, y destruir al fin el poder de los turcos. Sin embargo, no sería fácil. Obreskov, nuestro embajador en Constantinopla, fue detenido y encerrado en las Siete Torres. La Sublime Puerta declaró entonces la guerra a los enemigos del Profeta. El fragor de la guerra nos dominaba tan desordenadamente a Rusia y Turquía, que Federico II hablaba de las infinitas confusiones de una guerra entre ciegos y paralíticos.

Sin embargo, con el correr del tiempo todo se fue dando: cuando llegamos al año 1770, con apenas diecisiete mil hombres derrotamos a ciento cincuenta mil turcos en el río Kagul. Y Gregorio Orlov, desde el Báltico, atravesó el Canal de la Mancha, entró en el Mediterráneo y, haciendo escala en Venecia, volvió a embarcarse rumbo al Mar Egeo, desmantelando e incendiando los barcos turcos en un combate en la bahía de Quío, en el puerto de Tchesmé.

—Creo que moriré de alegría, Panin. No bien pueda, quiero tener a Gregorio conmigo. Nos merecemos un largo descanso.

—Aún no están dadas las condiciones, Su Majestad. Si me disculpa, estos éxitos también actuarán en su contra.

—Por supuesto, Panin, sé que me ven como un genio del mal.

—Son las reglas del juego, después de todo... De cualquier forma, no sé si me parece justo su odio a Francia.

—No es odio a Francia, como se te ocurre, es odio a Luis XV y sus ministros. Todas las mañanas rezo una oración para salvarnos de esos bribones. Querido Panin, los turcos y los franceses tuvieron la idea de despertar al gato que dormía, y ahora yo, la gata que nunca duerme, haré correr a todas esas lauchas, y ya que ese abate Chappe d'Auteroche ha escrito en contra mía y dice que los campesinos de Lituania carecen hasta de pan, quiero que hagas llegar a Voltaire toda una gran partida de nueces de nuestro nogal siberiano... y que el mismo Voltaire nos haga el favor con esas gobernantas.

—No sé si eso será posible, Su Majestad. Es el Consejo de Ginebra quien impide que las muchachas vengan a trabajar y a educar a nuestros niños.

—Pero nadie dirá que no a Voltaire, Panin.

—Es que no es la fuerza de Voltaire la que está en juego, sino la de Su Majestad.

—Ya sé, Panin. No permitirán que sus hijas viajen a un país donde su soberana, o sea yo, me he permitido asesinar a mi marido; un país donde dominan las costumbres licenciosas. Pero, verás que Voltaire puede con ellos y con todos esos chismes.

Al fin no sólo aceptaron dejar viajar a las muchachas sino que, aún en plena guerra o a pesar de la guerra, me fueron vendidos los sesenta y seis cuadros que formaban parte de la colección Crozat: Rafael, Rembrandt, Tenier, Ticiano, Murillo, Tenier, Poussin y tantos otros hicieron su entrada triunfal en el Ermitage, un anexo al Palacio de Invierno, para cuya construcción hice viajar al francés Vallin de La Mothe. Fue Diderot quien llevó a cabo la compra en mi nombre. Es que lo mío no es amor al arte sino voracidad.

Una mañana, corriendo el 1770, Pablo se presentó en el invernadero. Regaba yo unas matas de orquídeas cuando lo vi entrar. Me estremecí. Pese al riguroso entrenamiento y los consejos de Engelhardt, Pablo —a sus dieciséis años ya— no logró desarrollar un cuerpo armónico, producto quizá de su temperamento atormentado. Intenté hacer una caricia en el desorden de sus cabellos pero alejó la cabeza cuando me vio alzar la mano, como si en lugar de una caricia fuese a propinarle un golpe.

—¿No has dormido anoche tampoco, hijo?

—No mucho, Su Majestad —dijo por lo bajo mientras curioseaba el puñado de tierra entre sus dedos.

—¿Te gusta la humedad de la tierra, hijo? Está llena de vida, ¿no?

Él no respondió ni quitó la mirada de su mano sucia. Restregó una mano contra la otra, para quitarse los últimos vestigios.

—¿Quieres ayudarme? Me han llegado unas semillas nuevas, aunque no sé qué perfume irán a tener estas flores. Puedes avivar el fuego del brasero, por favor. Las plantas necesitan más calor.

Pablo se acercó al brasero, agregó unos trocitos de leña al fuego y lo atizó. Luego volvió a la tierra. Rastrilló suavemente.

—¿Me permite las semillas, Su Majestad?

—Aquí tienes, hijo. Me han dicho que son azules.

—¿Y cuándo florecerán?

—A su tiempo. Seguramente en primavera.

—No creo, florecerán antes en este ámbito, si Usted así lo ha dispuesto.

—No sé si tomar eso como elogio o como crítica, Pablo.

—Mi comentario no trae aparejado ninguna intención, madre.

—Disculpa. Es que a veces creo...

—No crea nada, madre. Ya sabe: mi falta de sueño me hace decir ciertas cosas... Pero no es con Usted el dilema. Es que mis sueños no me dejan en paz... —dijo como bajando la guardia por una vez.

Callé. Panin me había contado acerca de sus sueños infantiles, y al parecer los de la adolescencia no eran mejores. Solíamos observarlo mientras dormía. También me acerqué muchas veces a la cabecera de su cama en compañía de Engelhardt. Viéndolo dormir me recordaba a mí misma en épocas no tan lejanas.

Muchas veces no era Babet, sino mis ayudantes de cámara las que se acercaban: Anna, pendiente de que no se acabara el agua fría ni el agua caliente del samovar, y Lara, cuidando que las otras aguas, la del aguamanil y el orinal, estuviesen en condiciones. En cuanto a Babet, sólo velaba mi sueño.

Sin embargo, no era a ellas a quienes él creía percibir en la oscuridad. Cuando veía dormir a Pablo y percibía su inquietud, me preguntaba cuál de las sombras era yo en el mapa de sus sombras nocturnas.

—Madre, ¿sabe qué? —murmuró mientras quitaba unas flores secas del rosal.

—¿Qué sucede, hijo?

—Anoche creí ver más de cerca aún al que mata a mi padre...

—Al que mató, dirás...

—Anoche me acerqué mientras lo mataban.

—Qué dices, Pablo... Hace años que tu padre ha muerto.

—Mi padre muere cada noche a los pies de mi cama, Su Majestad. Y no tendré paz hasta que pueda hacerle justicia. Así se lo he prometido —sentenció.

—¿A quién has prometido semejante cosa, hijo?

—A mi padre, claro. Cada noche me reclama vengarle.

—La venganza no está bien. Por favor, hijo, no sigas alimentando tanto odio. Mucho menos, los fantasmas.

Pero el muchacho no respondió. Sólo empezó a rastrillar otro cuadro pequeño donde echar más semillas.

—Era Gregorio Orlov, por cierto —masculló.

—¿Qué dices, Pablo? ¿Qué pasa con Gregorio?

Calló por un momento. Luego dijo entre dientes:

—Bien sabes que nunca me ha gustado ese hombre.

—No lo sabía. Cómo saberlo con lo poco que cuentas de ti, hijo. Además, cómo sospecharlo con tanto que has aprendido con él en tus ejercicios militares.

—Es sólo porque me recuerda a mi padre.

—¿Gregorio, dices?

Pablo estalló en una carcajada en la quieta penumbra de las plantas.

—Pero no como usted cree que me lo recuerda. Es por el olor de los correajes y las armas, ese olor a pólvora y sudor del regimiento. En esos aromas creo reconocer el olor de mi padre. Aunque de todos modos dejaré de ir.

—No deberías dejar tu entrenamiento, Pablo.

—No dejaré el entrenamiento, pero he prometido no dejarme llevar por Orlov. Será mejor prevenir cualquier maniobra.

—¿Maniobras, dices, de qué hablas? ¿A quién has prometido? —increpé fastidiada por tanta locura y resentimiento.

Él volvió a mirar hacia fuera, y con aquel gesto me recordó una vez más a Pedro Ulrico. Dejó caer el rastrillo sobre lo sembrado y, bajando la cabeza, se dispuso a irse. Lo detuve, molesta.

—No entiendo el comportamiento del Gran Duque. Nunca será más que un niño, igual a...

—¿Igual a mi padre quiere decir, Su Majestad? Es a él a quien cada día me esfuerzo por parecerme. Esto me hará buen hijo y mejor rey.

—De ese modo no serás mejor hijo para mí, tu madre, ni mejor rey para el pueblo ruso. Y si no dejas de hablar con tu padre terminarás igualando su locura.

—Locura es que, con mi padre todavía rondando los cuartos, Su Majestad siga recibiendo a Orlov en la alcoba real —gritó, y salió dando un portazo.

La puerta se cerró a su espalda y por un momento los cristales del invernadero quedaron vibrando. Orlov, me dije. Es verdad, demasiado tiempo llevo con Orlov en mi cama. Pero otro acontecimiento que cambiaba mi intimidad se daba por esos días. Tal vez por ello el particular nerviosismo de Pablo.

Preocupados por la virilidad del futuro zar y con mi anuencia, meses atrás Nikita Panin había llevado a Pablo con una mujer para iniciarlo sexualmente. Al parecer, según Panin y aquella mujer, el muchacho había heredado la virilidad de su padre. Bien orgulloso estaría Sergio Saltikov. Pablo embarazó rápidamente a la mujer que, dos semanas atrás, aunque clandestinamente parió a mi primer nieto, Simón Veliky.

El niño fue trasladado de inmediato al ala del Palacio cerca de su abuela, la emperatriz Catalina II. Le brindamos un hábitat y una educación acorde con un príncipe: nanas, abrigo, medicinas y hasta ternura. La primera vez que lo tuve en mis brazos sentí una alegría difícil de explicar. Una alegría que no pude experimentar cuando nació Pablo, tampoco con Ana, y mucho menos con Alejandro Bobrinsky, quien me fue doblemente arrebatado al nacer. Con Simón entre mis brazos recuperaba parte de lo perdido con su padre. De todos modos, he de reconocer que íntimamente me reservaba para el que pudiera ser mi nieto oficial, que sin dudas nos sucedería en el trono.

Sin embargo, y pese a lo atractivo de pasarme horas en el cuarto de Simoncito, mis funciones me reclamaban y especialmente Gregorio Orlov. Aunque por más que el pobre intentaba cultivarse y hasta estableció correspondencia con Rousseau, no lograba más que suministrarme el calor necesario en la cama. Pero su entereza y el arrojo de sus hermanos, en tantas batallas libradas, también lo retenían a mi lado. Llevábamos diez años de caricias y de gratitud.

Es verdad, me dije recordando el portazo de Pablo: era hora ya de terminar. Por otro lado, no me era ajeno, habiendo cumplido mis cuarenta años, y él treinta y cuatro, que la mía no era la única cama en la que se esforzaba en librar sus batallas amorosas. Tal vez, aunque por otros motivos, Pablo tenía razón y la hora de alejarme de Gregorio Orlov había llegado.

Luego de largos conciliábulos de alcoba, Gregorio partió a Moscú, donde la población, una vez más, era diezmada por la peste. Boris Engelhardt lo acompañaba con otros médicos del Palacio. Era necesario establecer nuevas condiciones sanitarias. Gregorio también acompañó a Engelhardt a la cabecera de los enfermos y colaboraba en el retiro de los cadáveres que yacían en las casas. A razón de ochocientos cadáveres diarios, la tarea encomendada a Orlov era casi imposible. Sin embargo, logró cumplir eficientemente su tarea, más por esa solidaridad natural que lo caracterizaba, que por obediencia o amor a la Corona.

En uno de esos levantamientos de cadáveres y quemazón de sus ropas y enseres, Gregorio dio con el cuerpo de Boris Engelhardt. La muerte, o la vida, fueron impiadosas con Boris. El anciano no resistió los embates de la peste. Gregorio Orlov celebró los funerales en su honor como si la misma Catalina la Grande le hubiese rendido el homenaje.

Grabado erótico de mediados de 1700 donde se representa la vida sexual en aquellos años. Tras un velo de represión se escondía una sexualidad que lindaba con lo promiscuo.

No fui sólo yo quien creyó flaquear por esos días. El Gran Duque Pablo, que finalmente un día había acabado por aceptar a esa especie de educador o padre sustituto en que curiosamente se había convertido Boris Engelhardt, se deprimió al mejor estilo de Pedro Ulrico.

Cuando Gregorio regresó a San Petersburgo fue recibido con todos los honores, como un verdadero héroe, y estas muestras de afecto y reconocimiento causaron mayor daño a Pablo, que insistía en que debía deshacerme de los Orlov. Tal vez por él, o tal vez sólo por mí misma, me fue imposible recibirle con todas las puertas abiertas. Para convencerme, Pablo me hizo llegar por Panin un escrito del nuevo ministro plenipotenciario francés, Durand de Distroff, haciendo referencia a Gregorio Orlov:

La naturaleza lo hizo un campesino, y eso será hasta el fin... Desde la mañana hasta la noche no se aparta de las fresles (señoritas) de la corte que permanecen en el castillo. Allí almuerza y cena; pero la mesa está sucia, los manjares son desagradables, y este príncipe se complace en una vida así. Su vida moral no es mejor. Se divierte con puerilidad; su alma va de la mano con su gusto, y todo le parece bien. Ama como come y lo satisface tanto una kalmuca como una finlandesa o la mujer más bonita de la corte. ¡Y así tenemos al burlak (grosero) hecho y derecho!

Gregorio no tardó en darse cuenta de la gran brecha abierta entre los homenajes públicos que le fueron rendidos y lo que yo no podía proporcionarle en la intimidad. Si alguna vez lo hubo, el amor se había extinguido.

No obstante, no existieron reproches entre nosotros. El príncipe-burlak, como le decían muchos, o "el caldero que hierve pero no cuece nada" —como lo había definido Diderot—, aceptó con cortesía el palacio de mármol que le regalé y él, leal sólo a su orgullo de macho cabrío, me regaló un gran diamante azul de Persia, el "Nadir-Schah" que dio en llamarse el "diamante Orlov". Al poco tiempo, días tal vez, ya corrían rumores del casamiento de Gregorio Orlov con Catalina Zinoviev, su prima hermana de dieciséis años.

De inmediato el Senado quiso anular el matrimonio a causa del parentesco. Pero intervine y lo permití.

Capítulo 26

*El imperio ruso es tan grande que cualquier forma de gobierno que no sea
la de un emperador absoluto lo perjudicaría; en efecto, todas las restantes formas
de gobierno implican una ejecución más lenta
y dejan campo libre a las pasiones
que dispersan el poder y las fuerzas del Estado.*

Catalina II

Las críticas hacia mí serían siempre furibundas; igual le sucede a cualquiera que vaya por delante de su tiempo. Hasta Federico II envió a su hermano Enrique para convencerme de negociar la paz con Turquía. Pero nos sentíamos triunfadores; los rusos habíamos ocupado Bender, Akermann, Baraila, Bucarest. No conformes, ambicionábamos Valquia, Moldavia, y después de firmar un tratado con Federico II y José II, se llevó a cabo la división de Polonia. Ante el desconsuelo del rey Stanislav Poniatowski, mi amado Stanislav, se despojó a Polonia de la tercera parte de su territorio. Cada uno hace lo que puede en la época en que le toca vivir. Intenté lo que creí mejor para todos, esa fue mi mayor ambición.

El reacondicionamiento del ejército fue imprescindible; las escuadras, dispersas, no eran suficientes. Debían incrementarse esfuerzos y estrategias. Decidí entonces nombrar como comandante, a la par de Gregorio Orlov, a un teniente de los Guardias Montados: Alejandro Vassilchikov. Determinación que dañó aún más la relación con Orlov. Aunque lo de Alejandro Vassilchikov no iba a ser el verdadero motivo, sino cierto anuncio de la próxima llegada de Gregorio Alejandro Potemkin, a quien habíamos conocido cuando la conspiración y muerte de Pedro Ulrico.

Es que los cosacos se nos venían encima. Buscaban destronar a la emperatriz de todas las Rusias, para devolver el trono a Pedro III, de quien decían recibir órdenes directas. Porque, según manifestaban, no había muerto. Un gran disparate, por cierto.

Uno de esos cosacos, Emelián Pugachov, enarbolaba esa bandera que, por disparatada, no impedía que se le fuera sumando aquella horda de pueblos salvajes, más los *raskolincov*, campesinos a los que —luego de que renegaran de la fe ortodoxa— debí llamar al orden: yo misma los reprendí, por inmolarse llevando a cabo suicidios colectivos.

Todos aquellos que podían montar a caballo o marchar con guadañas y picos, niños, mujeres y ancianos, se unían a Pugachov.

El mayor general Traubenberg, intentando mantener la disciplina entre sus tropas, fue asesinado sin piedad. Poco después, Alejandro Vassilchikov redactó un parte militar que me acercó de inmediato:

Al señor comandante de la fortaleza de Belogorsk, capitán Mironov, por la presente pongo en su conocimiento que Emelián Pugachov, cosaco del Don y cismático, se ha escapado de la prisión y cometió la imperdonable desvergüenza de adoptar el nombre del difunto Pedro III. Ha reunido una banda de facinerosos, provocado una revuelta en los poblados del Yaik, tomado y devastado fortalezas, cometiendo por doquier saqueos y asesinatos. Por lo tanto, al recibir la presente, deberá usted, señor capitán, tomar con rapidez las medidas pertinentes para rechazar a dicho bandido e impostor, y si es posible, incluso para su absoluto aniquilamiento en caso de atacar la fortaleza confiada a su mando.

En medio de tantos avatares, Pablo cumplió dieciocho años. Tampoco esto me hizo feliz. Tenía por delante la misión de acabar con esa guerra con los turcos y neutralizar a los cosacos, más la no menos difícil tarea de buscar esposa al Gran Duque y esperar el nacimiento del ansiado heredero. Era imprescindible, en esa búsqueda, ahondar relaciones con la nobleza alemana de Stettin.

Pablo tuvo buenos ojos para la segunda de las tres hijas de la condesa Carolina de Hesse-Darmstadt, Guillermina (de dieciséis años). Contentos todos con la elección, establecimos las condiciones del matrimonio. Guillermina fue entonces iniciada en la Iglesia Ortodoxa y bautizada con el nombre de Natalia. La boda se llevó a cabo un día de setiembre de 1773.

Durante la semana siguiente, sin demorarnos en revueltas ni sus consecuencias, se realizaron innumerables festejos. Habiendo finalizado el baile de cierre, esa noche y madrugada la actividad en los corredores del Palacio no dio tregua. Pocos durmieron en su sitio, como era habitual.

En lo que atañe a Gregorio Orlov, la velada resultó definitiva. Cuando lo vi amparándose tras su máscara, que creyó impecable, besando a la hermana de Natalia, la flamante esposa de Pablo, casi no pude creer lo que veía. Su juego de seducción era harto conocido pero, en este caso, la impunidad fue sorprendente. Parecía más un desafío en mi contra que el irrefrenable deseo de una pasión inicial. Sea como fuere, una verdadera torpeza a los ojos de todos y, a los míos, un verdadero hallazgo y pretexto. Me acerqué a ellos, y luego de propinar una cachetada pública a Gregorio, abracé a la pobre niña que lloraba. De inmediato entré al cuarto de Gregorio y arrojé sus cosas fuera. Pedí a la vieja Babet que ordenara cambiar las sábanas.

Tan públicamente como había propinado la cachetada a Orlov, tomé del brazo a Alejandro Vassilchikov y lo invité a esperar en mi cuarto a que el suyo estuviese en condiciones de ser ocupado.

Mientras bebíamos té, y dejando atrás los acontecimientos matrimoniales y sus entretelones, con Alejandro debatimos acerca de la inquietante sombra de Pugachov, que había escapado de la cárcel. Temíamos sus andadas. Nada hablamos acerca de lo sucedido con Orlov porque era tema terminado para mí; tampoco de la tímida, aunque extremadamente tierna, pasión que desde no mucho atrás nos encendía el alma.

—No hay de qué preocuparse, Su Majestad, Dios es misericordioso; hay muchos otros que sí seguirán siendo leales, y tenemos abundante pólvora. Yo mismo he supervisado la limpieza de los cañones. Si Dios no nos abandona, el lobo no nos comerá –dijo Alejandro besando la palma de mi mano, y el contacto de su boca me hizo estremecer.

Golpearon a la puerta. Babet entró. Mientras las criadas ponían en orden mi cama y la ropa de dormir, acompañé a Alejandro hasta la puerta de su cuarto.

–Mañana irás por tus cosas, Alejandro. Es hora de dormir. Todo se va encauzando por las fuerzas naturales, como puedes ver.

–Es importante que sea usted la primera en creer en la naturalidad de los hechos. Velamos por su seguridad y la del Impcrio. Dios nunca es del todo ajeno.

–No sé si entiendo...

–Su Majestad, lo que importa es que las cosas suceden y que estamos apenas a una pared de por medio. Será mejor dormir. Nos espera mucha tarea.

–...y no falta mucho para que amanezca –dije señalándole de paso la pequeña escalera en el balcón que comunicaba ambos cuartos.

Volvió a besar mi mano, justo en el momento en que Babet se retiraba del aposento. Por detrás de ella, las criadas se alejaron con pasos cortitos por el corredor. Así me rondaban siempre. Alejandro se fue.

Sabía que reirían de mí: Alejandro tenía veintiocho años, y yo veinte más.

Acababa de conferir a mi nuevo amante la Orden de San Alejandro; abrí para él todas las puertas que terminaba de cerrar a Gregorio Orlov. La dulzura del muchacho, su timidez y serenidad, fueron un aliciente durante esos días en que debía convivir con la amenaza de la traición y con otra más irreductible aún, la vejez.

Pero por el momento, Alejandro era un bálsamo, y gracias al impulso que me inspiraba, logré quebrar el dominio de los Orlov en torno de mí. Después de diez años de imposiciones, reclamos y sufrimiento, estaba dispuesta a vivir. Por el momento, sólo el placer me importaba y en total independencia. Alejandro me daba la íntima seguridad, tan necesaria; era como un bálsamo, una taza de tilo con miel. Saberlo cerca me bastaba. Aquella noche, no me inquietó siquiera la certeza de que más allá del tío Georgie, durante mi infancia, aún no me había llegado el amor.

Luego de un primer sueño profundo, desperté y salté de la cama. Hundí las manos en la jofaina, con la sensación de percibir el aroma de las flores pintadas que veía a través del agua fresca. Me quité la ropa de dormir y me di un baño ligero con un pañolón que humedecí con la misma agua. Me puse sólo una bata de las que Babet guardaba entre florcitas de alhucema.

Caminé, iluminada por la línea de luz al pie de las puertas de los cuartos de enfrente y un haz de luz de luna al final del corredor. Entré al dormitorio más cercano. La alegría fue inmensa al reconocer su ropa en la silla y el aroma de Alejandro, borrando de un plumazo la presencia de Gregorio Orlov. Lo observé por un rato. Dormía con ese sueño profundo de los hombres jóvenes. Me deslicé a su lado como si siempre hubiese sido de ese modo. Alejandro cruzó su brazo por encima de mí y se pegó a mi costado. Su paso del sueño a la realidad fue casi imperceptible. Su mano, sobre el nudo del lazo de mi bata, se sometió primero a la suavidad de la seda y luego a la desnudez de la zarina.

No tardó nada en cargar su peso encima de mí y sencillamente cabalgar desbocado hasta desfallecer en un grito que cada uno pretendió amordazar en el otro con un beso. Por un rato se quedó adormecido sin quitárseme de encima. El peso de su cuerpo es algo que no olvidaré. Tal vez aquello era el amor, o, por lo menos, se aproximaba al amor. Estando así, abrigada bajo su cuerpo en reposo, me dormí con el acompasado rumor de su respiración.

Desperté cuando Alejandro empezó a moverse. Aún encima y dentro de mí, sonreía con una ternura infinita. La luz del amanecer parecía haber estallado contra su espalda. Sólo su sonrisa se destacaba del semblante un poco en sombras, y cierta ternura en la mirada que escondía, por momentos, bajo sus párpados. Pensando seguramente, también él, que esos encuentros furtivos con la zarina se parecían mucho al amor, empezó a moverse de nuevo.

Poco después la vieja Babet nos interrumpió, entrando luego del suave golpecito a la puerta.

—Creo conveniente que Su Majestad me siga un momento.

—Qué pasa, Babet...

—Por favor... acompáñeme al salón.

—Qué dices, Babet... y nada menos que a esta hora... —protesté aceptando la bata que ella misma mantenía abierta con sus brazos.

—Es necesario en este momento —dijo Babet, ayudando a Alejandro con la bata de seda.

Atravesamos el corredor a trancos largos. Bajamos la escalera, cruzamos la sala y, llegando al salón de los cuadros, vimos a un grupo de gente frente al cuadro colgado sobre la pared de la estufa. Los curiosos del Palacio fueron abriéndonos el paso. Era uno de mis retratos más bellos. Alguien había cubierto mi cara y parte de mi figura con la pobre pintura de un cosaco.

—¡Cómo ha podido suceder esto!

—Con tanta gente por la casa en estos días, fue imposible estar atento a todo. Su Majestad sabrá comprender —dijo Panin bajando la vista.

—¿Sabes quién es ese? — pregunté a Alejandro.

Alejandro parecía a punto de llorar. Sin embargo, la ira le oscurecía los ojos con un brillo doble.

—Emelián Pugachov, Su Majestad. Pero no imagino cómo pudieron llegar hasta aquí.

—Cómo llegó su retrato ahí es lo de menos, querido mío. Sólo debemos saber quién pretende ocupar el trono.

—Pugachov, Su Majestad, qué duda cabe. Es ese Pugachov que se cree el Gran Duque.

En aquel instante se produjo un pequeño murmullo, y la comitiva de curiosos de nuevo abrió paso. Venían Pablo y Natalia.

—El único Gran Duque soy yo...

—Pablo, hijo mío. No es bueno que interrumpas tu noche de bodas con estos problemas que sólo a mí atañen.

—¿Acaso he de recordar a Su Majestad que en breve seré yo quien ocupe el trono de Rusia?

—Todos sabemos quién eres; sólo quiero evitar conflictos, deseo allanar el camino de Su Alteza. Limpiarlo de tonterías.

—Bien sabe la zarina que eso no será nunca posible, mucho menos para mi señora madre.

—Sin embargo, insisto en que por estos días deberías abstenerte. Ya habrá tiempo para preocupaciones. Ve y descansa junto a tu querida esposa. Nos esperan días de mucho trabajo.

Aunque molesto, Pablo tomó a Natalia del brazo y se fueron.

—¡Por favor, quiten ese cuadro del medio!

—Solicito a Su Majestad me permita utilizar ese retrato de Emelián Pugachov: el reino entero debe saber cómo luce el traidor que amenaza a la zarina de todas las Rusias. Requiero su permiso para que ofrezcamos una recompensa a quien lo traiga a su presencia, vivo o muerto —dijo Alejandro ante la aprobación de todos, mientras bajaban el cuadro de la pared.

Yo misma arranqué aquellos papeles mal pintados y pegados encima de mi retrato, y los entregué a Alejandro.

—Puedes copiarlo, pero luego debemos quemar el original en una ceremonia pública.

Horas después, mientras todo aquello se llevaba a cabo, dicté una proclama a mis asesores para que fuera impuesta y dada a conocer por todas partes, a la par del cartel que rezaba: "Se busca al traidor Emelián Pugachov":

No más reclutamiento de hombres, capitaciones o impuestos. A vosotros las tierras, los bosques, los pastoreos, los lugares de pesca y las salinas, sin cargo. Yo, Catalina de Rusia, los libero de las cargas que hacen pesar sobre vosotros la maldad de los señores y la venalidad de los jueces.

El problema no era la arrogancia ni la locura de Pugachov sino el descontento general. Habría que luchar en varios frentes a la vez. Sabía que Pugachov se arrogaba los derechos del Gran Duque y hacía celebrar oraciones en su propio homenaje. Atribuyéndose los poderes de Pedro III, lanzó además una proclama que pretendía ser imperial. El cosaco intentó rodearse de un entorno que creía también imperial.

La proclama de Pugachov prometía, entre otras cosas, clemencia para los que hubiesen combatido en su contra y los exhortaba a servirlo hasta la última gota de sangre, como sus padres sin duda la habían ofrecido a los antiguos zares. Prometía, además, a los cosacos, los kalmucos y a los tártaros, las tierras, los campos de pastoreo y ríos, desde su nacimiento hasta su desembocadura; dinero, plomo, pólvora y trigo. Un verdadero duelo entre demagogos, diría Diderot al llegar a Rusia. Quién si no yo y en esas circunstancias para rogarle que viniera en mi ayuda para pensar juntos las próximas leyes y redactarlas.

Mientras analizábamos con Diderot las posibilidades, la historia seguía.

Sin embargo, no debía darles más tregua. La guerra con Turquía continuaba. Los mensajeros del Visir incitaban a las tribus musulmanas de la costa del Mar Caspio y del Ural. Era imprescindible apurar las negociaciones y la paz. Pero la firma del tratado de Kuchuk-Kainardji, no llegaría sino hasta el 1774.

Había logrado al fin el sueño de Pedro el Grande. Ganamos las fortalezas del litoral del mar de Azov, el protectorado sobre el Kanato de Crimea, las Jabarda, la estepa sobre el Bug y el Dniéper, el feliz acceso al Mar del Norte y al Egeo, una importante indemnización de millones de rublos y el poder de velar por la libertad religiosa de los súbditos cristianos del Sultán.

Una vez más, entonces, fue imprescindible rearmar ejército y estrategias, no sólo para combatir sino para amedrentar de una vez por todas a Pugachov. También esto logramos.

El cosaco no se animó a marchar sobre Moscú; en cambio, obligó a sus hombres a retroceder hacia el sur, circunstancia que los perturbó. Nunca habían retrocedido ante nada. Tal vez Pugachov estaba vencido al fin, tal vez hasta los fantasmas que enarbolaba se habían cansado de él. Lo abandonó buena parte de sus soldados, merced a lo cual únicamente iba al frente de un ejército conformado por vagabundos, aventureros y merodeadores.

Casi convertido en un opositor intrascendente, sufrió una importante derrota y fue perseguido por los regimientos del general Mijelson. Procuró fugarse, pero fueron sus mismos lugartenientes quienes lo encadenaron y lo entregaron.

Una vez llevado ante el generalísimo Pedro Panin —hermano de Nikita Panin—, Pugachov se arrodilló y pidió perdón a Dios y a Su Majestad Imperial, por haber mentido.

Se lo encerró en una jaula de hierro para evitar que el pueblo pudiese hacer justicia por mano propia. Finalmente, en 1775, fue condenado al descuartizamiento y la decapitación.

No pude más que solicitar que se le cortase la cabeza antes de ser descuartizado. No era mucho, pero bastaba como acto de

Emelián Pugachov, aventurero cosaco que se puso al frente de una revuelta destinada a expulsar del trono a Catalina II.

clemencia. También reclamé el perdón para algunos de sus secuaces.

En medio de la ejecución, una joven hermosa de cabellos castaños me saludó desde su carruaje. Uno de sus edecanes me trajo una nota en su nombre. Leí. La muchacha afirmaba ser la hija de Isabel I y su favorito Alexis Razumovski. Por lo tanto, se decía nieta de Pedro el Grande y firmaba: princesa Tarakanova.

Alejandro y Panin me dijeron que hacía rato se hablaba de ella y que viajaba permanentemente por Francia, Italia y Alemania. Que se hacía llamar a veces Ali Emettée, princesa Vlodomir... en fin, que se proclamaba heredera legítima del trono de los Romanov.

De inmediato, después de leer aquella extraña nota que no podía ser obra sino de una mitómana que había apelado a otro de mis fantasmas para intentar quitarme del medio, me dirigí al

Palacio, no sin antes pedir a Panin que devolviese la carta a la Tarakanova y le dijera que no había respuesta, que sería mejor regresase a Italia como si nada hubiera pasado.

Una vez en el Palacio, escribí una carta a Alexis Orlov –hermano de Gregorio–, que aún militaba en las filas del ejército. En la misiva le ordené apoderarse de esa criatura que tan insolentemente se atribuía un nombre que no le pertenecía. Sugerí a Alexis apelar a la amenaza y al castigo en caso de insubordinación; y si fuese necesario, que incendiara la ciudad de Rausa para sacar del medio a esa intrusa.

Alexis exhortó a la joven Tarakanova a encontrarse con él en Pisa y le propuso ayudarla a sostener la lucha para lograr el poder. Además, le confesó su reciente pasión y admiración hacia ella, por lo que, si le diese su mano, compartirían no sólo la lucha sino la corona de Rusia.

Conmovida, la princesa Tarakanova aceptó la declaración de amor de Alexis Orlov. Llegado éste a Pisa, fraguó una ceremonia secreta de matrimonio y se casó con la princesa, al tiempo que sonaban unas salvas de artillería en honor de la futura emperatriz; salvas que había convenido a cambio de unos rublos con una troupe de un circo de Livorno.

En medio del llanto alegre de la princesa y sin llegar a consumarse el matrimonio, Orlov desapareció. Cuando Su Majestad, la nueva emperatriz Tarakanova, notó la ausencia de Alexis, ya era tarde para todo. Unos soldados la rodearon y a empellones la subieron a un navío que levó anclas poniendo rumbo a Cronstadt. De ese modo la princesa, mitómana o no, terminó sus días en un calabozo de la fortaleza de San Pablo y San Pedro.

Días después, enviaron no sólo al mariscal Golitzin para que la interrogase, sino también a un médico, que le diagnosticó una enfermedad de pecho. Con el encierro su salud decayó rápidamente. Confesó que había mentido, que no era hija de Isabel I, que en realidad no conocía a su madre, ni a su padre y tampoco su origen.

Al fin, me escribió otra carta pidiéndome le sea perdonada toda condena y que Su Majestad olvidase todas las historias urdidas en su contra. Sin embargo, en un rapto de locura firmó:

"Isabel". Pocas veces alguien me causó tanto odio. "Que nadie la vea ni responda a su pedido de clemencia", ordené. Murió en diciembre de 1775, con los pulmones destrozados por la tuberculosis.

No contenta con ese fantasma que fue la Tarakanova, la Providencia envió a otro loco un año después. Otro fantasma. Alguien que dijo ser el verdadero héroe nacional Emelián Pugachov, porque el ajusticiado no fue sino un impostor. Extraño país Rusia, donde las leyendas se vuelven más auténticas que la realidad. Un país en donde es más sencillo preservarse de los vivos que de los muertos.

Capítulo 27

Quizá soy buena,
normalmente bondadosa,
pero por mi situación me veo obligada
a desear con firmeza lo que quiero.
Figchen

Señor teniente general Gregorio Alejandro Potemkin: Apuesto a que estáis tan ocupado mirando a Silistria que no tenéis tiempo de mis cartas, y aunque ahora no sé si vuestro bombardeo se vio coronado con éxito, de todos modos estoy segura de que todo lo que hacéis no podrá atribuirse sino a vuestro ardiente celo por mi persona, y de un modo general por la querida patria a la que amáis y servís. Pero como por mi parte deseo conservar a los hombres como celosos, valientes, inteligentes y avisados, os ruego que no os demoréis vanamente tratando de descubrir con qué fin os he escrito esta carta. A eso puedo responderos diciendo que lo hice para que tengáis una confirmación de mi modo de pensar respecto de vos, pues soy siempre vuestra muy benévola Catalina.

Diciembre de 1773.

Por esos días decidí volver a tomar cartas en mis asuntos personales. Retomé mis memorias y envié notas a mis grandes amigos, a los que tenía un poco abandonados entre los acontecimientos que no me daban tregua.

Me he alejado de cierto ciudadano excelente pero muy aburrido —escribí a mi querido amigo Grimm—, *que he sustituido inmediatamente, no sé cómo, por uno de los hombres más grandes, extraños y divertidos de este siglo de hierro.*

Claro que también entonces fui criticada. Pero qué importa. Decidí dar un baile en honor a Potemkin, aunque sin hacer referencia al motivo. Era un hombre rústico, sin duda, pero esa condición resultaba su mayor atractivo a mis ojos; uno de esos hombres de la tierra de los que yo misma había renegado desde mis primeras horas en Rusia. Después de tantos años me sentía una verdadera Romanov.

Por otro lado, era necesario mostrarme definitivamente compenetrada con los rusos. Sin embargo, pese a mis dudas, Potemkin no tardó mucho en responder rogándome le nombrara mi ayudante de campo general y personal. Así se hizo. Aquella noche se presentó a mi lado, erguido en su uniforme. Con su vista de cíclope, recibió saludos y no pocas miradas oblicuas. Esa misma tarde, recién llegado al Palacio, era conducido ante mi presencia cuando al subir la escalera se cruzó con Alejandro Vassilchikov, que desocupaba el cuarto contiguo al mío. Potemkin preguntó:

—¿Qué se dice en la corte?

Y Alejandro respondió:

—Nada, sólo que vos subís y yo desciendo.

De cualquier manera, bien satisfecho se iba Alejandro: como reparación llevaba en su equipaje una renta vitalicia de veinte mil rublos, diamantes a granel, un palacio en Moscú, siete mil campesinos y un orgullo apenas herido, porque si el amor se acaba, cómo habría de acabarse el desamor.

Pero algo tuve claro siempre: que no debiera ser posible dormirse sin tener cerca una voz para poderse despertar.

Sólo en presencia de Potemkin me había sentido por fin cerca del amor.

A mis ojos era bello, inteligente y divertido; llegaba por las noches dejando asomar su desnudez bajo la bata con la misma hidalguía que si llevase puesto el uniforme. Para los demás, no era más que un bizco y desmelenado, algo burdo y de carácter voluble.

Gregorio Potemkin. Trabajó activamente en la acción del gobierno de Catalina. El mariscal no sólo representaba a la Emperatriz por su astucia política sino que también vivió con ella un apasionado romance.

—Eres un tártaro malvado... —le murmuraba a su oído mientras cabalgaba encima de mí.

—Cómo es que Su Majestad ama al peor de los hombres del Palacio... —replicaba Potemkin sin dejar de moverse, brusco y tierno por igual, doblegándose al juego en el momento del amor aunque no tanto en lo relacionado a los temas de Estado.

Pero en poco tiempo llegó a ser importante y poderoso. No sólo para mí. Vicepresidente del Consejo de Guerra y caballero de la Orden de San Andrés; también Federico II le confirió el Águila Negra de Prusia, y hasta el rey Stanislav Poniatowski lo honró con el Águila Blanca de Polonia. Caballero, además, de la orden de San Serafín de Suecia, e inclusive, pese a la oposición de María Teresa, José II lo nombró príncipe del Santo Imperio.

La corte entera de Rusia parecía haberse puesto a sus pies. En cuanto a sus juegos de guerra, Potemkin era sin dudas más ambicioso que Pedro Ulrico, pues sus estrategias y conquistas sobre el mapa las pergeñaba no con soldados de madera sino con piedras preciosas. Lo mío fue sólo brindarle el escenario adecuado a su persona. Al fin Rusia creyó tener un zar a la medida.

Sin duda, lo mejor de Potemkin fue haber logrado que me enamorara. Con un amor que ni siquiera perdimos cuando nuestros encuentros se volvieron un poco tediosos como producto de la costumbre y la convivencia o la cercanía.

—¿Acaso te parece correcto esto?

—¿Y a ti no, querida mía?

—Dirán que no está bien.

—Y desde cuándo preocupa a Su Majestad lo que digan. ¿Acaso no sabe que nunca podrá conformarlos? Exigirán todo, y a cambio darán un poco de lealtad. Y no siempre.

—¡Ay!, ya está. De nuevo escéptico como un cosaco.

—No es así. Es sólo que me parece que ya no tenemos tantos deseos el uno por el otro. Debemos alimentar el fuego para seguir juntos. Sólo nosotros decidimos esto. Nada tiene que ver con el amor.

—Si tú lo dices, será como quieras.

—Mientras me demoro en Novgorod, el joven Zavadovski podría ocupar mi lugar... Será apenas ocupar un cuarto, el resto no importa. Además, me ha ofrecido cien mil rublos...

Reí. Por cierto, no necesitábamos dinero. No ese por lo menos. Era uno de sus tantos caprichos y juegos de poder. Y el joven Zavadovski sin dudas se sentiría con más derecho a mis favores habiendo pagado su cuarto.

—Eso facilita las cosas —dijo Potemkin haciendo un mohín de niño que juega—, porque cuando nos aburra su presencia le devolveremos el dinero y no habrá más que hablar.

Uno de los ayudantes de cámara, silencioso como sombra, llenó las copas de vino. Potemkin no llevaba nada por debajo de su bata. Cómo no desearlo, así, frente a él, y con el pensamiento cuando estuviera en brazos de otro. No había hombre joven que pudiera reemplazarlo en mí. Quién si no él para saber las consecuencias de aquel juego, como parte de sus ansias de poder. Él decidía cuándo y con quién la emperatriz de todas las Rusias pasaría la noche. También para mí era un juego de poder. Sólo me sometía a él y a sus fantasías. El resto era otra cosa.

De ese modo se sucedieron uno y otro, príncipe o no. Zavadovski, Zortich, Rimski-Korsakov y muchos más por cierto. Potemkin me provocaba todo tipo de sentimientos profundos:

desde el amor al odio, el mejor de los juegos que aprendí de él. Tal vez no haya sido más que una treta de Potemkin para mantener mi juventud. Nunca me sentí más joven ni más plena que en aquellos días. Pero el juego no terminaba ahí. Muchas veces era mi amiga Bruce, la que a pedido de Potemkin probaba qué tan viril era el próximo compañero de cuarto de la emperatriz. Ese hombre de turno pagaba a Potemkin en agradecimiento. Cuando decidíamos que se les había acabado el tiempo, el mismo Potemkin les devolvía el dinero. Desconcertados, aceptaban, aunque siempre quedaban conformes con el trato.

Las sombras nos rondaban, y una vez más la muerte.

La pequeña Natalia estaba a punto de parir. Pablo parecía exultante porque aquel nacimiento aseguraba su predominio en el poder. Sin embargo, las sombras precedían al parto; se rumoreaba que Natalia amaba a Andrés Razumovski, amigo de Pablo. Por tanto, habiendo encontrado yo misma cartas íntimas entre Natalia y Andrés, busqué un pretexto para quitar del medio a Razumovski.

Un mes antes, en uno de sus últimos comentarios antes de morir, la vieja Babet Cardel sugirió al Gran Duque que su esposa Natalia y Andrés Razumovski le suministraban opio para poder pasar la noche juntos, y tranquilos. Pablo no se enojó con Babet por difamar a la Gran Duquesa, pero justificó todo diciéndole que la vejez la hacía ver lo que no era.

Finalmente, ante mi deseo de enviar a Andrés en comisión con Stanislav Poniatowski, Pablo respondió que su amigo era a quien más quería de su entorno, después de su mujer. Alenté entonces a mi hijo en aquella inmediata paternidad y me puse a disposición de la parturienta. Cuando los dolores de parto empezaban ofrecí mi ayuda a la comadrona. No me separé un minuto de Natalia.

En medio de dolores, gritos y maldiciones, de parte de todos los que ayudábamos, el niño, grande y amoratado, nació muerto. En pocas horas la gangrena mató a Natalia.

Pablo estalló en un ataque de locura temporaria que me recordó los peores momentos de Pedro Ulrico.

Andrés Razumovski se limitó a sentarse en el rellano, hundió la cabeza entre sus piernas y se envolvió a sí mismo con los brazos. Dejé pasar el momento y que mi hijo descargara la angustia.

Se celebraron los funerales.

Después, al pie del sepulcro, Pablo simplemente murmuró:

—Los muertos están muertos; hay que pensar en los vivos... ¿Verdad, madre?

—Por supuesto, hijo mío. Por supuesto —acepté sin saber por qué me decía aquello tan por lo bajo.

—¿Acaso no fueron éstas las palabras de Su Majestad al pie del cajón de mi padre?

—Pablo...

—Y ante el cadáver de la emperatriz Isabel.

—No es momento para recordar aquello.

—Justamente, lo digo porque desde que recuerdo, no hemos pensado sino en los vivos. Y eso vendrá desde lejos a Su Majestad.

—Acabas de ver morir a tu hijo y a tu esposa, Pablo, pero te ocupas sólo de burlarte de mí. No sé adónde quieres llegar.

—A ninguna parte. Sólo es una idea que me ronda desde hace tiempo, porque vivir entre cadáveres, o fantasmas, es apenas sobrevivir... —dijo nuevamente por lo bajo, y se alejó.

Por muchos días Pablo anduvo cabizbajo, como esperando una señal divina. La misma muerte es un mensaje divino que nos obliga a esperar la siguiente señal. Había adquirido una serenidad que le dio cierta belleza a su semblante. Como si pese a no comprender los designios del destino, que le dio una mujer y un hijo para podérselos arrebatar, el dolor de la pérdida le hiciese esperar con codicia y certeza su próxima jugada.

Andrés Razumovski partió en comisión a Reval. Nosotros nos trasladamos a Tsarkoie-Selo. Fueron días en que cierta cordialidad nos rondaba: gozamos de algunos almuerzos campestres y, echados sobre la gramilla con Pablo, pudimos estrechar ciertos lazos. Supe entonces de sus sueños.

Únicamente cuando el tema del Imperio se instalaba entre nosotros, parecía regresar el resquemor a sus ojos.

—Será necesario enviarlo a Berlín —sugerí a Potemkin una noche, mientras se acercaba al samovar para ofrecerme una taza de té—: debemos buscar otra princesa alemana, y pronto olvidará a Natalia.

—Me ocuparé. Pero necesitas descansar, mi querida.

Cada tanto, aún dormíamos juntos. En ocasiones nos echábamos en la cama como Dios nos trajo al mundo. Así, tan desvalidos, tan desnudos, sin más deseo que el del calor humano cerca. Con la exclusiva idea de ser el uno junto al otro.

Pero, para continuar, debíamos ocuparnos del futuro inmediato, y la elegida llegó. No pasó mucho tiempo. Yendo Pablo a Berlín, en una parada intermedia que con su numeroso séquito hicieran en Riga, fueron, no casualmente, interceptados por el séquito de la princesa Sofía Dorotea de Wurtemberg, quien fue presentada a Pablo por Enrique de Prusia, en comisión de su hermano Federico II.

Sin demora escribí al príncipe Enrique: *...de todos modos, es el resultado de la amistad y la confianza más íntima; Sofía Dorotea será la prenda; cuando la vea no podré dejar de recordar cómo se inició este asunto, llevado y concertado por las casas reales de Prusia y Rusia.*

Extremadamente dócil en esta ocasión, Pablo olvidó enseguida a Natalia y se entregó sin reparos a su nueva prometida. Me envió una breve esquela a modo de agradecimiento:

Os confieso que me he encaprichado con esta encantadora princesa, madre. Realmente encaprichado. Es exactamente como uno la querría: talle de ninfa, el cutis de lis y rosa, la piel más hermosa del mundo, alta, con buenas espaldas; es agradable; la dulzura, la bondad de su corazón y el candor se reflejan en su fisonomía.

Sin demoras, Sofía fue convertida a la religión ortodoxa, y cambió su nombre por el de María Federova.

Llevada a cabo la boda real y habiendo conocido íntimamente a su nueva esposa, Pablo escribió al príncipe Enrique de Prusia, quien había oficiado de casamentero: *María Federova sabe no sólo disipar todas mis melancolías sino, incluso, devolverme el buen humor, perdido durante estos tres años infortunados. Ya veis que no tengo el corazón tan duro como mucha gente cree. Mi vida lo demostrará.*

Como consecuencia de aquel desenfrenado amor imperial, nueve meses más tarde, el 12 de diciembre de 1777, nació mi definitivo y gran amor: Alejandro I, futuro emperador de todas las Rusias.

El día en que lo vi por primera vez, no bien me miró, hice tronar como nunca las campanas de la catedral de Kazán, que estallaron con sus más alegres sones en honor del pequeño Alejandro. Yo me ocuparía de él, me regodearía con él y de él, como nunca se me permitió con mis hijos, ni siquiera con Ana. Nada ocupó ya mi mente, sólo el diminuto señor Alejandro.

Capítulo 28

El señor *Alejandro* se
convertirá en un personaje excelentísimo,
siempre que la secundería (sus padres)
no estorben sus progresos.

Catalina II

Cuando cumplió cuatro meses, hice desplegar una gran alfombra a sus pies, muy cerca de mi mesa de trabajo. Me gustaba verlo retozar boca abajo alzando la cabeza hacia mí cuando le hablaba. Me dediqué, por esa época, y más que nunca, a mis memorias; también a inventar todo tipo de comodidades para los niños pequeños. Por esa época, además, inicié un pequeño libro de máximas. Claro que a nadie importaría. Apenas, con los años y tal vez, sólo al mismo Alejandro.

Lo cierto es que a partir de Alejandro me olvidé del mundo; y representó un gran esfuerzo mantener o intentar poner orden a mi alrededor. Las intrigas, y el afuera, no tardaron en perturbar esa —aparente— tranquilidad palaciega.

Durante los días felices murió Maximiliano José, príncipe de Baviera. Bien sabido es que la muerte de cada uno de los de la realeza me pone de nuevo en vilo, porque es como cuando las piezas del tablero se desbaratan y amenazan con una nueva jugada.

Había que pensar la propia y estar a tiro para cuando las fichas fueran movidas por los otros, tan hambrientos de poder como yo. Pablo, aunque con torpeza, había aprendido las reglas del juego. Después de la paz de Teschen, las relaciones con Austria y Prusia tomaron un camino curioso.

Es que los plenipotenciarios prusianos venían manteniendo, a mis espaldas, una relación estrecha con Pablo y María Federova. El emperador de Austria, José II, decidió que había llegado su hora de conocerme, aun en contra de su madre, María Teresa, que sostenía ante todos que la zarina rusa, yo, Catalina, aunque todavía muchas veces Figchen, era una princesa de Zerbst catalinizada, una asesina, una fornicadora cuyas hazañas amorosas protagonizaban las crónicas de todas las cortes europeas.

Me alegré de la decisión tomada por José II. Dispuse lo mejor para recibirlo. Me habían hablado mucho de su admiración hacia Voltaire y Rousseau. El encuentro sería en Mohiley, adonde llegaría con el nombre de "conde de Falkenstein" y sin séquito, acompañado por dos gentilhombres de su más íntimo entorno y confianza. No me era ajeno todo lo que se decía acerca de su sencillez, y pese a su condición de Habsburgo se alojaría en las humildes posadas a la vera del camino.

Sin embargo, no podría conmigo. Durante buena parte del camino lo hice custodiar sin que lo notase, y mandé reacondicionar las postas, para evitarle las pulgas y la mugre. Hasta Mohiley fue respetada su voluntad y discreción, pero finalmente estuve ahí para recibirlo con la pompa que se merecía. José no lo tomó a mal. Se sometió de buena gana a las ceremonias, los homenajes y los fastos de la bienvenida. Tampoco pareció sorprenderse. Besó mi mano y yo me incliné como corresponde. Ambos nos debíamos al protocolo. Hasta corrieron comentarios de que podríamos casarnos. Tan cordiales, tan altivos, hermosos y soberanos se nos veía. Tan el uno para el otro.

Luego vinieron momentos de mayor intimidad. Especialmente durante las largas jornadas en que debatíamos lo concerniente a la expansión y al trazado de las nuevas fronteras. Supo entonces de mi propuesta de división de los territorios turcos: Rusia se apoderaría del archipiélago griego, de Constantinopla y de Crimea; Austria, de Serbia, Bosnia y Herzegovina.

José no puso reparos. Volvió a besar mi mano aclarando que nada haría Austria sin consultar con Su Majestad Catalina II.

Mientras tanto, no muy lejos de nosotros, Potemkin escuchaba sin opinar, fingiéndose desinteresado. Los celos colmaban de sombras su semblante.

No eran pocas las veces que Potemkin se oscurecía: parecía replegarse en sí mismo igual a uno de esos bichitos que nacen de los rincones, y así se quedan. "Hombre tonto —me decía a mí misma, mientras desplegaba mis coqueteos con José—, aún no se ha dado cuenta este Potemkin cuán importante es para mí su proximidad. Y que, finalmente, no hago sino acatar el juego que desea que la emperatriz de todas las Rusias juegue para él".

Por esos días, mi vida dio otro vuelco inesperado. Pero nada tuvo que ver José II. Había conocido a un tal Alejandro Dimitrievich; lo llamaban Lanskoi y estudiaba en el Palacio con Bobrinsky —ese otro hijo mío que me había sido quitado— y Platón Zubov, protegido de Potemkin. Pese a recibir la misma educación los tres, Lanskoi reunía un encanto y una inteligencia superiores. Poco frecuente. Cierta noche escribí una nota que dejé sobre la almohada de Potemkin. *Ten la certeza, Padrecito Príncipe, que mi amistad por ti es igual a tu adhesión a mi persona, un sentimiento que a mis ojos tiene inestimable valor.*

No obstante, le manifesté mi interés por reemplazar a Rimski-Korsakov —el actual favorito— por Lanskoi. Potemkin aceptó. Todos acataron.

José II me vio acompañada por el favorito de anteayer, el actual y el futuro inmediato. Esa imagen reservaría José para sí, porque ningún comentario haría a su madre María Teresa. Tal vez, él mismo comprendiese cuánto podría significar para una soberana como yo, en la dominante soledad de la corte, la proximidad de un ser tan fuerte y completo como Potemkin y, al mismo tiempo, la presencia de un joven tierno y cosmopolita como Lanskoi.

Una vez que José regresó a Austria, junto a su madre —que murió al poco tiempo—, continuamos una gran amistad por carta. Fallecida María Teresa, políticamente José se inclinaría aún más hacia mí.

Pablo seguía reclamando la atención de sus hijos: si bien el Señor Alejandro era el más allegado a mí, cuando me quise acordar el tiempo había transcurrido y María Federova había parido más niños.

Al segundo le destiné como cetro el imperio de Constantinopla, y por eso lo llamamos Constantino. Luego nació Catalina. Gracias a la maternidad, María Federova se mantenía bella y ocupada.

—Su Majestad —preguntaba Pablo—, ¿por qué me fue negado mi padre y ahora se me quitan los hijos?

—Querido mío, también tú me fuiste quitado por la emperatriz Isabel a pocas horas de nacer, y nada pude compartir contigo hasta cumplir tus ocho años. En cuanto a tu padre...

—O sea que también me fue negada mi madre. Nada tuve, Su Majestad, o tan poco. He pasado de las manos de mis nodrizas, a las de la emperatriz Isabel, luego a las manos de nuestro querido Panin; más tarde a herr Engelhardt...

—¿Acaso he sido yo quien te ha alejado de tu madre?; qué gracioso eres. ¿Por qué me sigues culpando? Los demás siempre decidieron por mí, Pablo. Parece que esas son las reglas del juego, hijo.

—No, no todo ha sido culpa de Su Majestad, es verdad... De mi madre, digo. Bueno, no sé...

Pablo rió. A veces reía como si aún fuese un niño.

—Al menos —prosiguió— me queda el recuerdo y lo que pude haber heredado de mi padre —lo dijo obstinadamente, pese a que las pruebas de que Pedro Ulrico no era su padre resultaban cada vez más elocuentes.

Tanto se rumoreaba esto que una vez, en Gatchina, el actor principal de una compañía de teatro que pensaba representar "Hamlet", se negó a empezar pues temía que Pablo se sintiese aludido con la historia de la locura del personaje de Shakespeare.

Lo cierto es que, ante la insistencia de Pablo y la Gran Duquesa María Federova, sus niñas —María, Catalina y Ana— pasaron a manos de sus padres. Pero sería necesario una gobernanta adecuada. Por eso se contrató a la señora Carlota de Lieven. No sólo las niñas serían atendidas por la señora De Lieven; también el Señor Alejandro, Constantino y Nicolás.

Pronto sucedieron hechos extraños. El leal Nikita Panin, una mañana, cansado de lidiar con tanta intriga palaciega, y después de supervisar unos caprichos de Pablo que le había ordenado lo acompañase al mausoleo familiar donde descansaban los restos de Pedro Ulrico, regresó al salón principal y solicitó permiso para sentarse junto a mí. Pidió un poco de vodka y algo de intimidad para conversar.

A regañadientes, Pablo se retiró al patio como un niño castigado, plegándose al juego de sus hijos con la señora Lieven y María Federova. Pero el pobre Panin nada llegó a decir porque una vez que vació su copa se disculpó, entrecerró los ojos y nunca los volvió a abrir, llevándose a la tumba lo hablado con Pablo al pie del sepulcro de Pedro Ulrico.

Potemkin comprobó que su corazón no latía y confirmó la muerte. De inmediato llamé a Pablo, que se abrazó a las piernas del pobre Panin y lloró largamente. Mi muchacho se sintió más solo todavía. Nikita Panin había sido mucho más que un padre para él.

Pero no sería aquel el único acontecimiento que influyó en el confuso estado de mi hijo. Una noche, en plena comida, anunciaron la llegada de Gregorio Orlov. Potemkin y Lanskoi, en silencio, alzaron su copa de vino y la bebieron de una sola vez, como buscando ahogar algún presagio. Los niños, que habían sido traídos por Madame Lieven para el saludo antes de ir a la cama, se espantaron cuando vieron al pobre Gregorio Orlov. Sólo Pablo se puso de pie.

Gregorio Orlov se disculpó y aceptó la invitación. Se sentó a mi lado. Pedí que le sirvieran una copa de vino pero la rechazó: dijo beber sólo leche. Le trajeron un vaso. Bebió en silencio hasta la última gota de la copa, que saboreó largamente. Entonces alzó la mirada hacia mí y dijo:

—Su Majestad, ha muerto mi esposa, en Lausanna.

De no haber sido anunciado por su nombre, nunca lo hubiese conocido. Sus ojos, tan vitales, se veían hundidos hasta lo inexplicable; la piel parecía hundírsele en los huesos, exaltando sobre todo los maxilares descarnados.

—La he matado, Su Majestad —dijo estallando en lágrimas y escondiendo la cara con sus manos—, mi desamor le quitó el deseo de vivir.

—A las mujeres nos sucede muchas veces esto de no sentirnos amadas, querido Gregorio, pero no por ello nos morimos de amor.

—No la he querido lo suficiente. Y ella lo sabía. Fue mi culpa.

—Nadie tiene culpa por no poder amar. Eso nos viene de tan lejos en la sangre.

Alzó la cabeza, puso en orden su cabello y me miró atento. Luego observó a Pablo que, callado, seguía de pie y con la copa en la mano. Nadie mejor que Pablo para comprender qué sentía Gregorio. También él creyó morir cuando la desaparición de Natalia y el niño.

—Ven, querido esposo, siéntate a mi lado... —sugirió María Federova, y Pablo obedeció.

Por un instante, Gregorio pareció salir de la abstracción de su dolor y lo observó. Hizo un gesto que intentó ser un saludo y Pablo apenas le concedió una mueca. Algo más tenían en común, aunque por distintos motivos a ambos los perseguía el fantasma de Pedro Ulrico. Pero alguna otra cosa debió de haber percibido Orlov porque, imprevistamente, dejó caer su silla y de un salto se hincó de rodillas a los pies de Pablo.

—Es mi castigo, Su Majestad. Yo he matado a su padre.

—¡Gregorio, qué dices! —exclamé.

—La verdad, Su Majestad. La verdad.

—Tan verdad es que has matado a Pedro III como que has matado a tu esposa. Es sólo tu imaginación. No mereces este castigo que te estás infligiendo, querido Gregorio. Debes acabar tu duelo en paz contigo mismo.

—He caminado mucho, Su Majestad, y me he sometido a la cura de aguas, pero no logro mejoría alguna. No he dormido desde que ella ha muerto.

Pablo lo ayudó a levantarse. Lo tomó del hombro y lo llevó hacia fuera. Como si quisiera por un momento borrar la figura de su padre, presente en el salón, hizo un gesto con la otra mano en alto y, como disculpándose con alguien en las alturas, murmuró:

—Lo llevaré al cuarto de la torrecita. Es que hasta el peor de los asesinos necesita dormir...

—¡Pablo! —exclamé.

—Ya sé, madre. No fue Gregorio Orlov quien mató a mi padre, pero su complicidad, igual que la de los demás, lo hacen tan culpable como el que le dio la estocada. Si hasta él lo cree así. ¿Verdad, Orlov?

Alejandro Lanskoi.
Fue uno de
los hombres
que Catalina
eligió como favoritos.
Murió trágicamente a
temprana edad.

Los vi salir, llevando Pablo a Gregorio del hombro, y no atiné sino a pedir un vaso de leche tibia con miel a mi ayudante de cámara. Luego manifesté a Potemkin y a Lanskoi mi deseo de retirarme a descansar, a solas.

Esa noche me fue imposible dormir. Tal vez nadie durmió en el palacio. Pablo pasó la noche con Gregorio. Hablaron. Divagaron acerca de esos años que habían compartido. Gregorio le informó que su padre había sido un tal Sergio Saltikov y no Pedro Ulrico de Holstein-Gottorp, como Pablo creía. Por lo tanto, aunque los hechos lo hacían aparecer como el asesino de su padre, en realidad no lo era.

A los pocos días, Gregorio Orlov murió en aquel cuarto de la torre. Por horas estuve a la cabecera de su cama, hasta que cerré sus ojos. Corría el año de 1783. Con escasa diferencia de días habían muerto Nikita Panin y Gregorio Orlov, tan opuestos en vida pero tan cercanos en la muerte, y en mí. Tan cercanos y opuestos en la vida de Pablo.

Mientras aquello sucedía puertas adentro y en la intimidad, hacia fuera Potemkin, con la ayuda de las tropas del general Samoilov, estableció comunicación con el kan prorruso Chaguin-Ghirei. El kan, luego de consultar con las tribus tártaras del Kubán, aceptó cedernos Crimea. El resto sólo se debatía entre la lealtad y el poder. Entonces manifesté a Potemkin mi decisión de no contar con nadie fuera de nosotros mismos, pues "cuando la torta esté cocida, todos tendrán apetito".

Finalmente, Potemkin eligió Crimea para instalarse. Además, se coronó a sí mismo amo y señor de las cinco mujeres de su pequeño harem, sus sobrinas, a quienes convirtió en sus amantes incondicionales.

Atento a mi melancolía, aun a pesar de que vivíamos juntos, Sacha Lanskoi organizó una temporada en Tsarskoie-Selo con los niños. Estar con Lanskoi, el Señor Alejandro y Constantino, era siempre una dicha.

Por suerte, ni el Señor Alejandro ni Constantino se parecían a su padre, mucho menos a su madre. Atolondrado, desleal y ladino, ese hijo mío en cuyas manos me veía en la obligación de dejar al pueblo ruso. Poco tiempo atrás, Pablo había dicho a Luis XVI y a María Antonieta, que tan poco podía confiar en su entorno que le asombraría tener con él a un perro que le fuese fiel, de modo que si lo tuviera, él mismo lo arrojaría al Sena con una piedra atada al collar. Así andaba por París el futuro zar Pablo, haciendo alarde más de su torpeza que de su cultura, en la Ópera de Versalles, en el Petit Trianon y de gran baile en la Galería de los Espejos.

La locura siempre me rodeó. He de reconocer que por un tiempo, y desde mis primeros días en Rusia, tuve miedo de ese gran espíritu de Pedro el Grande. Sin embargo un día, sin molestarnos y en silencio, empezamos a ser amigables el uno con el otro.

Es que nunca me provocaron tanto miedo los muertos como los vivos.

Fue por esos días, con Sacha Lanskoi, los dos a solas y observando a los niños, cuando nos pareció imprescindible contratar un buen maestro. Sacha sugirió al maestro que educaba a sus hermanos menores, los condes de Lanskoi: se llamaba César Federico de Laharpe, nacido en Ginebra y a punto de exiliarse en América por cuestiones políticas. Ribeaupierre, uno de nuestros intelectuales extranjeros dentro de la Academia rusa, le aconsejó que si pensaba en el exilio sería conveniente pasar primero por Rusia. De ese modo, Laharpe se convirtió en el educador oficial del Señor Alejandro y de Constantino, con la difícil tarea de convertir en hombres cultos y criteriosos a dos futuros reyes.

Con Lanskoi redactamos una "Instrucción" para Laharpe:

Nada merece más rigurosa prohibición ni se tratará con más severidad que la mentira. El propósito de la educación es inspirar a los niños el amor al prójimo. Es necesario preparar el espíritu de los alumnos de modo que sepan escuchar incluso la contradicción —aunque se trate de la más obstinada— con verdadera calma. Los conocimientos que deben adquirir servirán únicamente para permitirles que comprendan bien su oficio de príncipes. Lo esencial es inculcar buenas costumbres y virtudes; si éstas arraigan en el alma del niño, el resto vendrá con el tiempo, por añadidura.

Sin embargo, como los niños eran aún pequeños para tanta cosa, se decidió empezar con la enseñanza del francés y pasearlos hasta hacerse todos habitués en la convivencia. Mientras tanto, Sacha y yo disfrutaríamos de la compañía de Laharpe y de los niños, a quienes habíamos regalado unos ponies ingleses.

Los niños cabalgaban por la pradera cada vez con mayor destreza y nosotros por detrás, montando yo a Capricho, y Sacha, a Brillante. Practicando cabriolas y figuras como en un ruedo de circo.

Una de esas tardes, en que dábamos vueltas alrededor del señor Laharpe que con un bastón de maestro de ceremonia nos guiaba en torno a él, Sacha cayó al suelo. Los criados corrieron en su ayuda, lo llevaron a la residencia y lo metieron en su cama. Los niños, sollozando, fueron llevados por Laharpe a su cuarto.

Sacha Lanskoi temblaba. La fiebre golpeó sobre él como un puñal. Respiraba con dificultad. Me quedé a su lado, tratando de calmarle el dolor y de bajarle la fiebre como se hace con los niños pequeños. ¿Qué más que un niño era Alejandro Sacha Lanskoi para mí? Su respiración fue haciéndose cada vez más leve, se fue perdiendo entre mis caricias lentamente. Antes de morir, sus ojos inmensos se abrieron una vez más echando a volar la ternura con que solía arrebujarme por las noches.

Fue entonces cuando devino otro de mis infiernos, y creí morir. Los médicos me pidieron por favor que me retirase y dejase todo en sus manos. Pero no podía estar ausente en aquella última jornada de Sacha. Me puse el mejor vestido y me presenté, aferrada mi mano a la del Señor Alejandro.

El parque de Tsarskoie-Selo fue cubierto de flores en torno al féretro que contenía el cuerpo sólo entonces frío de Alejandro Lanskoi.

Pese a la pena que me agobiaba por esos días, escribí:

19 de junio de 1784.

Mi leal amigo Grimm:

Cuando comencé esta carta, vivía en la felicidad y la alegría, y mis pensamientos se sucedían con tal rapidez que no podría seguir el curso de cada uno. Ya no es así; vivo sumergida en el dolor más intenso, y mi felicidad ya no existe. Me ha asaltado la idea de morir después de la pérdida irreparable que he sufrido hace ocho días, y que me arrebató a mi mejor amigo. Esperaba que Alejandro fuera el apoyo de mi vejez. Él se esforzaba y progresaba. Conocía todos mis gustos. Estaba formando a un joven, que se mostraba reconocido, bondadoso y honesto, que compartía mis penas cuando yo las tenía y se regocijaba con mis alegrías. En una palabra, sollozando tengo la desgracia de deciros que el general Lanskoi ya no existe. Mi habitación, que hasta aquí parecía agradable, se ha convertido en un antro vacío, por donde apenas me arrastro como una sombra. Ya no puedo ver un rostro humano sin que los sollozos me impidan hablar. No puedo dormir ni comer. La lectura me hastía y escribir es superior a mis fuerzas. No sé qué será de mí, pero sí sé que durante toda mi vida no me sentí tan desgraciada como ahora, desde el momento en que mi amable amigo, el mejor de todos, me abandonó de ese modo. Abrí mi cajón, encontré esta carta empezada, escribí estas líneas, pero ya no puedo más.

Capítulo 29

Este Traje Rojo, por otra parte, es tan amable,
tan espiritual, tan alegre, tan apuesto,
tan complaciente,
hace tan buena compañía que bien
podríais amarlo sin conocerlo.
En una palabra, ¡no es poca cosa!
Figchen

otemkin no me dejó sola. Después de la muerte de Sacha se acercó aún más. Volvió a instalarse en el cuarto de los favoritos. Me respetó en la cama y en el duelo, aunque no pasó mucho tiempo hasta que volvió a la carga. Pero no tan seguro de sí mismo. También a él le habían pasado los años. Hizo una primera aproximación para que yo retomara lo cotidiano presentándome a un nuevo Alejandro, en este caso de apellido Ermolov.

Pero, por alguna razón que nunca supe —y por lo tanto sin mi consentimiento—, no dejó pasar mucho sin darme a elegir entre Ermolov o él. Finalmente el pobre Ermolov fue mudado del cuarto de los favoritos y, por otra extraña razón, Potemkin no tardó mucho en aparecer con uno de sus hombres más cercanos, un joven oficial de su guardia: Alejandro Mamonov.

Potemkin no compartía muchas cosas conmigo desde que se había instalado como monarca en Crimea; sin embargo, nadie como él conocía aún mis necesidades y aficiones. Mamonov era un personaje exquisito, gran lector y admirador de Voltaire, ingenioso y de buena familia. Además poseía una gran y cotidiana alegría. El señor "Traje Rojo", como apodaban a Mamonov, fue un compañero perfecto para esos tiempos.

Siempre iba a necesitar a un hombre a mi lado, un entorno en el que nunca faltase la fuerza, lo carnal y lo intelectual. Sé que mucho me han criticado y vilipendiado por esto. Nunca me importó. ¿Acaso a un rey se le cuestionaría el hábito de sus favoritas?

Las necesidades que acarrea el poder no son diferentes en hombres ni en mujeres. "Cómo hacérselos entender", me preguntaba a veces. Pero nunca encontré tiempo para buscar una respuesta o el método para que aceptaran. Sólo en una oportunidad, bromeando con Mamonov, redacté en francés una especie de disculpa que podría ser parte de mi epitafio:

Aquí yace Catalina II, nacida en Stettin el 21 de abril de 1729. Viajó a Rusia para desposar a Pedro III. A los catorce años concibió el triple proyecto de complacer a su esposo, a Isabel y a la nación. No olvidó nada de lo que podría permitirle realizar su propósito. Dieciocho años de hastío y soledad la indujeron a leer muchos libros. Cuando ascendió al trono de Rusia, quiso el bien y trató de dar felicidad, libertad y propiedad a sus súbditos. Perdonaba fácilmente y no odiaba a nadie. Fue indulgente, benévola, de carácter alegre, con un alma republicana y un buen corazón. Tuvo amigos. Para ella, trabajar era fácil, y la sociedad y las artes le agradaban.

Aquel día, cuando leí el *epitafio* durante una cena de gala, nadie rió. Mi querido "Traje Rojo" tomó el papel que yo había garabateado y lo guardó en su bolsillo. Besó mi mano.

—Nadie hubiera podido expresarlo mejor —dijo el embajador Ségur entregándome una copa.

—Mi querido Ségur, usted siempre tan galante… Si es apenas una broma. Sabe que no podría soportar nada de no ser por los amigos.

—Y las amigas —aclaró la señorita Dagchov, que no se separaba de nosotros desde que fue nombrada por mí Directora de la Academia Rusa ante el desconcierto de todos.

—Eso no necesita aclaración. Dejemos ahora que el embajador Ségur nos cuente de esas tierras de América.

—¿De Venezuela? Fue un viaje maravilloso. Esos parajes son increíbles.

—Y del tal Francisco de Miranda…

—Sin duda necesita ayuda. Es un gran hombre, caído en desgracia a los españoles. Hasta le fue prohibido usar uniforme. Después de todo, sólo busca que los suyos se independicen del rey.

—¿Y le parece eso una poca cosa, embajador? —dijo la princesa Dagchov.

—¿Tal vez es un poco ambicioso en su propósito? —inquirió Mamonov a Ségur, ofreciéndome un dulce—. No será un proyecto menor, sin duda.

—Ni fácil de llevar a cabo —acotó Laharpe.

—¿Y qué piensa que harán sin la autoridad de su rey? —pregunté.

—No consideran que el rey deba ser autoridad en América —dijo Ségur—. Las cosas cambiarán pronto, están cambiando ya.

—Interesante, por cierto. Aunque no sé si comparto; pero mientras tanto deberemos traerlo a Rusia, ¿verdad?

—Así lo creo, Su Majestad.

—Será mejor que lo busquen y lo traigan acá con todo cuidado y honores. Él deberá contarnos y convencernos fehacientemente de las bondades de una América independiente de los españoles. Por cierto, llévenle uno de nuestros uniformes para que no sea molestado en el viaje. Lo haremos oficial cuando llegue. ¿Pero cómo nos entenderemos?

—Su Majestad, aunque el señor Miranda ha nacido en Venezuela, no es el idioma español sino el francés su primera lengua. Será sencillo hablar con él, y se integrará rápidamente. Sin duda, Voltaire y los grandes pensadores serán sus lecturas.

—Discutiremos largamente, entonces —dije, pues no siempre compartía, sobre todo últimamente, toda aquella corriente innovadora o estela que habían dejado los franceses.

—¿Y el viaje a Crimea? —preguntó la princesa Dagchov.

—Una invitación interesante la de Potemkin.

—Sin embargo...

—Sin embargo, nada, querida mía. Iremos y será maravilloso. Llevaremos también a los niños, será un estupendo viaje para ellos.

—¿Su Majestad piensa que el Gran Duque lo permitirá? —interrumpió Laharpe.

—El Gran Duque querrá lo mejor para el Señor Alejandro y para Constantino —insistió Mamonov.

—Ojalá así sea —acotó Ségur, y por lo bajo murmuró casi al oído de Laharpe—: jamás he visto un hombre más temeroso y egoísta...

—Le ruego no nos deje fuera de la conversación, embajador.

—Es un comentario privado, Su Majestad. Algo personal que me avergüenza comentar en público —se justificó Ségur.

—Por favor, Ana: ¿quieres servir por mí, un brandy al embajador? Parece que algún malestar lo aqueja.

—Agradezco la atención, Su Majestad —dijo Ségur al tiempo que acercaba el vaso a Ana Narichkin, mi consejera desde mucho tiempo atrás.

Catalina la Grande, posando con todo el atuendo y la prestancia de una reina, que se siente cómoda en el rol que la historia le ha reservado.

—De todos modos, es un viaje extremadamente largo para cargar con niños —sugirió alguien cuya voz se me perdió en aquel ir y venir de comentarios.

Ségur continuó murmurando al oído de Laharpe:

—...es incapaz de forjar la felicidad del prójimo, ni la propia. Toda esa historia de los zares destronados o inmolados es su única preocupación... todo lo que alimenta ese miedo enfermizo por las sombras...

—¿Otra vez el malestar, embajador? —pregunté, y Ségur no pudo más que reír.

—Querida zarina... —dijo besando mi mano—, no he dicho nada más que una verdad, y nada de Su Majestad.

—Lo sé, embajador Ségur. Es acerca del Gran Duque. Nada que no haya pensado o dicho yo misma.

—Sabrá disculpar la imprudencia.

—Debe convencer al Gran Duque con eso de los niños. Hace tiempo que no intercambio con él sino unas cartas frías. Está molesto...

—Molesto conmigo en realidad —dijo Laharpe—, porque Su Majestad me ha comisionado para educar a sus hijos.

—Se lo pediremos por carta —dijo Mamonov.

—Ya lo he pedido. Creo que se ha molestado porque no los he invitado a él y a María Federova.

—Insistiremos, Su Majestad.

Al día siguiente, Ségur y yo redactamos la carta a Pablo:

Vuestros hijos son vuestros, son míos, son del Estado. Para mí ha sido un deber y un placer dispensarles los cuidados más tiernos desde la primera infancia. Y he pensado lo siguiente: para mí será un consuelo —cuando me alejo de vosotros— tenerlos cerca de mí. De cinco, tres quedarán con vosotros. ¿De modo que sólo yo tendré que verme privada, en mi ancianidad y durante seis meses, del placer de tener conmigo a un miembro de mi familia?

Pero no hubo modo de convencerlo. Su grado de resentimiento no era menor. Mi orgullo tampoco. No insistí. Diciembre terminaba, había llegado el momento feliz de partir. Nos movilizamos todos para ir al encuentro del príncipe Gregorio Alejandro Potemkin. Amo y señor de Crimea.

Salimos el primer día del Año Nuevo de 1787. Más que trineos íbamos en pequeños palacios sobre patines. Eran catorce, y nos deslizábamos en caravana sobre la nieve caída durante la noche vieja. A nuestro alrededor, nos custodiaban cientos de trineos pequeños. Éramos como un enjambre de abejas fuera de estación que el viento helado llevaba a vuelo bajo. Abrigados y alegres a fuerza de té y licores, con dulces. En las paradas intermedias resultaba hermoso ver las múltiples fogatas encendidas a la vera del camino, por orden de Potemkin. Y mejor aún vislumbrar, cada tanto, los improvisados campamentos a modo de posada y, luego de detenernos, alternar en torno al calor de los samovares. También en las posadas nos recibían generosamente. Dentro del trineo Real, me acompañaban Ana, el "Traje Rojo", Ségur, por cierto, y Laharpe; mis amigas Ana Narichkin y la condesa Bruce. Jugábamos a las adivinanzas, recitábamos, contábamos historias cómicas. Nada de historias tristes, les pedí y me obligué a ello.

El 9 de febrero llegamos a Kiev.

La gente del lugar se había convocado para vernos. Pese a todo, no salía de mi asombro. No eran pocas las veces que la pequeña Figchen, contrahecha y mal mirada, volvía a instalárseme en los ojos y el espíritu. Me sentía azorada en medio de aquella suntuosa corte conformada por príncipes altivos y mercaderes de largas vestiduras y barbas profusas; oficiales de todas las armas y colores de chaqueta, hasta los cosacos del Don, que habían sido súbditos de Pugachov. Todos sometidos a la voluntad de esa zarina sublime y conquistadora.

Terminado el protocolo y los saludos, muy cerca de mí, Mamonov, radiante y bello en su uniforme rojo, me tendió su mano y me ayudó a bajar. Caminamos entre la guardia, con destino al coche que nos llevaría al palacio que Potemkin había destinado a nosotros. Pero no estuvo ahí para recibirnos. Después de dar las directivas para el caso, se recluyó en el convento de Perchersk, como en sus peores momentos de temores.

Tiempo después, de regreso a casa, el embajador Ségur me envió uno de sus escritos recordando la circunstancia:

Se hubiera dicho que uno asistía a la audiencia de un visir de Constantinopla, Bagdad o El Cairo. Prevalecía el silencio y una especie de temor. Sea por indolencia natural, o por afectada altivez, una actitud que le parecía útil y política, este poderoso y díscolo favorito de Su Majestad, después de haberse mostrado a veces con uniforme de gran mariscal cubierto con condecoraciones de diamantes, recamado de bordados y encajes, peinado, tizado y empolvado como el más tradicional de nuestros cortesanos, generalmente aparecía revestido de una pelliza, el cuello abierto, las piernas semidesnudas, los pies calzados con grandes pantuflas, los cabellos lacios y mal peinados; se extendía blandamente sobre un ancho diván, rodeado de una multitud de oficiales y de los más grandes personajes del imperio. Rara vez invitaba a sentarse a cualquiera de ellos. Enemigo de cualquier esfuerzo, y no obstante insaciable de voluptuosidad, de poder y opulencia, y deseoso de gozar de todas las formas de la gloria, la fortuna lo fatigaba y lo atraía. Podía lograrse que este hombre fuese rico y poderoso, pero imposible hacerlo feliz.

Astuto Ségur; con esa lectura de la realidad confirmaba muchas de mis percepciones. Esas que creí producto de la mirada de Figchen y no tanto de Catalina la Grande, como me había bautizado apenas llegado al palacio el príncipe Ligne. Potemkin apareció por fin, y no pude evitar la sorpresa.

—Querido mío, cómo te presentas en ese estado.

—En mi casa, ¿por qué habría de vestirme de otro modo, querida?

—Porque eres el anfitrión... Me extraña en ti.

—No necesito vestirme de seda para que sepan que soy el príncipe Potemkin. No en Kiev. Además estamos solos.

—Justamente, a solas aún soy Catalina de Rusia.

Él rió con ganas. Se echó en el diván; como tanto tiempo lo hizo en la intimidad, llevaba puesta tan sólo su bata abierta. Su sexo no había perdido virilidad ni desparpajo, pues aún en reposo se regodeaba en mi presencia.

—Qué pretendes de mí, querido.

—Nada que Su Majestad no desee.

—Tan engolfado sigues...

—¿Acaso no soy tu consorte? ¿O acaso crees que en verdad piensan que el consorte real es ese "Traje Rojo"?

—¿Es esto una escena de celos o sólo una más de tus imprudencias, mi amor?

—Yo pregunté primero, Su Majestad. De todos modos, como bien sabe, yo mismo los he invitado...

Reí. Cuando le miraba a los ojos, de inmediato todo perdía importancia. Todo lo que no fuera él y yo bajo un mismo techo. Esa noche, cuando nos ofrecieron la primera cena, Potemkin volvió a sus galas, su uniforme de mariscal con todas sus medallas, la peluca levemente empolvada, la arrogancia de sus botas pisando fuerte el entablonado del piso.

Por mi parte, una vez más pude lucir como la reina que era, mucho más a escasas horas de haber sido amada por un hombre como Potemkin. Un ruso de ley. Místico y pagano, a quien tan pronto dominaba la ternura como la crueldad; que detestaba la guerra y no obstante se batía con temerario valor, capaz de golpear a su mujer y de venerar a su madre, y que odiando la nobleza no podía prescindir de su condición de amo; que se extendía en la cama a mi lado, y con una suavidad de gato acariciaba mi espalda desnuda con la misma mano que minutos antes, o minutos después, podía clavar su espadín o una daga en cualquier otra espalda. Todo eso pensaba mientras lo veía alzar su copa de vino y decir las más dulces palabras de bienvenida y en mi honor.

No están locos ni lo son, me dije, sólo son rusos y como tal se muestran. De nuevo me sentí poseída por Catalina. A un lado el "Traje Rojo", al otro el traje de Mariscal. No muy lejos Ségur sonreía mientras también alzaba en honor de la zarina esa copa con el vino rojo que él mismo hizo traer de Francia, en sus propios toneles de roble. Alcé mi copa:

—Agradezco a todos, especialmente porque, como sabemos, la ternura no es propia del oficio de gobernar. Sin embargo, la he encontrado acá y no dudo que así irá sucediendo a cada paso durante este viaje encantado. Me hace mucha ilusión, además, porque llegaremos a destino en primavera y veremos todo con mejores ojos, con mayor ternura aún.

Rieron. Sabían que mi atrevimiento en cuanto a las palabras no iría mucho más allá. Se escucharon unas salvas de artillería, y nos inquietamos. Potemkin se puso de pie.

—No teman, por favor. Esas salvas sólo anuncian el torrente del Dniéper. Sin duda, tener a Su Majestad en estos dominios que ha puesto bajo mi tutela, es para mí mucho más que un honor. Sé que el viaje ha sido confortable pese al frío, y no dudo que todo ha sido previsto ya. Sin embargo, pido disculpas por haber tomado la iniciativa sin su consentimiento, porque ha empezado el deshielo y los caminos se pondrán peligrosos. Por tanto, creo conveniente continuar el viaje por agua.

Un murmullo general se desató en medio de la comida.

—Por favor, escuchemos al príncipe Potemkin —dije mientras por debajo del mantel y la mesa aparté la pierna poco casual de Mamonov contra la mía.

—En días previos a vuestro arribo, he ordenado volar las rocas que angostan el Dniéper, y alisar los bancos de arena para que el paso sea seguro. Nos desplazaremos en siete galeras y unas setenta embarcaciones con vituallas y el resto. Unos tres mil hombres formarán parte de la tripulación; podemos estar seguros de que todo se sucederá acorde a lo que merecen Su Majestad y sus acompañantes —dijo, y sin preocuparse por el murmullo general, ordenó servir la comida; me sonrió y bebió el vino de un trago.

Dos días después, embarcamos en el navío imperial. Rodeados, en este caso, por un enjambre de chalupas y canoas, navegamos por el Dniéper lenta, grandiosamente, en medio de fiestas y jolgorios. Por las noches salíamos a cubierta a ver los fuegos de artificios y a bailar con la música del maestro Sarti, que dirigía a sus músicos en interminables melodías. Adentro, los pasatiempos eran otros: naipes o juegos de mesa; un poco de coqueteo también.

Pero en las noches tibias nos quedábamos en la cubierta, mecidos por el río y la música, especialmente cuando el mismo Sarti tocaba alguna de sus melodías al piano.

—Qué delicia este viaje, querido Laharpe, me sentiría una reina incluso si no lo fuera. Mire las estrellas... la luna en el río.

—¡Imposible imaginarla en otro papel, Su Majestad!

—Sin embargo, me ha visto en otros papeles... cuando hacemos comedias. Hasta de fierecilla domada.

—Ese personaje le va a la perfección.

—Pero el de soberana, y madrecita, que atraviesa el país de los cosacos para llegar al de los tártaros, es más complejo —bromeé.

—"Mi Majestad" no ha sido más que una soberana desde niña —bromeó a su vez Mamonov.

— "Mi Traje Rojo" nunca fue fácil.

—Tampoco, seguramente, será fácil otro baile...

—¡Qué niño mimado éste! Estoy algo cansada ya...

—No quiero importunarla.

—Pero si es uno, y no más...

—Por favor, Majestad, no si está fatigada...

—Sí, será mejor ir a descansar. Mañana nos espera una larga jornada, el tramo final del viaje y luego muchos días de tarea.

—Mientras Su Majestad descansa, aceptaré la partida de naipes del príncipe de Nassau.

—Me parece bien, no debes desairarlo si te ha invitado —recomendé entregando mi mano para que Mamonov la besara; luego se la ofrecí a Laharpe.

Es que tanto baile y sociedad me aburría. Sabía que en ese momento, en la cabina del príncipe Ligne, él y el embajador Ségur leían poesía echados en la pequeña cama. Pasé por el salón principal. El maestro Sarti detuvo la melodía y puso en marcha una más acorde a mi presencia, según él.

Cuando pasé frente a la cabina del príncipe Ligne, golpeé. Tardaron unos minutos en responder. Ligne abrió la puerta. Ségur estaba sentado en la litera con su espalda contra el tabique de madera; cuando me vió, se pasó la mano por el cabello en desorden y simuló interrumpir una lectura.

—Sólo he venido por poemas.

—Trae ese deseo en la cara, Su Majestad, no es necesaria la aclaración.

—Siéntese... —rogó Ségur—. Veamos qué podemos leer.

—Perdón, pero no tiene por qué ser un poema. Sin embargo, necesito algo que alimente el alma después de tanta frivolidad.

—Acaso alguna de mis impresiones del viaje... —respondió el francés, y después de poner orden en unos papeles sueltos sobre sus piernas, empezó a leer:

Inmensos rebaños poblaban las praderas y los grupos campesinos animaban a orillas del río; nos rodeaba una innumerable multitud de embarcaciones, que llevaban a jóvenes y muchachas que cantaban aires rústicos de la región; no se había olvidado nada. De todos modos, aún descontando lo que era artificial en esas creaciones, se advertían también ciertas realidades. Cuando él se posesionó de su inmenso gobierno...

—Cuando dice "él", se refiere a Potemkin, claro —dijo Ligne.

—Espero sepa disculpar mi atrevimiento, Su Majestad. Es algo que escribí esta tarde...

—Sigue, por favor.

...*Cuando él se posesionó de su inmenso gobierno, éste sólo tenía doscientos cuatro mil habitantes, y bajo su administración en pocos años la población se elevó a ochocientos mil.*

—Es verdad, será un conflicto conformar a tanta gente —acotó Ligne.

—Rusia ha tenido como soberanos, y aún tendrá, a muchos tiranos —dije—. Es un país naturalmente inquieto e ingrato colmado de delatores, y de personas que so pretexto de celo sólo buscan aprovechar lo que les conviene, embajador...

—Si Su Majestad lo dice... —acotó Ligne con su ironía.

—Me hace reír como siempre. Un muy buen alumno de Voltaire. Creo que Potemkin hará lo mejor que pueda el tiempo que le sea concedido.

—¿El tiempo que le sea concedido?

—Imposible saber qué ha previsto la Providencia para los que nos rodean, y para con una misma.

—Sin embargo, hoy por hoy, la Providencia parece estar en manos de Potemkin. Me ha comentado que al amanecer veremos Kadyak y que, próximos a las cataratas que interrumpen el Dniéper, nos esperan los carruajes en tierra firme.

—Firme y abundante. Atravesaremos la estepa bajo un cielo ardiente y al rayo del sol —agregó Ligne.

—El sol de las estepas es tan extremo como los mismos rusos, Su Majestad.

—Si teme al hastío de los desiertos, embajador, nada impide que regrese a París y recupere sus muchos placeres...

—¿Por qué el enojo, Su Majestad? ¿Me está juzgando ciego, ingrato, sin discernimiento ni gusto?

—Era una broma, monsieur Ségur.

—Lo sé; sin embargo, hace tiempo que veo un resto de prevención de Su Majestad contra los franceses, y no creo que merezcamos una opinión tan infundada. No todos, al menos.

—Y ningún placer puede envidiar la corte rusa a los franceses —agregó Ligne.

—Al contrario, todo el tiempo creo estar formando parte de un cuento de las "Mil y una noches" —bromeó Ségur—: me siento como Gaifar paseándome con el califa Harún-al-Raschid.

—Verdad, también tengo la sensación de atravesar los mundos de las "Mil y una noches" de la mano de la misma Scherezade —coqueteó Ligne.

Entonces reí, y con una voz muy tenue sugerí:

—...hasta que en ese momento de su narración, Scherezade vio aparecer la mañana, y calló discretamente...

Capítulo 30

La alumna de la señorita Cardel llegó a la conclusión de que el señor Traje Rojo era más digno de compasión que de cólera y que estaba excesivamente castigado para toda su vida a causa de la más absurda de las pasiones, que lo convirtió en blanco de las burlas y lo reveló un ingrato, de modo que ella decidió terminar cuanto antes, para satisfacción de los interesados. De acuerdo con todos los indicios, el matrimonio no se desenvuelve bien, ni mucho menos.

Figchen

Íbamos en un carruaje amplio, cubierto pero con los ventanucos abiertos a los cuatro vientos, que sólo se cerrarían si la brisa cambiaba de rumbo. Mientras tanto, y una vez más, la conversación con José II, con Ségur, Ligne y el gentil Mamonov, era fluida.

—Convendrás, mi querido Ségur, que sería un acontecimiento que provocaría mucho escándalo en Europa si los mil doscientos tártaros que nos rodean decidieran llevarnos a todo galope hacia algún pequeño puerto vecino, para embarcar allí a la augusta Catalina y al poderoso emperador de los romanos, José II, con el fin de trasladarlos a Constantinopla, con gran diversión y satisfacción de su alteza Abdul-Hamid.

—Es verdad. Pero nada nos exime del peligro. Según Su Majestad ha dicho, cómo saber lo que la Providencia nos tiene preparado como próximas circunstancias...

Según dijo Potemkin antes de partir, los tramos iban a ser más largos en esta ocasión. Él había marchado a caballo y por delante tratando de evitar escollos y cualquier circunstancia inconveniente.

Ligne ensayaba una melodía en su flauta. Por un momento nos dedicamos a escucharlo. Yo, que nunca gusté de la música, me dejaba seducir por la que ejecutaba aquel príncipe.

El coche tomó mayor velocidad deslizándose por el camino en pendiente hacia Bajchisarai, hasta que una de las ruedas se hundió en el barro y el vehículo se desbarrancó.

Cuando desperté, alguien me echaba aire y otro pretendía hacerme beber un trago de vodka. Miré a todos. José mostraba una palidez sepulcral. Ligne pasaba un liencillo mojado por la frente de Ana Narichkin. Me senté de inmediato.

Cuando Mamonov logró hacerme beber el trago de vodka, se escuchó un disparo. Todos corrieron. Pude ver entonces a Ségur con el pistolón a centímetros de la cabeza del caballo muerto. Únicamente el emperador José se acercó a mí.

—Permítame que la ayude, Su Majestad. No ha expresado un solo rasgo de temor...

Acepté su mano; me ofreció su hombro para que pudiese apoyar el brazo y me tomó de la cintura. Caminar se me hacía difícil, me había doblado un tobillo y sentía un profundo dolor en la pierna izquierda. Según dijeron, me habían encontrado contra unas rocas: cuando el coche dio aquel tumbo, la puerta se abrió y caí seguramente en medio de un desmayo; di contra las rocas.

—Gracias, emperador. Soy demasiado orgullosa para mostrar miedo.

—Lo sé, pero me resulta admirable su templanza, especialmente en esta tierra de bárbaros a la que nos aproximamos.

—Soy una mujer y soy cristiana; ahí en el mismo trono de los tártaros me sentaré y será suficiente. No les recordaré que asolaron las provincias de Rusia en mi contra. Instalarme ahí, olvidar lo pasado, comer de su pan y beber de su vino será mi mayor muestra de dominio.

—De todos modos...

—Mostrarme tolerante es destacar mi preponderancia, aunque ellos no consideran que sus reveses son producto de su ignorancia.

—Es común ignorar todo lo que se... ignora.

Reí.

En Bajchisarai, Ligne, Ségur y Mamonov fueron instalados cerca de mí. Ocupábamos el palacio del kan, exactamente en el harem del príncipe, donde el rumor del infaltable chorro de agua caía en el centro de la fuente. Los ventanales estallaban en rosas y la sala estaba inundada con aquel aroma. Ligne y Ségur, asomados por la ventana, hicieron bromas por lo bajo, respecto de unas mujeres que, como sombras y con sus rostros cubiertos por el velo, cuchicheaban en el patio. Al escucharlos, las muchachas profirieron un grito, una especie de insulto o conjuro contra ellos, y desaparecieron de la vista.

—Señores, me temo que su broma ha sido tan inapropiada que no les reconozco. Están en el seno de un país conquistado por mis armas... Exijo le sean respetadas sus leyes y creencias, las costumbres y los prejuicios, su culto. Debemos ser respetuosos de nuestros súbditos: ¿por qué manchar el brillo de la corte con esas tontas burlas que faltan más el respeto a la zarina que a las pobres mujeres de aquí?

Ségur y Ligne bajaron la cabeza y se disculparon como niños.

Aquella noche fue de bailes y fuegos de artificios. Potemkin nos llenó de regalos.

Pero días después volvió a hundirse en su depresión. Se acercaba el momento de regresar a San Petersburgo.

Hasta llegó a decir, en medio de su angustia, que se separaba de mí para irse al Sur. Tal vez sólo sea cansancio, me dije y le escribí en una nota:

El calor... la desazón que provocan tantos meses de intensa actividad con los preparativos de nuestro viaje... y ahora, por el amor de Dios y por el nuestro, ¡es necesario cuidar la salud! Y el corazón. Me servís, y por ello estoy reconocida ¡y eso es todo! Por lo que hace a vuestros enemigos, les habéis golpeado los dedos con vuestra devoción a mi persona y vuestro celo por el Estado.

Potemkin me respondió:

Madre emperatriz, sois más que una madre para mí, pues vuestros cuidados y la preocupación por mi bienestar provienen de un impulso reflexivo. La malicia y la envidia no han logrado perjudicarme ante vuestros ojos, y toda la perfidia ha sido vana. Esta región no olvidará su felicidad. Adiós, bienhechora y madre. Que Dios me ofrezca la ocasión de mostrar al mundo entero hasta qué punto estoy obligado, y que soy vuestro devoto esclavo hasta la muerte.

Ya pasará, me dije. Y si no se le pasaba a Potemkin su deseo de alejarse de mí, seguramente a mí se me pasaría el deseo de que él no se alejara. Por el momento, y después de seis meses, apenas quedaba regresar a Tsarskoie-Selo.

En julio de 1787 entramos en San Petersburgo. El paseo encantado por los mundos de las mil y una noches había terminado.

El día que llegamos, el Señor Alejandro me esperaba al pie de la escalera. Me acerqué y lo abracé. Alejandro era tibio, cálido como una tarde de otoño.

Al fin, Laharpe, con ese aire republicano que no pude quebrar durante el viaje a Crimea, volvería a ocuparse de la educación de mis nietos.

El Señor Alejandro me entregó un ramo de flores que, según dijo, él mismo había cortado de los jardines de Tsarskoie-Selo. Su sonrisa y el calor del abrazo me recordaron que acababa de llegar al hogar.

Pero no pasó mucho hasta que una serie de acontecimientos estallaron alrededor mío, y la sensación de haber llegado a casa se perdió de inmediato.

Para empezar, todo exigía definiciones de mi parte: la guerra y la paz, los turcos, los polacos, los desórdenes y coletazos que producía la Revolución Francesa y Napoleón, con esa idea de la igualdad y de abolir la nobleza.

También hubo otros que requerían de mí. Una mañana, Ana Narichkin llegó hasta mi cama con el desayuno. Me despertó el aroma del pan caliente y el té. Ana había decidido oficiar de mediadora entre Mamonov y yo.

—¿Qué dices, Ana, es que acaso él no puede dirigirse a mí?

—Está preocupado. Avergonzado, en realidad.

Me senté entonces, y mientras dejaba correr el dulce de miel por el pan tibio, esperé sus comentarios.

—Dice que el amor entre ustedes no es como antes...

Reí. Ella continuó:

—Dice, mi querida, que las manos le tiemblan; que le apena confesar que el amor se le ha acabado; que se siente triste y hastiado, fatigado, y que su trabajo como director de teatro del Ermitage lo ha agotado también...

—¿También? —pregunté como al pasar mientras bebía un trago de té.

—Dice que es un hombre joven todavía...

—¿Todavía...? Nunca dudamos de que podía ser su madre, pero no lo soy ni lo seré.

—Su Majestad... por favor, que sólo estoy mediando entre ustedes. No vaya a enojarse conmigo.

—Dile que, si se considera un hombre, no necesita voceros para despedirse de mí. Puesto que su desamor hacia mí es elocuente, de inmediato se dispondrá la compensación establecida. Además le buscaremos una esposa, sí... Tal vez la niña del conde de Bruce.

Al día siguiente, el "Traje Rojo" y yo almorzamos en la intimidad.

—Su majestad, estoy solo, eres la única persona con quien cuento.

—He pensado, querido mío, en tu matrimonio con la condesa de Bruce... es una niña aún y sin dudas es lo más adecuado para alguien tan joven como tú. Tiene una gran fortuna, sin dudas.

—No sé, Su Majestad. No me dejaré tentar por la riqueza. No quedaré obligado con nadie, fuera de vos misma, claro está.

—No sé si entiendo, querido: ¿qué es lo que no aceptarás?

—No deseo estar en relación con la condesa Bruce. Si da un valor a mi vida le ruego me permita desposar a la princesa Scherbatov, su dama de honor.

—¿La princesa Scherbatov?

—Que Dios juzgue a los que nos llevaron al punto en que estamos... Soy el padre del hijo que la princesa espera...

Extendí mi brazo hacia él para que besara mi mano.

—Les deseo felicidad...

Mamonov besó mi mano y se retiró. Se le otorgaron cien mil rublos y un dominio poblado por tres mil campesinos. Ordené dar curso al matrimonio lo antes posible. No debía quedar duda respecto de mi buena disposición, o indiferencia, ante los que traicionaban mi buena fe.

Escribí a Potemkin contándole la traición de su protegido. *Jamás me engañé acerca de él, es una mezcla de indolencia y egoísmo... Todo lo exige sin dar nada a cambio.*

Todos sabíamos que el matrimonio no duraría sino hasta que el "Traje Rojo" se diese cuenta de que esos placeres conyugales de cada día nunca podrían compararse con las atribuciones que había recibido en el Palacio.

Por supuesto, no tardó mucho en intentar volver a mí.

Le rogué, o mejor dicho le aconsejé, esperar un tiempo para volver a vernos. Sin embargo, Mamonov supo de inmediato que había sido reemplazado por Platón Zubov.

Insolente, caprichoso, dominante y burlón, Platón se mostraba dulce y muy necesitado de atenciones. Nadie se atrevía a contradecirlo, y no sería yo quien pusiese en su lugar a alguien de quien, muy pronto, me creí enamorada.

De inmediato escribí a Potemkin:

He retornado a la vida como una mosca a la cual el frío hubiera paralizado.

Quién mejor que él para conocer mi debilidad. No obstante su habitual complicidad, al poco tiempo Potemkin se mostró disconforme con el poder que Platón había concentrado, y me escribía cosas en su contra.

Era hora de verificar lo que sucedía. Corría el año 1791 cuando Potemkin se ofreció a organizar la inauguración del nuevo palacio de Táurida, una velada en la que festejaríamos nuestra victoria sobre los turcos.

Nadie como Potemkin para organizar ese tipo de festejos. Todo se ponía en marcha: el ballet, el teatro y la mejor comida; hasta mandó instalar por dentro de las columnas unos tubos por donde circulaba agua caliente para entibiar los salones. Fueron encendidas miles de candelas y lámparas, en los salones y jardines. Unos lacayos con librea plateada me rindieron honores y caminaron abriéndome paso, desde el carruaje hasta el rellano de la escalera del palacio donde Potemkin esperaba, con aire majestuoso y su capa sujeta a los hombros del traje escarlata, todo él recamado en oro.

Le extendí el brazo y me tomó de la mano. Cuando alzó la mirada de su ojo único, ávido de mí, los trescientos músicos estallaron en acordes. Me condujo hasta el centro del salón.

Abrimos el baile. Por un rato me guió, como lo hizo en nuestro primer encuentro. Aquella noche y una vez más, sus manos volvieron a alimentar nuestro deseo, ese que creí haber olvidado de tanto ser acariciada por otras manos, mucho menos hábiles. El imperceptible contacto de su palma me devolvió a él.

Potemkin estuvo especialmente cariñoso y atento aquella noche. Presidimos la mesa, y, a los postres, llegaron los discursos de embajadores y funcionarios que, una vez más, pusieron en evidencia esa ineludible mezcla de admiración y odio que les provocaba el príncipe Potemkin. Para entonces, el ambiente se había vuelto insoportable por el calor del millar de velas.

Pedí la palabra y agradecí, muy especialmente, la hospitalidad y buen tino del príncipe de Táurida, sus homenajes y esa noche maravillosa que me había ofrecido. Potemkin, a su vez, agradeció con una profunda reverencia y un brillo especial en el negro de su ojo único. Me despedí hasta el día siguiente. Zubov me siguió. Curiosamente dócil, aquella noche sugirió no dormir juntos. Ambos coincidimos en que se me veía cansada. Y el que calla otorga. Los dos callamos. Le di un beso en la frente y Platón Zubov siguió su camino.

Pedí a Ana Narichkin que le propusiera a Potemkin subir a la habitación real. Habitación que, por lo espléndida y bucólica, el mismo Gregorio Alejandro Potemkin había diseñado y decorado para mí. Pero nadie golpeó a mi puerta.

Cómo saber, además, que esos momentos vividos durante la magnífica fiesta que Potemkin ofreció en mi honor, serían los últimos a su lado.

Por la mañana, cuando Platón y yo nos sentamos a desayunar, el príncipe de Táurida había dejado una nota al costado de mi plato. Leí con apuro:

Madrecita, graciosa soberana, ya no puedo soportar más mis tormentos. La única posibilidad que me queda es dejar esta ciudad. He ordenado me lleven a Nicolaiev. No sé qué será de mí. Tu más fiel y muy reconocido súbdito, Gregorio Alejandro Potemkin.

Pensé que era una de sus excentricidades, pero cinco meses más tarde me llegó otra carta: se me informaba que el 12 de octubre de 1791, el más leal, el más tierno y voraz de mis amores, mi querido Potemkin, había muerto. Imposible de creer, aún hoy.

Cuando desperté en la cama, dijeron que llevaba varios días en ese estado; y que había sido sangrada una y otra vez. La luz era intolerable para mis ojos abotargados. Cerraron las cortinas y me dejaron sola. Ni siquiera permití acercarse al Señor Alejandro. Sólo atiné a levantarme para escribir a Grimm:

Querido, un horrible mazazo se ha descargado nuevamente sobre mi cabeza. Hacia las seis de la tarde, de un día del que nada más recuerdo, un correo me trajo la tristísima noticia de que mi alumno, mi amigo el príncipe Potemkin, el Táurico, murió en Moldavia hace aproximadamente un mes. Soportó una aflicción de la que no tenéis idea; poseía un corazón excelente unido a una rara inteligencia, y una amplitud espiritual poco común; sus miras eran siempre grandes y magnánimas; muy humano, sabía mucho, se mostraba singularmente amable y siempre tenía ideas nuevas; jamás un hombre tuvo palabras tan justas y oportunas; nadie ha sido tan independiente; me era apasionado y celosamente leal; protestaba y se irritaba cuando creía que algo podía hacerse mejor; la cualidad más notable en él era el coraje del corazón, el espíritu y el alma.

Creo que el príncipe Potemkin fue un hombre muy grande, que no hizo ni la mitad de lo que hubiera podido realizar...

Lloro. No tengo consuelo, ni lo tendré nunca.

Capítulo 31

Hoy se cumplen cincuenta años de mi llegada a Moscú, querido Grimm…
No creo que haya aquí diez personas que recuerden ese día…
Estas, amigo mío, son las pruebas más convincentes de la vejez.
A pesar de todo, tengo tantas ganas como una criatura de cinco años de jugar al gallo
ciego, y los jóvenes, mis nietos y bisnietos, dicen que nunca se divierten tanto como
cuando yo juego con ellos. En una palabra, yo soy su mejor compañera de juegos.
Figchen

La de Gregorio Alejandro Potemkin no iba a ser la única muerte que desestabilizara mi armonía; la íntima armonía de Figchen, la de la emperatriz Catalina, la de "Juno sentada entre los dioses", como bromean haciendo referencia a mi persona.

A partir de la muerte de Gregorio Alejandro Potemkin, todo pareció desbaratarse. Para colmo de males, lo que sucedía en Francia y sus interminables consecuencias, empeoraron mi reputación, y la de la corte rusa.

En medio de las revueltas populares y la venganza de toda esa multitud revolucionaria reunida en el Palais Royal y en los Campos Elíseos, Luis XVI acababa de fugarse. No mucho después fue arrestado en Varennes y se acusó al embajador ruso de brindar ayuda a Luis, para que pudiese escapar sin riesgo. Lo cierto es que por esos días no tardaron en llegar los primeros, y muchos, emigrados franceses dando aires de una segunda París a San Petersburgo.

Ofrecí refugio a buena parte de esos nobles franceses. ¿Por qué no hacerlo?

Muchos de ellos, más temprano que tarde, se sintieron tan cómodos y arraigados, que de pronto se manifestaron dueños y señores de la situación. El mismo conde Rostopchin me advirtió por escrito:

Cuando se estudia a los franceses, en todo su carácter se observa algo tan liviano que uno no imagina cómo esta gente se mantiene pegada a la tierra. Los canallas y los imbéciles quedaron en su patria, y los locos la abandonaron para engrosar el número de charlatanes de este mundo.

No sé si es tan así; de todos modos ha sido un barullo innecesario de la historia, y el pobre Luis XVI, finalmente, se comportó tontamente, como otro demagogo furioso que no hizo sino acatar una Constitución en la que no creía. De no ser así, sabiendo que nada cumpliría, por qué habría de firmar.

Acabo de recibir un ejemplar de "Le Moniteur" donde se refieren a mí como la "Mesalina del Norte". Para colmo, han trasladado al Panteón las cenizas de Voltaire, escoltado con todos los honores por esa horda revolucionaria armada hasta los dientes. Cómo evitar mi indignación. Voltaire y los otros intelectuales que en su momento tanto creyeron merecer, y aceptaron con beneplácito mi apoyo y mis favores. Los favores de una noble de raza. Hoy, no son pocos en el mundo los que alardean de esa pretenciosa duplicidad intelectual de Voltaire, que a él le permitía predicar la libertad, la igualdad, la fraternidad... y sin quererlo o sí, se convirtió en mensajero de la intolerancia, el odio y la masacre.

—¿Llamaba, Su Majestad...? —pregunta Ligne, y yo con esta falta de compostura que cada tanto se me da, he dejado caer el tintero sobre el escritorio y la pluma en el vestido...

—Señores, sabrán disculpar la torpeza de Su Emperatriz...

—Majestad... cómo se le ocurre pedir disculpas a unos pobres franceses definitivamente fuera de su patria...

—Es que las cosas son muy confusas hoy por hoy, conde Ségur.

—Es la Historia, Su Majestad. Tal vez no es tanto producto de los hombres como de los caprichos de la Historia.

—El sino del mundo... —agrega Ligne, y algunos por detrás suyo asienten con cierto murmullo.

—Embajador, usted habla de los caprichos de la Historia como si fuesen los antojos de una mujer preñada. Creo que es mucho más que eso... Esa idea no es más que un capricho de los hombres sabios...

—Verdad.

—¿Verdad que sí?

—Es verdad que me expresé un poco ligeramente; la Historia es mucho más que una dama caprichosa...

—¿Acaso no saben que Su Majestad es una dama más caprichosa aún?... Será necesario que quiten de mi vista, y del alcance de cualquiera, querido Ligne, todo lo que nos recuerda a Voltaire. Ninguna pertenencia de él merece ser vista en la corte rusa; sólo dan fe de su falta de lealtad...

—Justamente por eso debería dejarlas a la vista, Su Majestad... ¿verdad, conde Ségur?

—Aunque usted, embajador, alardee de su ironía, que es sin duda producto de su admiración por Voltaire... las pertenencias de ese hombre en mi Palacio sólo muestran la ingenuidad, o debilidad, de la emperatriz de todas las Rusias.

—Su Majestad, por favor...

—Es verdad, conde Ségur; ¿cómo pude dejarme engañar, si apesar de rendirme pleitesía hablaban de mí como "la Mesalina del Norte"?

—Si me permite, Majestad, todo aquello da testimonio sólo de su buena fe... sobre todo hablando de los franceses...

—Dejemos la ironía para los postres, Ségur. París es hoy un antro de bandidos; LaFayette, El Gran Papanatas; y yo, el blanco de todas las críticas...

—Su Majestad...

—Luis XVI fue asesinado en Francia... En la corte rusa es imprescindible que todo francés que pida asilo, y los que ya lo han hecho, firmen en mi presencia un *ukase* jurando ante Dios y el Santo Evangelio que jamás adhirieron a la revolución, ni a este gobierno francés producto de la usurpación y la violación de las leyes. Deben prometer fidelidad, y más que fidelidad deben jurar lealtad a la Emperatriz de todas las Rusias que les abre las puertas del reino...

—Así se hará, Su Majestad...

—...deberán rechazar toda correspondencia y cualquier otra comunicación que les llegue de Francia, o por otra vía, hasta tanto se restablezca en París la autoridad legítima. Mientras no pierda vigencia "la enloquecida", debemos movernos con la sutileza de una gacela. Si Francia se rehace, será más fuerte que nunca, y para eso sólo necesita un hombre superior, uno más grande que cualquiera de sus contemporáneos. Puede que más grande que un siglo entero. ¿Ya ha nacido? ¿Llegaremos a verlo?

El conde Ségur me observó en silencio; monsieur Ligne y mis consejeros, al escuchar las palabras "repudio", "la enloquecida" o tal vez "hombre superior", se miraron sin responder. Todos sabíamos que corrían comentarios de ese hombre superior que, en efecto, parecía haber nacido en Ajaccio y que con apenas veinticuatro años tanto se había destacado en el sitio de Tolón.

—No podemos perder tiempo, conde Ségur; tampoco ustedes, señores. Esta misma tarde se empieza con la firma de los *ukase*, y que el Gran Duque Pablo se ocupe de traer a todo francés que se precie de tal... e incluso a los que no.

—Como Su Majestad ordene. Sin embargo, tal vez me permita darle a leer este último periódico recién llegado a mi embajada.

—¿De qué se trata, conde Ségur?

—Es una carta, Su Majestad, en el "Thermométre du tour": una carta del 2 de febrero escrita por Charles-Henri Sanson... él les había pedido que la publiquen. Un acto de lealtad al rey, sin duda.

—¿Es que se puede hablar de lealtad en estos casos, embajador?...

—Así parece, Su Majestad. Luego de ver caer más de tres mil cabezas a sus pies, el mismo hombre que los guillotinó da fe por escrito de que nuestro rey, Luis XVI, no ha sido un cobarde, que acató su sino con entereza porque son las reglas del juego. Al mismo tiempo, Charles-Henri Sanson, con esta carta deja en claro que sólo actúa movido por las órdenes de sus superiores... los jacobinos, hoy.

—...Esto me recuerda a un amigo de hace unos años, un tal Boris Engelhardt... Es evidente que esa gente tiene otros valores.

—Valores. Valores. Qué valores, Su Majestad... Se arrogan otros valores, eso creen por lo menos.

—Verdad, eso digo yo... qué valores creen haber descubierto ahora, qué justicia creen enarbolar. Cuáles, qué mejores causas si hacen alarde de las mismas armas que el que consideran su enemigo... Veamos ese periódico... Pero no, mejor cuénteme usted qué dice... Hoy mis ojos no están para las noticias, insuficientes noticias...

—Como ordene Su Majestad —dijo Ségur, y a él sí puedo verle claramente la sorna en los ojos. Últimamente, con esto de "la enloquecida" y mis burlas, hasta el mismo Ségur parece deseoso de cruzarse al otro lado de la calle.

—Lea, por favor, conde Ségur. O por lo menos cuénteme lo que dice el verdugo del pobre Luis...

—La versión del diario dice que, cobardemente, el Rey fue obligado a marchar, con una pistola en la sien y casi a la rastra, hasta la guillotina, y que llorando gritó "¡Estoy perdido!"; que luego de la estocada final, su cuerpo fue mutilado, que la cuchilla no le partió el cuello sino la cabeza. Y que se lo acusó de alta traición desde la Asamblea Nacional.

—Pobre hombre, qué tontería haber confiado en ellos... ¡Alta traición, dicen, nada menos que del rey de Francia!

—Justamente por eso se le quitaron los títulos, para poder pasarlo por la guillotina como a un ciudadano común, como Luis Capeto.

—¡Me hacen reír al fin! Un gran honor, sin dudas, para un ciudadano común que en su nombre haya sido montada toda esa función, un especial honor que la rama más radical de la Revolución se ocupe de un ciudadano común... ¿Tanto trabajo se tomarán los jacobinos para con un simple vecino? ¿No será que desde el inicio le temen a que se vea su propia debilidad y se adviertan las miserias de los jacobinos, iguales a las de cualquier noble?

—Su Majestad...

—¿Sí?

—¿Acaso no dejará que termine de contar lo que escribe Henri Sanson?

—Hágalo, por favor.

—...*Parece que aquella mañana, el tal Luis Capeto, como si nunca hubiese dejado su gallardía de rey, sólo como Luis XVI subió al carruaje tan verde como la boñiga que dejaban caer los corceles escarceadores, mientras el cochero les propinaba latigazos en el lomo apurándoles el paso. Cuando llegaban a la Plaza de la*

Revolución, *el rey, con sus ojos pegados al ventanuco trasero pudo ver la ciudad, o lo que iba quedando de ella, una ciudad esbozada con trazos finos, como un dibujo de niño, precedida por aquella boñiga verdeazulada y aún humeante...*

—No creo que Henri Sanson diga todo eso en una carta, conde Ségur...

—Verdad que no, Su Majestad. Sin embargo, esa escena me transmiten las palabras del verdugo...

—Continúe, Ségur.

—El rey sabía que en la plaza lo esperaban el cadalso y los jacobinos. Había hablado con Sanson. Luis XVI lo observó de lejos. El verdugo llevaba una caperuza en la cabeza, apenas si se vislumbraba el brillo de los ojos. Al parecer, el mismo Henri Sanson se le había aparecido en la celda, horas antes, para presentarle disculpas a su rey, y sopesar el estado físico del monarca. Al pobre rey, antes de bajar del carruaje y subir al cadalso, no le quedó más por hacer que echar una mirada a París, a ese París que además de ajeno, aparecía ante sus ojos como un pobre caserío emergiendo de la niebla. Cuando volvió la mirada, ahí estaban ya Sanson y el cadalso. Valientemente erguido, el rey, aunque desposeído de sus títulos y procesado como el "ciudadano Luis Capeto", enfrentó su suerte un fatídico 21 de enero de 1793... Para evitar algún probable intento de rescatar al rey, ya desde el día anterior habían sido desplegados unos 80.000 efectivos de la Guardia Nacional; y unos 3.600 legionarios ocuparon posiciones estratégicas. Según la versión oficial, cuando el "ciudadano Luis Capeto" subió al patíbulo, mostró un talante "un poco difícil", se negó a ser maniatado aunque cooperó cuando la persona que lo acompañaba le dijo que ése era el sacrificio final a favor de sus seguidores. El monarca preguntó "si los tambores redoblarían" durante su ejecución, y pretendió dirigirse al pueblo de Francia. Se lo impidieron. Sin embargo, fue capaz de exclamar: "¡Pueblo, muero inocente!". Según relató el mismo Sanson: *Entonces se giró hacia nosotros y nos dijo: "Señores, soy inocente de todo lo que se me acusa. Deseo que mi sangre pueda cimentar la felicidad de los franceses".* Aquí, ciudadano —prosigue Sanson como verdugo jefe de París—, están sus últimas y verdaderas palabras. *El rey soportó todo eso con una compostura y una firmeza que nos asombró a todos nosotros. Estoy convencido de que sacó su fortaleza de los principios de la religión, de los que nadie parecía más convencido y afectado que él.* De inmediato, siendo alrededor de las 10.20 del 21 de enero de 1793, la guillotina cayó de un solo golpe partiendo el cuello del "ciudadano Luis Capeto". La muerte del rey de Francia fue anunciada con salvas de cañón porque marcaba la transición de la monarquía a la república en Francia... Eso refiere el diario.

—Pobre hombre —dije—. No ha sido más que el símbolo de la transición... ¿pero de qué transición hablan, querido conde Ségur? Será necesario advertir a todas las potencias protestantes que abracen la religión griega para preservarse de la peste irreligiosa, inmoral y anárquica, canallesca y diabólica, enemiga de Dios y los tronos...

—Como Su majestad sugiera... —dijo Ligne luego de carraspear por lo bajo.

—Cualquiera diría que me ha visto dudar alguna vez. Bastan veinte mil cosacos para formar una alfombra verde desde Estrasburgo hasta París... nunca lo olviden.

Habíamos logrado enamorar a Alejandro de una hermosa princesa, una alemana a la que bautizamos: Isabel Alexeievna. El matrimonio se concretó el 28 de septiembre.

Aún, y siempre bajo la influencia del maestro Laharpe, Alejandro continúa siendo defensor de los derechos del hombre, y no deja de manifestarlo abiertamente. En mi afán de que no pierda su reputación, trato de convencer a todos respecto de que sus opiniones son producto de la inexperiencia, de la pasión juvenil. Pero, en la intimidad, Platón Zubov y yo procuramos persuadirlo respecto de que la salvación está en la monarquía. Mas, testarudo como un cosaco, el Señor Alejandro sostiene que no desea gobernar. Se mantiene desinteresado y, por consejo de Laharpe, totalmente respetuoso de los deseos del Gran Duque Pablo, se niega a asumir el gobierno de la corte rusa.

—Su Majestad, no debe arriesgarse a perder la admiración del joven Alejandro. Yo mismo he presenciado el respeto y el amor que el muchacho le prodiga a su padre —me encaró una tarde Laharpe mientras caminábamos por los jardines del Palacio.

—Simplemente debemos ser justos con él, monsieur Laharpe, porque Alejandro tiene mayores dotes para gobernar que mi hijo. Quién mejor que yo para certificar las calidades humanas de uno y otro heredero al trono.

—Bien sabe, Su Majestad, que tendrá que luchar con el mismo Alejandro, tan reticente a estar al frente de un imperio —aseveró Laharpe mientras cortaba una rosa blanca y me la entregaba.

—Por eso recurro al guía espiritual de mi nieto: le ruego le haga saber de la importancia de asumir su puesto como zar de Rusia, y que, de hecho, ya lo es. Cómo negar ese favor a una anciana.

Laharpe, aunque ciertamente inquieto, sonrió.

—Ni anciana ni pobre, Su Majestad. Como el viejo maestro que soy, le ruego que no me pida traicionar la buena fe de su Alteza Imperial. Ni la mía propia. He educado a Alejandro con la mejor disposición y respeto hacia sus mayores. Hacia su padre, como la naturaleza manda. Cómo habríamos de distorsionar algo tan arraigado en él —sostuvo Laharpe con firmeza.

—Pues entonces, querido amigo, será conveniente un cambio. Creo que ha llegado la hora de pensar en su próximo viaje.

—¿Próximo viaje? —interrumpió Alejandro, que acababa de salir desde el salón, arrugando el entrecejo a causa del intenso sol. Hizo una caricia al galgo que corrió a saltarle encima ni bien lo vio. Lanzó lejos una manzana, para que el perro corriera tras ella, y se sentó a mi lado. Puse té en una taza y se la ofrecí.

—El maestro Laharpe, querido, deberá partir en comisión... Sólo vino a despedirse; me preguntaba por ti y decía que...

—Ya escuché al maestro Laharpe, Su Majestad.

—Cuántas veces debo insistir que me digas abuela, querido mío.

—No creo que éste sea el mejor momento, Su Majestad.

—Puede ser. Pero todo momento es bueno para agradecer.

—Justamente porque creo necesario seguir agradeciéndoles a ambos, es que ruego a Su Majestad relevar al Maestro Laharpe del viaje a Suiza.

—Monsieur Laharpe, veo que finalmente no ha sido del todo buena su influencia. Poco o nada ha enseñado a mi nieto de los inconvenientes de escuchar detrás de las puertas.

—Abuela, cómo puede usted... —replicó en voz baja mientras echaba a volar de nuevo la manzana que el galgo acababa de depositar en su regazo.

—Ruego a Su Alteza Imperial —dije—, no ir en contra de Su Majestad, que sólo cumple con lo que considera el deber de una emperatriz sobre su heredero más fiel.

—Creo que no recuerdan que muy especialmente me fue enseñada la lealtad por sobre la fidelidad.

Laharpe y Alejandro rieron como lo que eran: no sólo maestro y discípulo sino amigos entrañables, hombres para los que la lealtad era una condición arraigada y sin vueltas.

—Tan leales los hombres que me rodean, mi querido Alejandro, y yo, sintiéndome Figchen a veces, una simple niña devenida emperatriz... y que una vez más deberá ahora sobrevivir a los embates de la Historia...

—Su Majestad, debo a este suizo testarudo todo lo que soy. También todo lo que usted misma admira en mí. No permita que el maestro Laharpe se aleje de nosotros —pidió Alejandro mientras se ponía de pie, y acercándose casi me imploró al oído, con aquel brillo en los ojos que yo tanto amo.

Alejandro es el más cálido, el más tierno de los seres que he conocido, el más amable; y cuando digo amable sólo quiero decir eso, el hombre más fácil de amar. No obstante, no supe ni pude aceptar lo que me pedía. Una vez más, la ambición de perpetuarme en la corona de Rusia parecía ser en mí la razón más importante del corazón.

Si se diera la coronación de mi hijo Pablo, tan vengativo y devoto de su padre, Pedro Ulrico Holstein-Gottorp, de inmediato la gran Catalina II, "la Mesalina del Norte", y todo su séquito, caeremos en desgracia. En cuanto a lo del maestro Laharpe, sé que por mucho tiempo el Señor Alejandro no me perdonará, pues en su caso, el corazón predomina por sobre la razón. Yo quisiera poder ser como él, pero nunca pude.

Hace días que Laharpe se fue. El Señor Alejandro se muestra desolado, ajeno a su entorno. Extraño. Consternado, sin duda, por la mezquindad de sus padres, tan interesados como yo en las llaves del reino.

Por ahora y por lo pronto, el Señor Alejandro ha incrementado el descontento hacia Platón Zubov. Por tanto, me siento juzgada ante sus ojos y nunca absuelta de mis pecados. Sin embargo, lo que más parece perturbar su tranquilidad son los devaneos de su esposa con Platón. Pese a que, entre tantos otros juegos imperiales, el de la coquetería ha sido moneda corriente en el palacio, en este caso es más frecuente aún y pasa al terreno del escándalo.

Alejandro ha manifestado: "Mi mujer se comporta como un ángel, y sin embargo reconoceréis que la conducta que es necesario tener con Zubov es horriblemente embarazosa... Si se lo trata bien, parece que uno aprobara su amor, y si se le trata fríamente para corregirlo, la emperatriz –que ignora el hecho– puede considerar impropio que no se distinga a un hombre a quien ella dispensa sus mercedes. El punto medio que hay que mantener es sumamente difícil".

Aunque me muestro desentendida, no puedo condenar a Platón por los devaneos amorosos con una mujer mucho más joven que yo, su amante; pero no me resulta nada fácil perdonar a la princesa Isabel, no tanto por traicionar a su marido y mucho menos a la emperatriz de Rusia, sino por traicionar al Señor Alejandro.

Para colmo de males nació Nicolás. Pablo no deja de engendrar hijos en María Federova, y ella sigue pariendo a todos estos Romanov que yo no tendré posibilidad de educar, tampoco de colmar de atenciones y mimos como con el Señor Alejandro.

Puede que Alejandro se ocupe de Nicolás. Aunque le resultará difícil al pobre niño gobernar marchando sobre la estela que dejará su padre. Incluso si Alejandro nunca dejase de influenciar a su hermano, para cuando le toque asumir a Nicolás, habrá cambiado la historia del mundo.

—Deberás velar por ellos, Alejandro. Qué será de esta gente sin su madrecita...

—¿Otra vez los miedos, abuela?

—Ya ves, querido mío. Si hasta me dices "abuela" hoy... Cómo no habría de temer a la muerte.

El Señor Alejandro rió y todo se llenó de luz.

—¿Acaso no me pide siempre que le diga abuela y no Su Majestad?

—Pero como nunca lo haces, creo que algo malo percibes.

—¿Algo malo?

—No sé. Tal vez la pena que me provoca el nacimiento de este niño con el que nunca podré jugar.

—Y desde cuándo le importan los juegos...

—Nunca hice más que jugar, Alejandro.

—Y yo a su lado; el juego es otra cosa que le debo...

—Nada me debes, Alejandro. Y si así lo consideras, será suficiente con tu sonrisa...

Como si le avergonzaran mis elogios, o temiera a mi ternura, sólo respondió:

—Ya ve, Su Majestad. Nada se puede hacer para evitar el curso de la historia.

—Únicamente un necio pensaría otra cosa, sólo un tonto no aceptaría el cambio. Por eso tu padre...

—Le ruego a Su Majestad...

—Tienes razón, acepta mis disculpas. Para cuando el tiempo haya pasado, y tu padre y yo con él, al Señor Alejandro y a su descendencia les quedarán los libros, los cuadros, todos esos monumentos que hice construir por los mejores arquitectos; todo perdurará hasta tus nietos y mucho, mucho más... Es el único legado que podré dejar al pueblo ruso. Debes velar por ellos...

—Bien sabe que no podré sino ocuparme del pueblo ruso...

—No hablaba en este caso del pueblo ruso, sino del arte.

—Lo prometo, Su Majestad, pero no siga hablando como si fuese a morir hoy.

—Debemos estar preparados... ¿Sabes?, viéndote así, con ese temple y al mismo tiempo esa fragilidad en la mirada, querido Alejandro, se dirán de ti cosas no tanto mejores de las que has escuchado de mí. Las grandes controversias de la política europea serán para ti más importantes que las que se dan puertas adentro del Palacio, querido. Eres grande, Alejandro. Nuestro destino es grande. Yo misma lo he sido.

—Y aún lo es, Su Majestad. Sin embargo, prefiero que sea mi padre quien gobierne por ahora...

—Como tú decidas, estará bien para mí. Pero el día llegará en que tengas que cambiar todo bruscamente. Si dejas que tu padre gobierne antes que tú, debes estar preparado de todos modos, porque no podrá hacerlo por mucho tiempo... Sabes cómo es él y cómo se lo considera. Ni siquiera pudo acabar aún con sus fantasmas.

—También yo les temo..., abuela.

—Pero tus fantasmas son otros, hijo.

—La libertad debe ser lo primordial y no sólo un lema, sino el objetivo, la meta. Si no hay libertad... No sé.

—Alguna vez pensé igual. No es fácil mantener ese pensamiento con los años. ¿Acaso no te has dado cuenta? Mira a los de "la enloquecida"...

Alejandro rió y replicó:

—Cómo puede expresarse de esa manera... Tanto que creyó usted en Voltaire, en Rousseau... en Diderot...

—Ya ves, me equivoqué con ellos como con tantos que me rodearon. No será menos fácil para ti. De todos modos, ya verás cómo los jacobinos acabarán cayendo en todo aquello que combaten...

—Tengo que pedirle un favor, Su Majestad. Cuando me toque gobernar, cuando al fin me sea posible, tal vez ni usted ni mi padre estarán cerca de mí.

—Seguro que no estaré, salvo que cambies ahora por tu padre. Si quisieras, podrías así cumplir mi sueño de verte convertido en el zar de Rusia.

—No, abuela, no puedo ocupar el sitio que a mi padre corresponde.

—Dime entonces: ¿qué quieres pedirme?

—Cuando me toque llevar la corona... quisiera que el maestro Laharpe regrese.

Reí. Alejandro todavía era un niño. No obstante, era un niño más centrado que el Gran Duque.

—¿Acaso también tú temes a los fantasmas, a tu padre y a mí peleando cada noche al pie de tu cama?

Volvió a reír. Y yo con él.

—Cuando dice "también", ¿se refiere a los fantasmas de mi padre o a sus propios fantasmas, Su Majestad?

—Quién no duerme acunado o sacudido en mitad de la noche por sus propios fantasmas... Todos los tenemos... El primero para mí, y el más importante, ha sido siempre Pedro el Grande. Claro que me costó identificarlo. Al comienzo, ¿sabes?, él me provocaba temor... se instalaba delante de mí mientras yo dormía. Quieto y en silencio, especialmente esas noches en que Pedro Ulrico se lanzaba a mi cama ebrio de vino y de mala locura. Yo veía al viejo zar, a Pedro el Grande, erguido siempre, fuerte en sus convicciones aunque, como todos, algo ligero en sus costumbres... sin ocuparse de esas debilidades y tonterías en la cama de su único nieto. Jamás me ayudó, aunque nunca permitió que la situación pasase a mayores. Él fue siempre mi cómplice, ¿sabes Alejandro?, y por lo tanto uno de mis fantasmas esenciales.

—¿Y los otros, Su Majestad?

Reí. Aunque en esta ocasión no fue una risa alegre.

—...Son tantos los fantasmas, Alejandro, que he aprendido a convivir con ellos. Qué otro remedio queda.

—Pero había prometido hablarme de Georgie. ¿Quién era Georgie... cuál de sus fantasmas esenciales?

La emoción me embargó y no pude hablar. Es que así es Alejandro, frágil con las pequeñas cosas y tan fuerte con las que importan. Tan leal consigo mismo. Circunstancia que, sin dudar, lo vuelve más leal aún para conmigo.

En otra ocasión, me dijo:

—He oído decir que tres mil campesinos fueron vendidos como si fueran una bolsa llena de papas. Si nuestra civilización estuviera más avanzada, yo aboliría la esclavitud, aunque ello me costase la cabeza... Debe prometerme que el maestro Laharpe podrá regresar a San Petersburgo cuando yo lo decida. Cuando lo necesite a mi lado. Y además...

—Eso no es novedad en Rusia, hijo... Podrás abolir la esclavitud, algún día si lo deseas, pero jamás podrás con esa sumisión y el vasallaje que guardan en el alma. Amo y señor, Alejandro: no será nunca de otro modo. Incluso cuando se logre abolir la esclavitud. La dependencia, querido mío, no será fácil de abolir en sus gestos y exigencias. Pero... ¿"además" habías dicho, no? —pregunté como al pasar, cansada de aquella conversación en la que, pese a saber que no era la intención de mi nieto, no podía evitar sentirme enjuiciada por él. Único juicio que pesa en mi conciencia.

—Se trata de Novikov, abuela. Parece haber olvidado que aún no ha sido liberado de su reclusión. Como tantos otros, como Kniajnin también.

—Aunque no aceptes mis propósitos, todos ellos deberán pagar por su ingratitud. Les toca un escarmiento para que nadie más agreda la buena fe de la Corte.

—Usted no puede creer que será suficiente con eso. Es sólo miedo lo que la conmueve. Pero no hay que temer. Son sólo poetas...

—Bien que conozco a los amantes de las letras, Alejandro. Es importante andar por suelo firme y no como pájaros al vuelo. Además, no me agradan los escritos melancólicos. Ya ves la consecuencia, con esos jacobinos enarbolando los escritos de esos "simples intelectuales", como decía Voltaire, y todos hacen alarde de su misma ironía. ¿Acaso creen poder gobernar el mundo con la ironía?

—De todos modos, cuanto más se los combate más les rodea el halo de la injusticia —dijo Alejandro, intentando un alarde de su propia ironía.

—Ya ves que al fin le he perdonado la vida al mismo Radichev. Verás cómo Siberia le congela las ideas y todas esas historias que cuenta en su famoso "Viaje de San Petersburgo a Moscú".

—Le ruego a Su Majestad... no es para bromear.

—Los intelectuales son tan peligrosos como el mismo Pugachov. Y la palabra, sus palabras, son el arma más difícil de combatir. El teatro es la escuela de la Nación, qué duda te cabe entonces que debe estar sometido a mi vigilancia absoluta... y a la tuya cuando aceptes tus atributos de zar... Tu padre no podrá con ellos: por el solo hecho de jugar en mi contra, va a dejarlos en absoluta libertad. Deberás estar preparado para cuando lo maten.

—¡Sabe que me duele oírla hablar así, Su Majestad!

—Es la historia la que impone las reglas del juego. O les quitas del medio de antemano o te matarán no bien vislumbren la oportunidad. Hasta que ese momento llegue, debes conocer sus propias armas, su estrategia. Deberás ser más dúctil.

Alejandro me observó. Vi en sus ojos la sombra de los que se saben, o imaginan, frente a un monstruo de dos cabezas. Me gustaría poder ser inocente. Únicamente para él. Ofrecerle simplemente la mano de Figchen, aquella que aún creía en el amor y la lealtad y las causas justas. Pero sólo puedo ser esto en lo que las circunstancias me han ido convirtiendo.

—Justamente por eso... —interrumpió Alejandro sin recordar de qué cosa estábamos hablando— ...para conocer las armas y los discursos de los que vayan a conspirar, es que necesito tener cerca al maestro Laharpe. También a Novikov. Debe liberarlo de su encierro en Schlüsselburg. ¿Acaso va a permitir que Novikov muera asesinado en la misma celda que el pobre Iván? Debo apoderarme de sus palabras, aprenderlas todas, Su Majestad. También sus ideas. No es conveniente que su voz adquiera mayor fuerza entre las rejas y que yo, el futuro zar de Rusia, las desconozca.

—Ya se verá. Mientras tanto, Alejandro, hoy no deseo hablar del futuro. Hoy es ahora. Así de simple.

—Entiendo. Pensemos entonces algún paseo... —sugirió, siempre tan atento a las necesidades de su interlocutor, incluso teniendo que dejar de lado, momentáneamente, su propia inquietud—. ¿Qué es lo que Su Majestad desea hacer hoy?

—No preguntes a Su Majestad sino a la pequeña Figchen. Deseo volver a montar. Quiero el mejor, el más fuerte de los corceles: quiero mover apenas mis piernas y que el animal responda. Quiero montar con destino incierto, Alejandro. ¿Me acompañarás? Sólo por hoy. Que nada ni nadie interrumpa esta ensoñación. Ya tendrás tiempo para más. Deberás encarar tu entorno, adverso, sin mí. Pero no dudes que siempre estaré cerca de ti.

—Como uno de esos fantasmas esenciales...

Una vez más Alejandro sonrió, como concediéndome o concediéndose a sí mismo el deseo. Besó mi mano y corrió a la caballeriza.

Hoy me siento alegre y ágil como un pinzón; de ese modo camino hacia mi cuarto. Creo que la gota se me ha instalado en el estómago, pero la domino secretamente con pimienta y un vaso de vino de Málaga. Dejo caer el vestido y me ayudan a ponerme la ropa de montar. Veo por la ventana que abajo, en los jardines del palacio, la gran duquesa Isabel Alexeievna, su esposa, camina tras Alejandro. Probablemente le recrimina su imprudencia por ceder a mis locos deseos. No obstante, a veces y cuando quiere, no hay quien le detenga. Mientras mi ayuda de cámara me ata el pelo con un cordoncillo de seda, observo que

Alejandro, mi querido, mi dulce Alejandro sale de la caballeriza montando su blanco corcel. Al lado marcha otro caballo renegrido, de ojos endemoniadamente tiernos y cascos de paso corto. Los observo, inquietos y alerta, dispuestos a marchar conmigo en el tibio atardecer. Nada me importa el futuro. Hoy por hoy, no existe felicidad mayor que cabalgar con Alejandro. Mañana Dios dirá.

Corro por los pasillos del palacio, tomo una flor del jarrón y bebo otro vaso de vino de Málaga. Atravieso la sala, los pies no me dan tregua. Ni el corazón. Los jardines del palacio están plenos de flores. Me acerco a Alejandro como si yo fuese un hombre más. Como si ambos pudiésemos olvidar quiénes somos.

—Entonces, Su Majestad, a cabalgar —sugiere Alejandro, mientras el galgo vuelve a saltar una y otra vez a nuestro alrededor.

—¿En Azul, dices, o en Capricho?

—Su Majestad sabe perfectamente que ellos han muerto. El blanco es apropiado a una gran mujer como usted.

Alejandro desmonta. El sol se pone y el aroma del atardecer perfuma su cabello una vez más. Dejo ir mi boca por entre su pelo cuando se inclina a besar mi mano. Alejandro es suave como aquel manto de marta cibelina que hace cincuenta años alguien puso encima de mí. Podría morir en este instante, y abandonar feliz este mundo, y cualquier otro. Para qué más. Quién más podría darme hoy tanto amor, tanta ternura.

Los perros que han seguido al galgo nos rodean con sus ladridos; se mordisquean jugando. Alejandro me toma de la cintura y me ayuda a montar. Le digo que sola ya no puedo. Le prometo que si montamos ambos y juntos a este soberbio jamelgo blanco le contaré un secreto. El más íntimo de Su Majestad. Él mira como al pasar hacia el palacio. Sigo su mirada. Zubov e Isabel Alexeievna tocan música en el salón. Bellos los dos. Como en un pequeño escenario los vemos reír. Otras gentes les rodean. Algunos acordes nos llegan. El jamelgo escarcea; Alejandro monta también, detrás de mí. Por un momento el animal parece dudar bajo el peso de ambos, como Azul hace tantos años. Alejandro pasa sus brazos por debajo de los míos, rodea mi cintura y toma las riendas. El corcel se pone en movimiento. Cierro los ojos. El calor de su cuerpo me recuerda a Georgie.

—Georgie, Georgie... —murmura Alejandro mientras nos alejamos.

—Mi tío Georgie. Hermano de tu abuela Johanna. Quién sabe qué se hizo de él... —digo por lo bajo, y él con su silencio me da a entender que no le importa saber quién era ni dónde se encuentra, sino qué tanto hizo para provocarme este infinito recuerdo en la piel.

—Se estremece cada vez que lo menciona, Su Majestad, y eso me provoca celos. Escucharé en silencio si me cuenta, no de la emperatriz sino de aquella Figchen que tanto la conmueve. Sólo de Figchen. Y del tal Georgie, por supuesto.

El jamelgo ha salido a campo traviesa. Vamos al trote. El sol se pone y la luna se asoma, pero el anochecer se demora. La tarde es de un tono neutro y algo cálido, de una tibieza atemporal. Unas líneas por donde cabalgar, otras por donde volar y entre ambas nada más. Ninguna línea para el horizonte. La Historia y los que creen conocerla me juzgarán. Hoy es Figchen la que se deja llevar. El calor de los brazos de Alejandro, su cuerpo contra el mío me devuelven la paz y —a la vez— cierto tipo de inquietud. Cierro los ojos y reclino la espalda contra su pecho. Sólo quiero percibir el paisaje respaldada en él. Vislumbrar el entorno apenas con los ojos entreabiertos, o entrecerrados. Rusia en este anochecer, y la tarde, se demoran para ofrecerme aún un poco más de calor, y Alejandro, mi querido Señor Alejandro, la mayor ternura.

Nota: Sofía Augusta Federica de Anhalt-Zerbst, Catalina II La Grande, falleció a los 67 años en 1796, después de 34 años de gobierno, y se llevó consigo a la añorada Figchen de sus recuerdos.

Dinastía Romanov

Miguel Fiodorovich
(1613-1645)

Alejo I
(1645-1676)

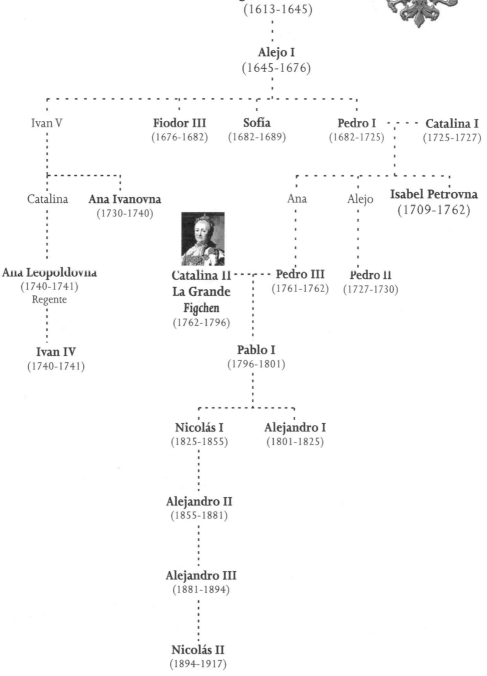

Ivan V

Fiodor III
(1676-1682)

Sofía
(1682-1689)

Pedro I
(1682-1725)

Catalina I
(1725-1727)

Catalina

Ana Ivanovna
(1730-1740)

Ana

Alejo

Isabel Petrovna
(1709-1762)

Ana Leopoldovna
(1740-1741)
Regente

Catalina II
La Grande
Figchen
(1762-1796)

Pedro III
(1761-1762)

Pedro II
(1727-1730)

Ivan IV
(1740-1741)

Pablo I
(1796-1801)

Nicolás I
(1825-1855)

Alejandro I
(1801-1825)

Alejandro II
(1855-1881)

Alejandro III
(1881-1894)

Nicolás II
(1894-1917)